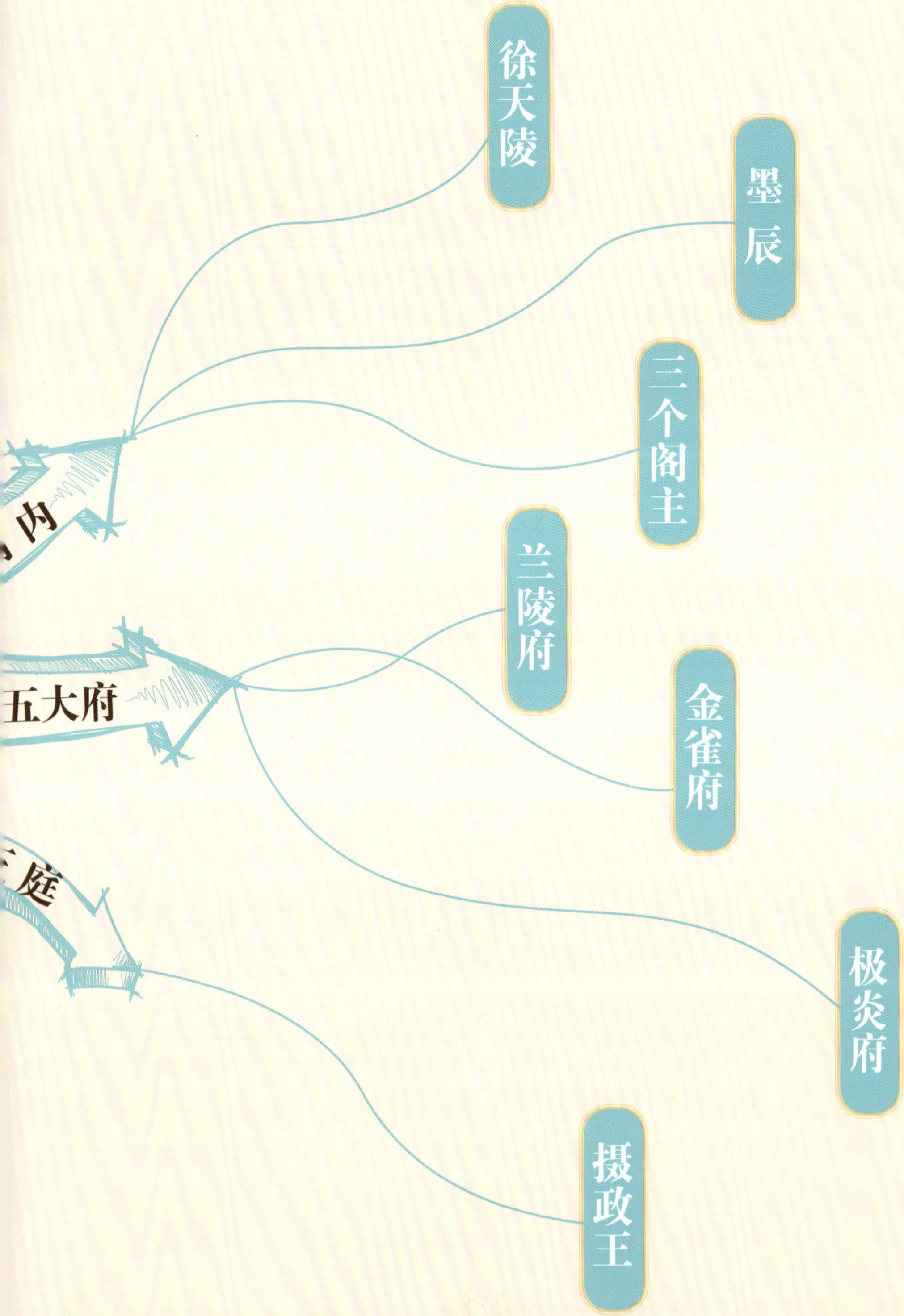

内
五大府
庭
徐天陵
墨辰
三个阁主
兰陵府
金雀府
极炎府
摄政王

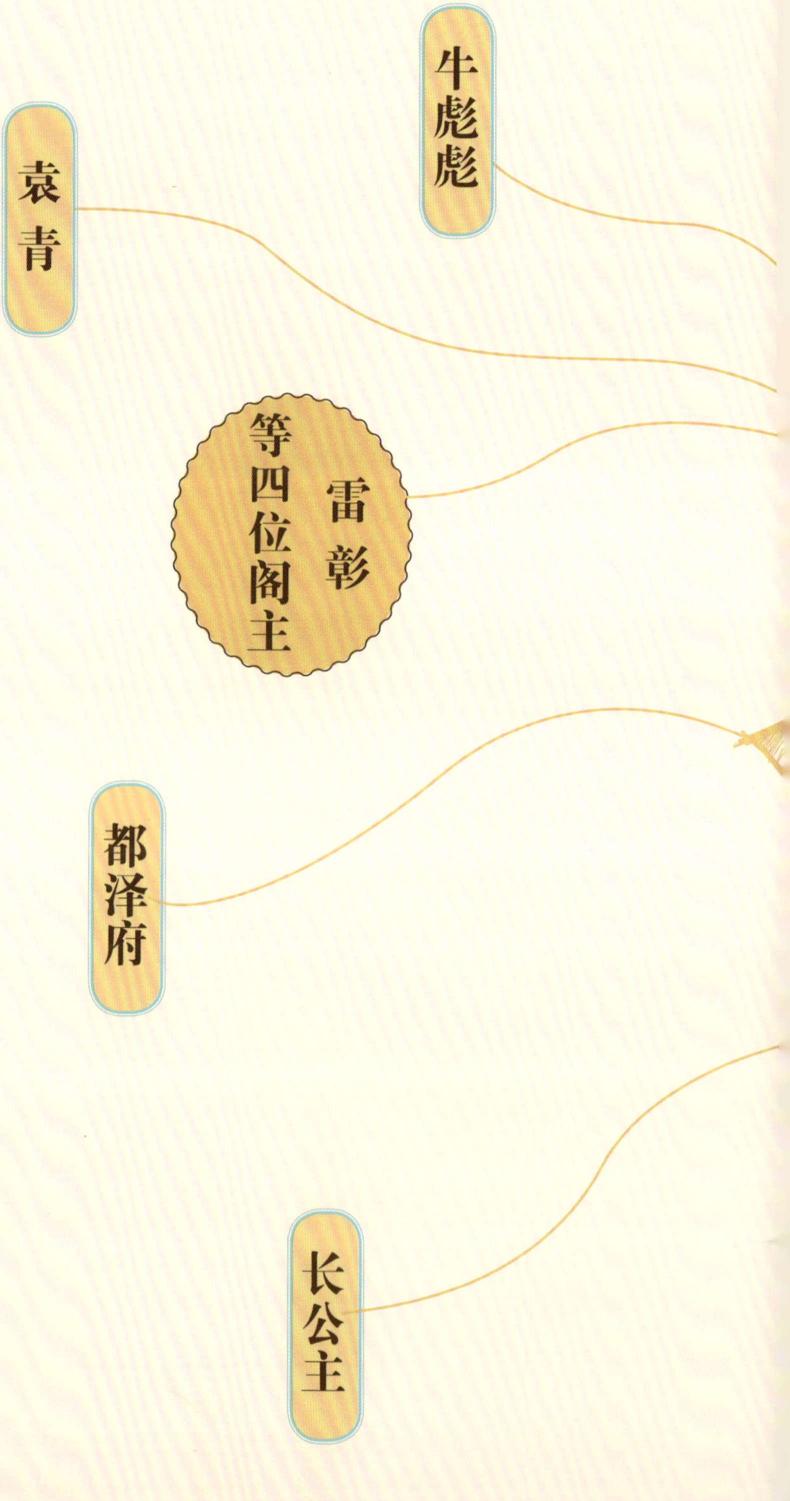
牛彪彪
袁青
雷彰
等四位阁主
都泽府
长公主

洛岚府府祭势力对决一览

ABSOLUTE RESONANCE

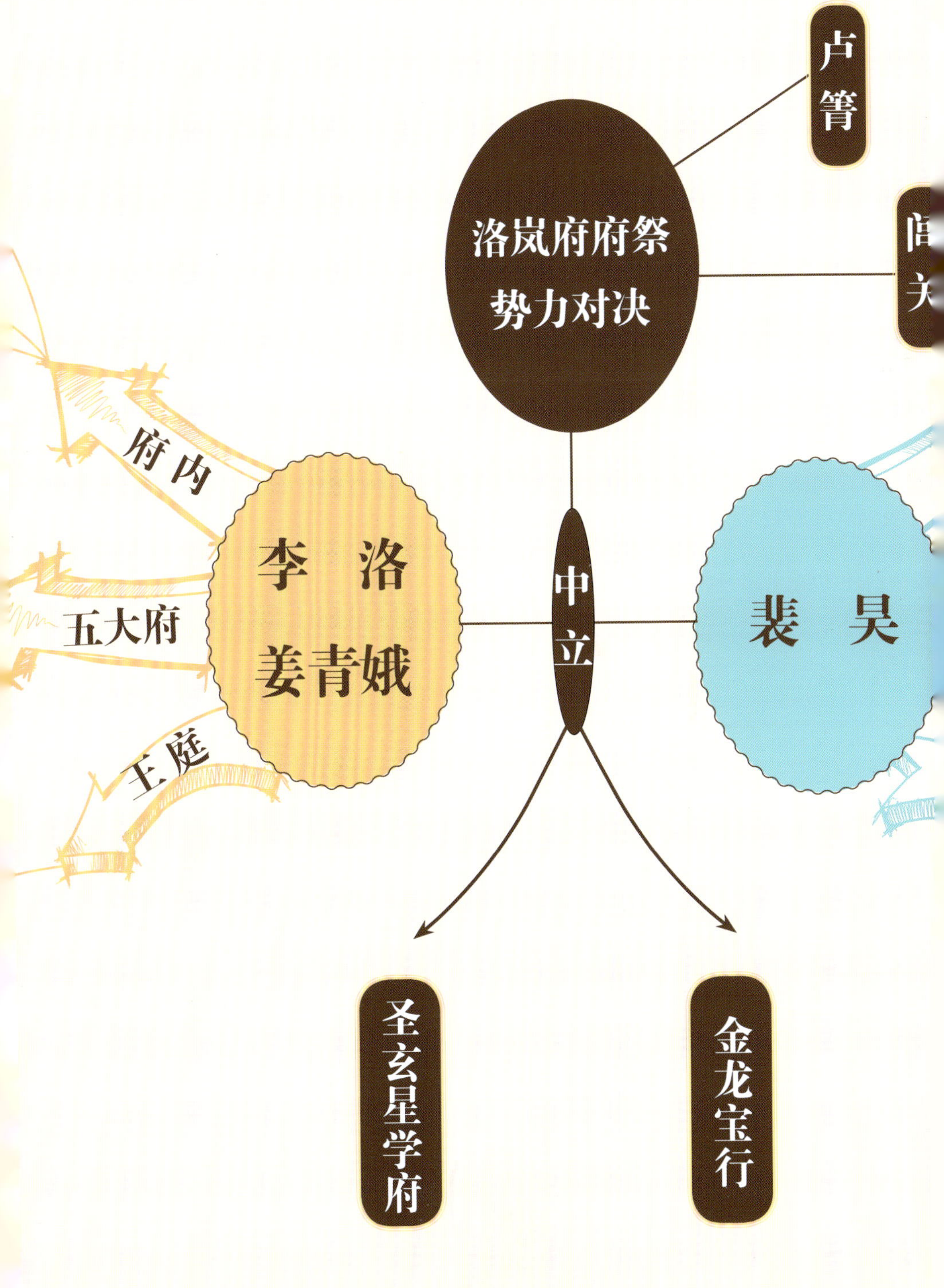

万相之王

ABSOLUTE RESONANCE

天蚕土豆 著

09 天罡地煞

中国致公出版社 知音动漫

目录

CONTENTS

第五百七十九章

反扑时刻

赤石城上空，一波波惊天动地的能量风暴不断横扫，整个城市仿佛都在颤抖。

高空上的大战极其激烈。

八位天珠境的顶尖学员倾尽全力阻拦着血尾异类，在他们身后，璀璨的天珠耀眼异常，吞吐着天地能量，气势惊人。然而即便如此，任谁都看得出来，血尾异类处于绝对的上风。

蓝澜、长公主、宫神钧三位实力强横的人还可勉强支撑，秦岳、赵北离等人身上却已出现了伤势。

其中秦岳最惨，一条血淋淋的伤口从右肩拉到小腹位置，异常狰狞，其撕裂处隐约可见蠕动的血红毛发，它们是来自血尾异类诡异的尾巴。这些血红毛发在阻拦秦岳自愈，同时带来了极大的痛苦，此时的他面色苍白、满头冷汗。

但为了不拖后腿，他咬牙硬撑着。

长公主等人明白他的处境，主动挡下了许多攻击，以免他被血尾异类当作突破点。八人联手本就处于劣势，如果有人重伤出局，其他人会面临更大的压力。

高空中，长公主神色凝重，她手持青玉权杖，道道青光匹练不断呼啸而出，青光内有青鸾光影成形，挟着惊人的气势，不断朝着血尾异类攻去。

然而她的攻击皆被那条血淋淋的尾巴一扫即散。

望着血尾异类不断倾洒着鲜血的巨大尾巴，长公主的眼中闪过浓浓的忌惮。这条血尾似乎就是血尾异类的力量源泉，上面流淌的鲜血充满霸道阴毒的力量，若是被它侵入体内，肉身都会被侵蚀，难以化解。

每一次血尾扫过时，他们八人都会狼狈地躲避。

“这种情况，可不能继续下去了……”

长公主秀眉紧锁，眼下他们基本处于防守态势，不是无力进攻，而是在等待一个时机。

那个时机，就是净化阵法的形成。

血尾异类会被净化阵法压制与削弱，到时就是他们最好的反扑机会。

不出手则已，一出手就必须抓住机会果断斩杀血尾异类。

否则越是拖下去，局面对他们越是不利。

长公主继续发动攻击的同时，眸光也在扫视城内其他方向，当见到一颗颗冉冉升起的净化灵珠时，她狭长凤目里浮现出一抹欣慰。

“李洛这小子，还真是让人放心。”她红唇微挑，轻轻一笑，脸蛋娇艳明媚。

此前敖白的变故，他们早有所察觉，刚开始时都十分惊怒，谁都没想到二星院的最强学员竟然会被莫名其妙地操控，成为李洛四人的拦路虎。

李洛他们若是被阻拦太久，就会影响到这边的战局。

可他们都被血尾异类死死缠住，自顾不暇，没有余力去帮助李洛四人，可谁承想，最终的结果，竟然是敖白被四个一星院学员解决了。

虽说有种种限制的缘故，但李洛四人无疑给了他们一个极大的惊喜。

按照现在的进度，净化阵法应该很快就能成形。

“嘻嘻！”

就在长公主内心为此欣喜时，高空上，血尾异类突然发出了柔媚的嬉笑声，落入耳中是那样动听，可在场众人却闻之色变，一个个身躯紧绷，周身相力疯狂涌动。

通过之前的交手，他们已经摸清了血尾异类的行动规律，每当发出这样的嬉笑声，就是它力量爆发的时刻。

“小心，它察觉到了净化阵法的成形，可能要试图冲破我们的阻拦了！”蓝澜疾声厉喝。

其他七位队长心头一凛，身后旋转的天珠顿时爆发出璀璨光芒，天地能量滚滚而来，仿佛在他们身后形成了不同颜色的能量洪流，一股强大的威压盘踞高空。

与此同时，血尾异类身后巨大的血红尾巴轻轻一摆，只见一缕缕血光升腾而起，最后在它身前凝聚成了八颗血红的骷髅头。

骷髅头于高空游荡，发出刺耳的嘎嘎声，空洞的眼眶里燃烧着血红的火焰。

火焰燃烧得越来越旺，最后轰的一声，将骷髅头点燃，八团鲜红的骷髅火球破空而出，直接朝着八位队长呼啸而去。

面对扑面而来的骷髅火球，连蓝澜都忍不住色变，他感觉得到里面蕴含着何等可怕的力量。

没有任何人敢小觑，他们毫不犹豫催动了体内所有相力，迎向了呼啸而来的骷髅火球。

数息后，双方悍然相撞。

"轰轰！"

肉眼可见的能量冲击波肆虐开来，八名队长皆被震得气血沸腾，面色剧变。

不过，他们的全力迎击勉强挡下了骷髅火球。

就在他们为此松一口气的时候，秦岳面前那团鲜红火球内的骷髅却突然发出桀桀怪笑声，而后猛然张开嘴巴，一截滴落着黑色黏液、干枯而煞白的指骨快若奔雷般射出，直击秦岳眉心。

突如其来的攻击让秦岳惊骇欲绝，看来血尾异类察觉到他的伤势最重，将他作为了突破点。

"秦岳，小心！"

其他人发现了此处的变故，顿时骇然出声。

可他们都被骷髅火球缠住，根本无法施以援手。

关键时刻，秦岳压住内心的惊慌，猛地一咬舌尖，顿时一道血箭挟着相力破空而出，速度极快，与那指骨相撞。

"嗤！"

相撞的瞬间，血箭虽然将指骨消融了许多，却并未完全化解其力量。

于是，失去所有防护手段的他，只能眼睁睁看着指骨朝着自己眉心射来。

瞬息之间的变化令他来不及捏碎灵镜！难道今日他就要死在这里不成？

就在秦岳为之绝望的那一刻，他身后突然有耀眼光芒绽放，只见一柄燃烧着光明火焰的重剑自他肩膀上方穿透而来，与已经被消耗许多力量的指骨重重相撞。

"当！"金铁声响起。

两股力量疯狂对撞在一起，互相侵蚀。

光明火焰升腾，嗤嗤声中，指骨开始迅速消融，最后化为一缕黑烟，凭空散去。

劫后余生的秦岳冷汗淋漓。

长公主等人大喜，目光看向秦岳后方，只见一道纤细身影踏空而来，绽放出璀璨光芒，驱逐着漫天恶念之气。

正是姜青娥！

她已经解决了城内其他异类，赶来支援他们了。

姜青娥玉手一握，重剑落回手中。

一旁，惊魂未定的秦岳感激道："姜学妹，谢谢你出手相救！"

姜青娥绝美的容颜一片平静，她看向其他几名队长，道："诸位，时候差不多了。"

听到此话，众人心头顿时一动，似有所察觉般把目光投向城内某个方向。

只见那里有一颗净化灵珠缓缓升起。

这是最后一颗净化灵珠，它升起时爆发出一道道净化光线，穿梭在赤石城内，将一颗颗净化灵珠连接起来。

下一刻，磅礴的净化光芒如月光般倾洒。

赤石城内的无数幻境开始迅速消散。

繁华、喧嚣退去，取而代之的是枯骨、杂草遍布的废墟之城。

面对这一幕，众人心情格外复杂，颇感沉重的同时又大大地松了一口气。

因为净化阵法成形，代表着他们的反扑时机终于到来。

第五百八十章

队长攻势

“嗡嗡！”

当磅礴的净化之力形成光圈一波波扩散，最后直接覆盖整座城市时，赤石城的繁华与喧嚣消退，巍峨的赤红城墙迅速变得残破与斑驳。

短短数息，原本人气沸腾的城市便变成了一座阴冷的死城。

满城扭曲的枯骨显示着此处曾经发生了何等残酷的事件。

一栋四面透风、残破的建筑屋顶上，李洛眼神复杂地望着四周变幻的场景，此时他的头顶上方有一颗净化灵珠正绽放光彩，并且连接着城内其他众多净化灵珠，随着净化之力不断连接，净化阵法即将成形。

“据说赤石城繁盛时有数百万人。”鹿鸣轻声道。

平日里神经大条的孙大圣此刻都变得沉默了，数百万人之中不知道有多少变成了眼前的累累白骨。

异类真的是凶残到了极点!

“今日这里就是那畜生的埋骨之地。”李洛抬起头，望向高空决定胜负的战场。随着净化阵法成形，城内幻境消散了，在这般磅礴的净化之力下，即便是大天灾级异类都会受到压制，此时将是八位队长反击的最好机会。

队长们虽说被血尾异类压制得极为狼狈，但不是因为他们无法抗衡，而是在等待时机。

现在……时机来了。

赤石城上空。

当净化之力磅礴涌动时，血尾异类爆发出暴怒的咆哮声，娇媚的脸蛋顿时变得怨毒与扭曲，原本诱人的樱桃小嘴竟缓缓咧开，黏稠的鲜血不断滴落。

血淋淋的巨大尾巴也受到了压制，变得萎靡许多。

“各位，我们的机会只有一次。”

蓝澜开口说道。他目光锐利地锁定血尾异类，双手合拢，指尖印法顿时变幻，化为一道道残影。

“不要再留手了，拿出你们最强的手段吧。”

听到蓝澜的话，其他七位队长似松了一口气。

“再拖下去，我怕连最后攻击的力量都没了。”秦岳苦笑道。

“龙将术，万山灵诀。”

他双手合拢，直接施展出自身最强手段，只见磅礴相力如洪流般呼啸，直接于众人上方形成了一座约莫百丈的暗黄色山岳，山岳散发出无边沉重之力，引得虚空都在震荡。

“龙将术，玄明离火。”

赵北离脸上玄光流动，然后嘴巴一张，一团深蓝色火苗缓缓飘出，天地间顿时温度飙升。

“龙将术，狮魔拳！”

廉鬃狂啸，拳影震空，带起惊天动地的狮啸声，拳风之间可见一头巨大的黑色狮子踏空而来，散发着滔天的凶戾之气。

“龙将术，青鸾剑诀。”

长公主玉手握着青玉权杖，青光如潮水般漫延，一朵青色剑莲徐徐生成，莲花花瓣转动间，无边剑气冲荡虚空。

宫神钧神色不起波澜，他双指并曲，指尖似有银色的相力勾勒，形成了极为精妙的相力符文，令其双指犹如玉化了一般，晶莹剔透，只听他缓缓念出：“龙将术，碧玉分海指。”

队长们施展出了各自酝酿许久的杀招，当然最不可忽视的还是位于后方的蓝澜，他身后那个巨大的神秘影子再度挟着莫名而浩瀚的威压出现在这方天地。

面对八大队长暴起的杀招，血尾异类的眼瞳剧烈一缩，身后血淋淋的尾巴急速转动，漫天血雨降临。

“动手！”

长公主一声娇喝，队长们气势凶悍的攻击瞬间发动，顿时天地间能量激荡，尖锐刺耳的破风声响彻不停。

“嘻！”

血尾异类爆发出尖啸声，下一瞬，漫天血雨汇聚，在它脚下化为一片翻滚的血海，里面似有无数人影沉浮，发出绝望的惨叫声，正是赤石城的城民。

血海具备极其恐怖的侵蚀之力，它所在的区域连天地能量都纷纷被腐蚀，继而化为一种诡异的血红能量。

血尾异类尾巴一扫，卷起滔天血浪，以一种遮天蔽日之势呼啸而下，与数位队长的惊天攻击悍然相撞。

撞击的一刻，天地间的能量都暴动起来。

难以想象的能量冲击波一道道自高空横扫开来，余波将本就残破的城市摧毁得更为彻底。

李洛等人赶紧躲到断壁后面，面带震动地望着高空中恐怖的交战。

这就是天罡将阶高手的战斗吗？如此声势，比起他们相师境不知强盛了多少倍。

“天珠境罢了，待往后我进了四星院，说不定有机会冲击天相境，在东域神州圣学府的记录上留下一笔。”景太虚淡淡的声音里显露出些许傲气。

“一个虚九品而已，还敢说这么狂妄的话，你把姜学姐放哪儿去了？人家堂堂九品光明相，难道你还能破她的纪录不成？”鹿鸣不客气地讥讽道。

景太虚顿时哑火，心里郁闷，他差点忘了这一茬，这一届的圣杯战还有一个货真价实的九品相呢！

“据说天珠境到天相境之间是一个难关，东域神州诸多圣学府从未出现过在学院时就突破到天相境的学员，由此可见晋入天相境需要何等的天赋与资源。”李洛感叹一声，说道。

“天相境毕竟是封侯前的最后一个境界，故而有‘小侯境’之称，难以晋升实属正常。”孙大圣说道。

“听说内神州的圣学府时不时就会出现在四星院时就踏入天相境的巅峰学员。”

鹿鸣羡慕地道。

李洛轻轻点头。内神州繁盛无比、得天独厚，地处外神州的东域神州与之相比，恐怕只能说贫瘠，有那等修炼条件及资源，学员成就自然比他们高。

这是天生的，羡慕不来。

不过以姜青娥的天赋，未必没有在四星院冲击天相境的可能，甚至连他……只要踏入地煞将阶，把第三道后天之相填入最后一个相宫，三相加持，他的修炼速度恐怕不会弱于真正的九品相。

到时候，说不定他都能尝试一下。

“轰轰！”

当他们议论的时候，天上的能量震荡愈发恐怖，天地间狂风大作，夹杂着狂暴的能量，宛如刀锋一般，令人不适。

四人惊悸地看去，只见肆虐的血海硬生生吞下数道恐怖的攻击，只是它并非完好无损，规模比起刚开始明显缩小了数成，血尾异类的气势也不如此前那般凶威滔天。

“蓝澜学长要发动明王三拜了。”景太虚突然说道。

李洛心头一动，目光一转，看向天空一处，只见蓝澜身后的神秘影子愈发清晰，一股至尊至贵的气息缓缓散发，这一瞬，似乎天地都会屈居其下。

王者之影！

蓝澜的一缕头发此时变为灰白色。

他的面色异常漠然，然后遥遥对着血尾异类……缓缓弯身。

身后至尊至贵的神秘影子随着他一点一点弯下腰。

“轰隆！”

这一瞬，天地震动了。

第五百八十一章

联手斩魔

蓝澜身后神秘影子弓身的一瞬，所有人都清晰地感觉到，天地间的能量出现了暴动。王者至尊至贵，拥有位阶，这是一方天地都认可的存在，其敕言之力可谓言出法随，能判万物生死。

虽说神秘影子只拥有一缕王者之气，但当它躬身而拜时，依旧引动了某种天地规则。

这一瞬，天地间的能量仿佛具备了某种意识，纷纷锁定它参拜的对象——凌空而立的血尾异类。

一股无孔不入的莫名威压突然涌现，直接压在了血尾异类的身躯上。

“砰！”

血尾异类所处的虚空悄然震荡扭曲起来，隐隐间甚至浮现出些许裂纹，而它的身躯猛地一震，皮肤表面竟出现了裂痕。

“嘻！”

血尾异类爆发出刺耳的嬉笑声，但它的眼里却有了一抹惊悸，这股压迫让它感觉到了极为强烈的危机。

这个天珠境人族施展的手段竟然能重创它?！

血尾异类不敢怠慢，之前为了抵御众人的攻击消耗了不少力量，此刻再加上弥漫的净化之力压制，可以说是到了它状态最差的时候。

血尾异类背后鲜血淋漓的尾巴猛地摆动，无数血滴升腾，渐渐在它上方流动起来，最后竟形成了一张张血红而诡异的符箓。

符箓之上，无数狰狞的鬼脸若隐若现，发出凄厉的尖啸声。

"轰！"

此时天地能量已经躁动，血尾异类所在之处形成了一片真空地带，诸多天地能量纷纷背离而去。

而且，这些天地能量还在血尾异类周身数十丈之外凝结成了一颗颗绚丽的能量光球，它们充斥着属性不同的能量。

刹那间，血尾异类仿佛被漫天能量光球笼罩，那一幕委实壮观到了极致。

长公主、宫神钧等人看见，眼中升起了浓浓的忌惮之色。蓝澜这道封侯术是他们最忌惮的底牌，此前因为种种原因，蓝澜始终没有施展出来，令长公主他们对它的威力心怀疑虑，但此时，这些疑虑彻底消散了。

漫天的能量光球看得他们头皮发麻。

若是一窝蜂地呼啸而来，他们恐怕倾尽全力也抵挡不住。

"轰轰！"

漫天绚丽的能量光球一出现，便化为一道道流光，宛如陨石坠落，直接朝着血尾异类狠狠砸下。

音爆之声连绵不断地响起。

"轰隆隆！"

一颗颗绚丽的能量光球呼啸而下，率先轰在了血尾异类上方悬浮的一张张血红符篆之上，后者顿时激烈震荡起来，不断传出凄厉的声响，符篆之上的狰狞鬼脸开始一点点破碎。

如此狂轰猛炸，看得在场所有人都狂吞口水。

能量冲击波于虚空急速扩散着。

鲜红的符篆纷纷破碎，血尾异类的脸蛋变得异常狰狞，鲜红血尾疯狂扫动，不断扫出一滴滴血珠升腾而起，与漫天能量光球对抗消耗。

可如此一来，它的力量遭受了极其严重的损耗。

最明显的就是它背后的鲜血尾巴，原本百丈的长度此时已缩水一大半。

"可惜，如果蓝澜学长的实力能更进一步，说不定就可以催动明王第二拜，即便是大天灾级异类也定然难以承受。"在残破的城内某处，景太虚望着渐渐抵挡下漫天能量光球的血尾异类，忍不住说道。

“能够凭借天珠境的实力将媲美天相境强者的大天灾异类逼成这样，他已经很厉害了。”鹿鸣感叹道。

“他这道封侯术比我强太多，难怪能够获得四星院最强学员的称号。”孙大圣由衷说道。

李洛点点头，蓝澜是这些年他见过的最强天珠境，恐怕连长公主与宫神钧都要弱他一筹。

“封侯术……竟然如此之强。”

李洛眼睛眨也不眨地盯着蓝澜身后的神秘影子，眼神火热，这种级别的相术他也很想修行，可是要想找到相师境就能修行的封侯术实在太难了，如果之后突破到地煞将阶，说不定可以尝试一下。

那时候的他，好歹算身怀三相之力了吧？

“我们继续出手，现在血尾异类即将油尽灯枯，接下来就看谁的余力更强！”城市上空，长公主望着竭力抵抗的血尾异类，俏脸微显苍白地沉声说道。

其他几位队长的相力消耗极大，但他们明白，现在就是比拼毅力的时候，说不定就是最后的随手一击，会成为压死骆驼的最后一根稻草，令血尾异类彻底溃败。

于是，几人再度振作精神，催动体内仅剩的相力，化为一道道相力攻击，自另外的方向对着血尾异类呼啸而去。

他们的攻击让全力应对能量光球的血尾异类暴躁不已，眼中闪烁着疯狂与怨毒，而后它催动起虚薄许多的血海，其中不断钻出一条条血红尾巴，迎上其他队长的袭击。

“轰轰轰！”

惊天动地的大战持续着。

双方几乎都拼得弹尽粮绝，就看哪一方能够撑得更久。

李洛等人看得心肝震颤，大天灾异类真是太可怕了，明明已被净化阵法削弱了力量，却依旧可以把八位顶尖队长拖到如此地步。

“咦？姜学姐准备出手了吗？”鹿鸣突然惊疑出声，美眸看向上空。

李洛他们连忙看去，只见战圈之外的姜青娥娇躯上突然绽放出无尽光芒，璀璨的光明相力涌动，散发出神圣的气息。

“姜学姐虽然是九品光明相，但终归只是地煞将阶的极煞境，正面插足战斗，怕力有未逮吧？”景太虚缓缓说道。

李洛闻言一笑，道：“这可未必，虚九品与真九品之间的区别巨大，你觉得不行，说不定只是一叶障目。”

景太虚脸一黑，闷哼一声，心想：说得跟真九品相是你的一样，有什么好得意的。

在他们说话间，姜青娥体内弥漫出来的光明相力愈发磅礴，特别是她的身后，九品光明相衍变而成的九品光明灵使更是栩栩如生，俨然另外一个姜青娥，只不过其神情漠然，远没有真正的姜青娥生动。

姜青娥眸光凌厉地注视着战场中的双方，这种级别的战斗寻常极煞境的确不敢插手，因为狂暴的能量余波足以震伤他们，但身怀九品光明相的她，底蕴可远非普通极煞境可比。

现在的她，真正的战斗力不逊色于普通的天珠境。

再加上光明相力对异类的克制，她出手造成的威慑力不会比队长们弱多少。

姜青娥玉手抬起，手中重剑变得明亮，上面一道道隐晦而神秘的光纹逐渐清晰起来。

重剑微震，剑锋划起了玄妙的轨迹，一缕缕剑光升腾而起，于前方凝结而成。

姜青娥身后的九品光明灵使张开小嘴，吐出一团白金般的气息，一沾染上剑光，就使剑光急速凝结到一起。

似乎形成了一枚散发着无边神圣之气的光梭。

姜青娥玉手一抬，凛冽的声音于心中响彻。

“高阶龙将术，圣灵剑诀。

“圣灵天梭！”

姜青娥纤细玉指并曲，凌空点去。

“去！”

下一瞬，拖着绚丽光尾的光梭直接破开虚空，一闪之下就洞穿了翻滚的血海，然后在血尾异类惊恐的尖啸声中，自它眉心穿过。

第五百八十二章

赤甲再现

“噗！”

散发着神圣气息的光梭以一种难以想象的速度射入血尾异类的眉心，留下一个孔洞，若是常人遭遇这般重创，必然当场身殒，可血尾异类却表现出了极顽强的生命力，它面庞扭曲而怨毒，发出痛苦的尖啸声，竟然未被直接抹杀。

但也看得出来，姜青娥恰到好处的攻击给血尾异类造成了严重的创伤。

血尾异类已到了油尽灯枯的极限状态，姜青娥此时出手，恰好打破了双方之间的平衡，重创了血尾异类。

遭此重击，血尾异类身后的鲜血尾巴急速缩小，周身涌动的恶念之力也变得孱弱。

“青娥，干得漂亮！”

俏脸苍白的长公主惊喜出声，眼睛里满是喜悦，姜青娥的一击威力十足，加上光明相力的克制效果，直接给血尾异类造成了从出现以来最严重的伤势。

局势瞬间倒向他们！

“轰轰！”

此时，天上剩余的绚丽能量光球呼啸而下，打着“趁他病，要他命”的主意，接二连三轰击在了血尾异类身上。

血尾异类节节败退，身上被撕出一道道裂痕，短短片刻，便从千娇百媚的模样变得血肉模糊起来，看上去极为狰狞可怖。

蓝澜面色苍白，额上冷汗不断滑落，目光死死盯着被重创的血尾异类，在他身后，神秘的影子渐渐变得模糊。

他同样已抵达了极限，体内相力几乎被消耗得一干二净。

不过，他已经把自己能做的事做完了，虽说血尾异类是被姜青娥重创，但谁都明白，如果不是他的明王三拜将血尾异类逼到油尽灯枯，就算姜青娥身怀九品光明相，也不可能凭借极煞境的实力伤及血尾异类本尊。

论贡献，蓝澜必然排在场第一。

“我们赢了！”

一处废墟，鹿鸣望着被重创的血尾异类，惊喜地出声道。

孙大圣与景太虚同样面露喜色，这场大战总算出现了曙光。

李洛望着高空的战场，心里并没有松懈，反而有种莫名的担忧，源头正是始终未出现的赤甲将。

赤甲将才是神秘势力在红砂郡的幕后黑手，实力莫测，如果此獠逃走了倒好说，他们就可以有惊无险地完成此次混级赛，可若是他没有离去，只是潜藏在城内呢？

“不能再拖了啊，必须尽快斩杀血尾异类。”李洛喃喃道。

就在他自语的时候，高空中的蓝澜也突然出声，只听他嘶哑地道：“诸位，动用最后的力量，赶紧斩杀它，免得夜长梦多！”

其他几位队长闻言皆点头称是，而后运转余下之力，形成贯穿天际的相力洪流，对着被重创后已萎靡至极的血尾异类轰杀而去。

“唧！”

血尾异类爆发出诡异的尖啸声，显然察觉到了自己即将被抹杀的危机，身后已缩至数丈的鲜血尾巴当即疯狂摆动起来，试图抵御队长们的攻击。

“轰轰！”

就在这一刻，城市下方的大地突然剧烈震动起来，一道道裂痕蔓延，地面迅速凹陷下去。

随着地面崩塌，所有人都震惊地见到，一座漆黑如祭坛般的建筑正从地底缓缓升起。

突如其来的变故让李洛色变，他望着地底的变化，心头顿时一寒，预想的最糟糕的情况终于出现了。

“是赤甲将！”李洛暴喝出声，提醒诸位队长。

听到李洛的喝声，蓝澜等人心头皆是一震。

赤甲将的情报他们已然知晓，而且他们都明白，此獠是一个极大的隐患，但他们此前根本没有多余的精力去理会，血尾异类才是首要的麻烦。

如果赤甲将也是天相境，凭他们的实力根本不可能同时对付他和血尾异类。

之前赤甲将一直没有出现，他们都抱着此獠已经逃走的侥幸心态，眼下看来，赤甲将一直躲在暗处，等待着他们与血尾异类血拼到两败俱伤。

“哗啦啦！”

当黑色祭坛出现的那一瞬，里面突然有一道道黑色的锁链暴射而出，上面刻满了神秘的符文。符文吞吐着天地间的能量，犹如一条条黑蟒洞穿天际，在众多队长惊疑的目光中，直接将萎靡的血尾异类牢牢套住。

它的四肢以及鲜血尾巴，更是被捆得严严实实。

血尾异类激烈挣扎，爆发出怨毒的咆哮声，却无法挣脱。

“怎么回事？赤甲将在对血尾异类出手？！”重伤的秦岳有些难以置信，他们不是一伙的吗？

长公主见状却感觉有些不对劲，脸色变幻了数息，果断道：“不对劲，赤甲将似乎想抓走血尾异类，虽然不知道他有什么目的，但我觉得绝对不能让他得逞！”

蓝澜瞬间表示认同，沉声道：“所有人出手，斩杀血尾异类！”

在场的队长们都是各自学府的精锐，虽然不知道赤甲将的目的，但都能敏锐地察觉到对方所行之事必然对他们不利。他们倾尽全力才重创了血尾异类，不管对方想做什么，都不能让他带走。

下一瞬，他们再度出手。

但这次出手没有取得什么效果，因为伴随着磅礴惊人的相力自黑色祭坛之上升起，一道赤甲身影出现在祭坛上方，他负手而立，一掌拍出。

顿时一道数百丈长的庞大掌印破空而出，将众多队长的攻击轻易击溃。

“果然是赤甲将！”

“如此威压，这家伙果然是天相境的实力！”

随着赤甲身影显现，众人心头顿时一沉。

“诸位学府骄子。”

赤甲将立于祭坛之顶，面甲下传出沙哑的声音，淡笑道：“你们的目的是斩杀血尾异类，现在也算达到了，就将它交给我来处理吧。各位若是此时退去，我可放你们安然离去。”

众人面色变幻，眼神阴沉。

此时哪里还不明白，他们与血尾异类鹬蚌相争，让赤甲将做了一回渔翁。

这个家伙觊觎血尾异类，必然有所图谋。

可血尾异类未除，混级赛究竟算不算成功完成?

众人目光交织了一下，眼中皆有寒光流动，身影则一动不动。

赤甲将见状，有些遗憾地叹了一口气，淡漠的声音里流淌着冰寒的杀意。

“既然你们不识抬举，本将只好让东域神州各大学府这一届的精锐学员就此消失。”

第五百八十三章

青娥出手

“可恶，赤甲将果然潜藏在赤石城！”

废墟中，鹿鸣望着高空的变故俏脸变色，咬着银牙愤怒说道。

“这下糟糕了，赤甲将乃天相境实力，虽然不清楚究竟是小天相境还是大天相境，但此时八大队长已是强弩之末，还怎么与一个全盛状态的天相境敌人战斗？”景太虚面色阴沉地道。

“阴险的狗东西！”孙大圣更是破口大骂。

李洛虽然面色同样不好看，却并未愤怒不甘，此前他就隐隐有所感觉，但这种事情就算预料到了也没办法，血尾异类是他们必须铲除的目标，没有任何商量的余地。

赤甲将所属势力乃是黑风帝国覆灭的罪魁祸首，他们与异类之间关系复杂，同样不值得信任。

眼下情况可以说是糟糕透顶。

血尾异类奄奄一息，尚未被斩灭，如果就此离去，之前的一切努力都会化为乌有。

李洛盯着天上赤甲将的身影，眼里流动着冰寒的杀意，然后他瞥了一眼手腕上的猩红镯子，对方是天相境，对他来说的确难以抗衡，但也并非完全没有应对的手段。

三尾天狼的实力堪称大天相境，而且还有冲击封侯境的资格，论力量，封侯境之下它可以说是顶尖级别，当初在暗窟，强大的笑脸魔都被三尾天狼生吞活剥。因此，在李洛的认知里，不论血尾异类还是赤甲将，实力应该都不及三尾天狼。

如果使出这道手段，应该有把握解决赤甲将。

李洛目光闪烁，如果事情到了最差的情况，即便再不愿意暴露三尾天狼这个为府祭准备的底牌，他也只能掏出来了。

当李洛想着这些时，城市上空的气氛已经凝固得几乎结冰。

长公主、蓝澜等人面庞含煞，眼中满是怒意，谁在这种时刻被人跳出来捡果实，恐怕都会意难平。

可愤怒也于事无补，现在的局面无比糟糕，他们八人已经没有多少余力，想要与一位天相境斗，胜算极低。

“怎么办？”

八位队长目光交织，皆是心有不甘。

蓝澜脸色阴沉，不复往常的从容，他因为施展明王经，几乎把相力消耗干净，此刻已完全没有应对赤甲将的力量了。

他不是不能施展第二次明王三拜，但付出的代价是不可承受的。

“我来试试吧。”

在八位队长迟疑间，突然有一道悦耳、平静的声音传来。

众人看去，便愕然地见到姜青娥凌空上前一步。

“青娥……”长公主没想到姜青娥会挺身而出，虽说她身怀九品光明相，但终归只是地煞将阶的极煞境，与天罡将阶之间有着不可忽视的差距。此前她能重创血尾异类，更多是因为光明相力克制异类，并且血尾异类已被他们耗得灯枯油尽。

可眼前的赤甲将不是异类，而且还处于全盛状态。

姜青娥如何与他斗？

其他队长也有些震惊，但现在他们也没有其他办法了，姜青娥既然挺身而出，总不会什么把握都没有。

姜青娥声音落下后，没有在意众人的神情，她纤细玉手结印，只见身后的九品光明灵使突然化为一道道神圣的金光落回她的体内，与此同时，在她心脏的位置，有神圣的光辉绽放出来。

“轰！”

下一瞬，一股异常磅礴精纯的光明相力冲天而起，而后化为一道道若隐若现的光纹，于姜青娥周身流动。

那股光明相力之强让八位队长眼瞳一缩，其实力竟然不逊色于天珠境！

“九品光明相这么变态吗？”秦岳瞪大眼睛，极煞境与天珠境虽然仅仅一级之差，但两者可是地煞将与天罡将的区别，他们一路修炼过来，很明白它们之间的差距。

可现在，姜青娥却在极煞境时爆发出不弱于天珠境的相力，这是何等匪夷所思的一幕。

连长公主的脸上都浮现出震惊之色，好半晌后方才展颜笑道："青娥，你可真是一个大宝贝，竟然还藏着这般手段。"

姜青娥的举动自然落入了赤甲将的眼中，他面甲下的眼神变幻了一下，缓缓道："竟然是九品光明相，难怪这么厉害。"

"但依本将来看，这般手段只是暂时增强了相力而已，即便你是九品光明相，也不可能一直维持这种状态，所以，你能坚持多久？一击还是两击？"

然而姜青娥没有理会他，只是淡淡地道："试试就知道了。"

而后她双指并曲，凌空点下。

"嗡！"

当她手指落下的瞬间，磅礴强悍的光明相力如洪流般于指尖汇聚而来，短短数息，竟化为一道异常神圣的光束，它的表面有神秘的光纹循环流转，散发着玄妙之光。

这道光束蕴含着极为恐怖的高温，周围的空气都被炙烤得扭曲。

姜青娥出手果断，没有任何犹豫，那道缠绕着神秘光纹的光束便洞穿虚空而去，直指赤甲将。

光束倒映在赤甲将的眼中，让他不由得变得凝重，九品光明相的确得天独厚，不可小觑。

他一切都准备妥当，可不能因此翻船。

这般想着，赤甲将身上的甲胄顿时发出赤红之光，磅礴强悍的赤红相力席卷而出，犹如火海一般弥漫天际，这方天空仿佛都燃烧起来。

天相境！

众人望着这股巍峨相力，面色一沉，赤甲将果真是天相境！

唯有踏入天相境，才能以自身相力点燃天地，化天地能量为己用。

姜青娥这道攻击能对赤甲将造成威胁吗？

在众人这般想着的时候，赤甲将已一拳轰出，天上的火焰相力顿时呼啸而来，化为一道百丈火焰拳印，挟着狂暴至极的力量与那道神圣光束悍然相撞。

一息后，两者硬碰。

让人惊愕的是，碰撞没有惊起任何波澜，因为那道神圣光束在对碰的瞬间就直接烟消云散了。

如此一幕，反而让赤甲将愣了数息。

对方的攻击怎会如此不堪一击？！

“不对！”

转瞬间，赤甲将就感觉到了不对劲，他目光猛地一转，便惊骇地见到，在另外的方向，有一道光束悄无声息地掠过虚空，直指被捆缚的血尾异类！

“中计了！”赤甲将惊怒，原来姜青娥的真正目标根本不是他，而是血尾异类！

刚才的正面攻击只是一道幌子！

可刚才他使出全力迎击，此时再运转相力变换方位已来不及，只能眼睁睁看着那道光束破空而出，直指血尾异类。

突如其来的变化让在场众人大喜。

“谁有余力，速速支援！”

“只要斩杀了血尾异类，我们就可直接以灵镜脱身！”蓝澜迅速说道。

可众人皆已耗尽相力，无力支援了。

宫神钧闻言，苦笑一声，站了出来。

“既然如此，我就勉力一试，能帮一点是一点吧。”

话音落下，他深吸一口气，而后一道银光从嘴里喷射而出，里面仿佛有一头张牙舞爪的银色蛟龙，气势凶悍。

“吼！”

在蛟龙若有似无的咆哮声中，两道凌厉的攻击贯穿虚空，一前一后直接轰在了萎靡的血尾异类身上。

第五百八十四章

神钧意图

在众人惊喜若狂的目光中，姜青娥与宫神钧的攻击轰在了血尾异类身上，如此强大的攻击，顿时令它雪上加霜。

凄厉的嬉笑声刺耳地响起。

狂暴的能量冲击于血尾异类身上爆发，宛如一朵盛大的能量烟花。

“你们找死！”

赤甲将暴怒，面甲下的双目爆发出噬人杀意，他没想到，自己竟然会在眼皮底下被人虚晃一枪。血尾异类是他谋划的一部分，为此付出了无数心血，如果让姜青娥斩杀了，他的一切准备都会付诸东流。

赤甲将身影一闪，出现在能量烟花肆虐处，一掌拍出，滚滚赤红相力将能量冲击波尽数震散。

冲击波散去，在场所有人的目光都连忙投向被锁链捆住的血尾异类。

因为它的生死会决定此次任务的成败。

在众人紧张的注视下，千疮百孔的血尾异类出现在前方，它的周身已无任何恶念之力，但长公主等人的面色却猛然变化。

因为血尾异类的身躯依然在艰难挣扎着，即便已经到了即将被抹杀的边缘，但显然，凭借异类顽强的生命力，它还残存着一口气。

姜青娥与宫神钧的联手攻击竟然没有抹杀它！

所有人的心都沉了下来。

“唉，太可惜了！”下方的城市里，鹿鸣遗憾至极地叹了一口气，俏脸上满是纠结之色。

原本他们都以为偷袭成功，定然能抹杀血尾异类，到时候就可以捏碎灵镜退场，就此结束混级赛，可谁知道，血尾异类的命竟然这么硬。

“看来这次要凉了。”孙大圣挠着头，有些不甘心地道。

连景太虚都沉默了。

李洛同样没说话，面色阴沉。姜青娥的出手恰到好处，以她缜密的心思，如果得手，不可能让苟延残喘的血尾异类还剩下一口气。

可最终结果却不尽如人意，定然是出现了问题。

可是……又能有什么问题呢？何况，还有宫神钧的助攻呢。

“宫神钧？”

突然，李洛心头一震，似是猜测到了什么，但宫神钧似乎没有理由这样做，他只好将这个念头强行按下去。

在李洛心思转动的时候，上空的姜青娥见到这一幕，纤细凌厉的柳眉紧锁，自己这一击明明可以在血尾异类体内爆发，而以光明相力对异类的克制程度，有九成的可能直接抹杀掉奄奄一息的血尾异类。

可是，为何最终却差了一点火候？

姜青娥脸色凛冽，眸光流转间突然扫了宫神钧一眼，但最终还是什么都没说。

她与李洛有相同的猜测，但没有证据，说出来也没人信。

宫神钧察觉到姜青娥投过来的异样目光，但他的脸上没有显露出任何情绪，而是凝视着仅存一口气的血尾异类，眼神略显幽深。

他的思绪飘回了圣杯战开始前夕，他父王的书房里。

“父王，您……您没说错话吧？”素来从容冷静的宫神钧，被摄政王开口说的第一句话震惊到了，有些错愕地问道。

端坐在书桌前、面色如幽潭的摄政王随意翻动着书页，他抬了一下眼皮，看了一眼愕然的宫神钧，淡淡道：“你没听错，我就是让你不要在圣杯战争夺冠军，而且……如果圣玄星学府其他队伍有夺冠的机会，我需要你在不暴露的情况下进行干扰。”

宫神钧眉头紧皱，道：“为什么？我很想试试能不能夺得圣杯战的冠军，我觉得自己有这个实力。”

摄政王道：“夺得冠军又有什么好处？”

宫神钧道："名扬东域神州，同时让圣玄星学府欠我一份人情。"

摄政王笑了笑，道："圣玄星学府的人情很值钱吗？"

他摆了摆手，制止宫神钧接下来的话，道："如果圣杯战的冠军落在了圣玄星学府，他们就会得到龙骨圣杯，一旦有了它，庞院长或许就能从暗窟深处脱困回归了。"

摄政王瞥了宫神钧一眼，漠然道："当这位王级强者回归后，整个大夏都会在他的笼罩之下，圣玄星学府的威势也会超过王庭。那个时候，你可知道父王我这些年的苦心经营会迎来何等冲击吗？"

"就算庞院长没有这些心思，可王庭还是大夏之主吗？

"皇上毕竟年龄太小，毫无威严，王庭得依靠本王来撑着，可一旦庞院长回来，本王就得靠边站了。

"所以对王庭来说，永远镇守在暗窟深处、不得现身的庞院长才是一个好院长，而一个身处学府随时可以露面造成震慑的庞院长却不是我们想看见的。"

摄政王将一本奏章合上，缓缓道："神钧，你是一个聪明的孩子，应该明白吧？"

宫神钧面色变幻，最终沉默下来。

"这个……您和鸾羽说过吗？"他问道。

摄政王嗤笑一声，道："那个丫头太天真，而且始终提防着本王，这些年她在王庭拉拢力量就是为了防备我，甚至为此还与学府越走越近。"

"她的所作所为，无非就是怕我威胁到他们姐弟。

"这种事情我怎么可能和她说，而且即便说了，她也不会听，反而转头就把本王卖给圣玄星学府，她早就巴不得借学府的力量来对付本王了。

"哼，这丫头也不想想，大夏是宫家的天下，我们才是这里的主宰。圣玄星学府算怎么回事？虽然号称中立，却收尽了人心，所有天骄都以进入学府为荣，长此以往，大夏究竟是我宫家的还是圣玄星学府的？"

摄政王面庞阴沉地盯着宫神钧，道："所以此次圣杯战，圣玄星学府绝对不能拿到龙骨圣杯！"

宫神钧沉默了一会儿，缓缓点头。

摄政王见状，面色这才缓和下来，道："你要记住，干扰时要选择最聪明、最隐蔽的做法，不要留下把柄，本王现在还不打算与学府撕破脸，你要做得完美无缺，至少不能留下证据。以你的手段，我想应该难不倒你。”

宫神钧微微垂首：“我知道了，父王。”

思绪渐渐飘回，宫神钧的目光投向了奄奄一息的血尾异类，刚才正是他暗中化解了姜青娥的攻击，令她的力量未能完全爆发，血尾异类这才得以残存一口气。

这事做得十分隐晦，想必没有任何人能察觉。

目的达到了，血尾异类未除，此次的混级赛……没有赢家。

第五百八十五章

多年谋划

气息尚存的血尾异类对在场众多学员来说无疑是一个让人绝望的存在，赤甲将则如释重负地松了一口气，而后充满着杀机的目光扫向了姜青娥等人。

虽然对刚才的变故十分震怒，赤甲将却没有直接出手，因为他感觉得到，血尾异类虽然残存了一口气，但生机正在逐渐消失，他不能继续拖延了。

于是，他一声冷哼，身影一闪便出现在下方破开地面的黑色祭坛顶端，同时双手印法变幻，只见祭坛爆发出道道能量光柱，里面皆飘浮着玄妙的光芒符文。

“哗啦啦！”

捆缚着血尾异类的能量锁链倒卷而回，把它拉至祭坛上方，而后光柱内的神秘符文飘飞而出，渐渐升腾起一缕缕森白色的火焰。

符文火焰落在血尾异类身上，犹如火星遇见了绒棉，瞬间将其点燃。

“嘻！”

血尾异类的身躯剧烈扭曲起来，爆发出凄厉的嬉笑声。

赤甲将望着被符文火焰点燃的血尾异类，阴冷的眼瞳里涌现出渴望，他喃喃道：“养你好几年，总算等到了这一天。”

初到红砂郡时，血尾异类还没有今日这般力量，甚至和其他异类相比也并非最强，正是赤甲将的相助，令它吞食了赤石城数百万人口，才将实力拔高到如今的程度。

只不过，赤甲将可没抱着好心思，他有他的目的。

今日，多年的等待即将迎来丰收。

随着符文火焰越烧越烈，赤甲将突然一步迈出，竟径直走入其中，任由火焰炙烤身躯，他还伸出手，将挣扎的血尾异类死死抱进怀里，两者仿佛一对共同赴死的痴情男女。

诡异的一幕，看得在场所有学员目瞪口呆、头皮发麻。

“这……这家伙是疯了吗？”秦岳吞着口水，颤抖道。

血尾异类那般扭曲，赤甲将反而将它抱在怀里爱抚？

“他一定是在谋划什么，祭坛定有古怪！”长公主疾声说道。

“阻止他！”蓝澜也立即说道。

姜青娥率先出手，此时恐怕只有她的实力保存完好，只见她手中重剑斩下，一道百丈光明剑光轰然射向下方的黑色祭坛。

然而面对众人的攻击，赤甲将早有准备，黑色祭坛上方有能量光罩成形，硬生生挡下姜青娥的攻击。

其他队长纷纷出手，施展出不多的相力，试图击破能量光罩，但最终没有成功。

所有人都无奈地停下手，眼睁睁看着祭坛内发生的诡异一幕。

“那家伙究竟想做什么啊？”鹿鸣睁大美目，满脸震惊。

李洛也不明白，只能与他们面面相觑，看样子赤甲将不是要救血尾异类，而是想以另一种方式抹杀它？这岂不是多此一举？

“他是不是脑子坏了，如果只是想杀了血尾异类，出来阻拦我们做什么？”孙大圣一脸疑惑。

本来他们都要解决血尾异类了，赤甲将横空杀出来阻拦，之后又打算亲自杀了血尾异类？

“他的目的恐怕不是单纯地抹杀血尾异类。”

李洛盯着那座诡异的黑色祭坛以及被符文火焰包裹的赤甲将与血尾异类，缓缓道：“他一定有所图谋，而且一旦达成，对我们来说不是好事情。”

众人深以为然，可是即便知晓，他们也毫无办法，赤甲将早就做好了一切准备，八大队长相力枯竭，根本不可能打破祭坛上的能量光罩，只能眼睁睁看着了。

在这种煎熬的等待下，李洛他们发现，符文火焰里的血尾异类开始渐渐熔化，一滴滴黑色的黏稠液体从它的体内分离出来。

赤甲将见到这一幕，眼神变得炽热，下一刻，他身上的赤甲突然消失，露出魁梧的身躯，任由黏稠的黑色液体落在皮肤上面。

接触的瞬间，黑色液体蠕动起来，仿佛有无数虫子一般，迅速钻进了赤甲将的血肉里。

短短片刻，赤甲将身上便出现了一些黑色血洞，他的面庞也变得扭曲，似承受着极其强烈的痛苦。

但他的眼神却充满狂喜与期待。

“来吧来吧，都进入我的体内吧，让我们融为一体。”他声音嘶哑地笑道。

越来越多的黑色液体从血尾异类体内升起，源源不断涌入赤甲将体内。

“疯了，这个疯子，他竟然在吸收异类的恶念之源！”

所有人都被这一幕震惊了，赵北离面色惊骇，忍不住失声喊出来。

其他人也满脸难以置信，他们没想到世上竟然有这么疯狂的人！那可是恶念之源啊，异类的力量源泉所在，由无数恶念凝结而成，蕴含着无边的负面能量，一旦侵入人体，顿时就会形成强烈的污染！常人如瘟疫般避之不及，赤甲将怎么会疯狂到主动去吸收？！这家伙还想活吗？！

面对这骇人听闻的一幕，长公主、蓝澜这些顶尖学员都惊骇欲绝，他们没见过这么丧心病狂的人。

而在他们惊骇间，赤甲将的身体出现了诡异的变化，本就魁梧的身躯开始节节膨胀，血肉在剧烈蠕动着，眼里的血光疯狂闪烁，散发出无尽的暴戾与杀戮之意。

他胸口的血肉蠕动着，渐渐化为一张人脸，竟与被熔化的血尾异类一模一样。

骨刺穿破血肉，从肩膀处凸出来，森白的颜色渐渐化为阴冷的漆黑。

此时的赤甲将正在逐渐脱离人类的形态。

更让李洛等人色变的是，从赤甲将体内散发出来的能量波动竟以一种惊人的速度攀升。

“难道他在融合异类，增强自身力量吗？”鹿鸣惊颤地问道。

景太虚面色难看地道：“从未听说这种诡异的秘法，恶念之源那种负面能量怎么敢轻易沾惹，即便力量有所提升，可负面能量侵蚀内心，那时候的他……是人族还是异类？”

“真是个疯子！”孙大圣骂道。

李洛的面色变得极其凝重，局面真是越来越危险了。

“轰轰！”

漆黑的能量如同黏稠的黑雾，不断从赤甲将体内滚滚升起，继而遮蔽了这片天空，整个天地都变得昏暗。

浓烈的黑雾中，赤甲将的身体已变得宛如魔躯，与此同时，低沉的嘶吼声于这方天地响起。

“善恶归一，真我降临！”

第五百八十六章

赤甲如魔

“善恶归一，真我降临。”

赤甲将低沉嘶哑的声音响起时，滚滚魔焰升腾，只见他立于其中，仿佛一头巨魔，散发出滔天凶焰。

与此同时，还有一股恐怖的威压铺天盖地地弥漫开来，引得虚空微微震荡。

“大天相境！”

长公主、蓝澜等人面色剧变，因为自赤甲将体内爆发出来的能量波动赫然已经达到大天相境，而此前他刚现身时，还只是小天相境顶峰。

短短片刻时间，赤甲将已然晋级，而且强悍至极的能量波动比普通大天相境还要强横数分。

“撤退！”

蓝澜眼神变幻，两息之后猛然暴喝出声。

血尾异类已被赤甲将融合，算是另类地消亡了，至于赤甲将，不是他们这种状态能够应付的，若是面对小天相境的强敌，他们还能凭借人数优势斗一斗，可大天相境已是封侯境之下实力最强的了，就算他们状态全盛，胜算也不大。

所以，撤退是最理智的选择。

当蓝澜的喝声响起时，几乎所有人都立即掏出了灵镜。

在掏出灵镜的时候，李洛抬头看了一眼魔焰滔天的赤甲将，对方的身躯高达数丈，宛如魔躯，肩上有漆黑的骨刺穿透而出，一对眼瞳猩红冷酷，弥漫着暴戾与杀戮之意，活脱脱一只异类的模样。

他不明白，赤甲将放着好好的人不做，为何要变成这副鬼样子？

"大天相境吗……"

李洛抿了抿嘴唇，目光瞥了一眼手腕上猩红刺眼的镯子，如此实力惊人至极，虽说他不是没有抗衡的手段，但能够不暴露三尾天狼的话，就尽量避免吧。

既然血尾异类已除，他们此时撤退，应该也算完成了混级赛，实在没必要去逞这个威风。

这般想着的时候，李洛毫不犹豫捏碎了手中的灵镜。

惊心动魄的混级赛还是赶紧结束吧，学府高层太不人道了，竟然让他们这些毛头小子来处理这么凶险的难题。

灵镜破碎，包括李洛在内的所有人都忍不住长吁了一口气。

这下子总算安全了。

李洛的身体放松下来，然而数息过去，他突然察觉到有些不对劲，当即目光转向四周，却见到自己依旧处于废墟般的赤石城里，传送光柱没有出现。

在他身旁，鹿鸣、景太虚、孙大圣个个满脸惊恐。

"怎么回事？为什么捏碎灵镜没有任何反应？！"鹿鸣惊声问道。

李洛抬头，只见半空中的诸多身影也茫然回顾，蓝澜、长公主等人都没有被传送离去。

"各大学府的小崽子们，你们想去哪儿呢？"

与此同时，一道森寒的戏谑声缓缓响起。

只见魔烟滚滚，赤甲将缓缓走出，他已经舍弃了赤红的甲胄，此时赤着身躯，皮肤呈现暗红色，一片片龟裂开来，胸膛处与血尾异类一模一样的脸孔正缓缓蠕动着，肩膀上凸出了一根根漆黑的骨刺，他的头发也变得血红，看上去颇为诡异。

"想借助学府给你们的东西传送回去吗？不仔细看看你们捏碎的是什么吗？"赤甲将语气森然地笑道。

所有人猛地低头看向手中，然后面色变得难看，他们手上不知何时出现了一块碎骨，刚才他们捏碎的根本就不是灵镜，而是这块骨头！

"幻术！"

"刚才那一刹，我们中了他的幻术！"鹿鸣俏脸一变，失声道。

李洛心头一惊，赤甲将的实力变得这么强了吗，竟然能瞬息间以幻术影响所有人，让他们以为捏碎了灵镜，实则依旧被困于此。

“如今本将迎来真我，如此重要的时刻怎么能少了看客呢？你们就乖乖留下来吧。”

赤甲将脸上露出狰狞的笑容，而后他张开嘴巴，浓郁的血光喷薄而出，将这方天地都化为了血红色，宛如屏障般遮蔽了一切。

“在这里，你们找不到真正的灵镜，就别指望离开了。”

赤甲将手掌一挥，血光闪过，之后所有人都震惊地见到，虚空中有一面面镜子浮现出来，竟然与他们的灵镜一模一样。

他们立即打开各自的空间球，试图找出灵镜。

可空间球内出现了更为惊骇的一幕，他们发现空间球内的所有东西竟然都变成了一面面灵镜。

“好可怕的幻术，比之前的血尾异类更恐怖。”鹿鸣脸色难看地说道。

景太虚一脸惊骇，面对一名大天相境的强者，他们简直如蝼蚁般被玩弄于股掌之间。

李洛面色同样阴沉，刚刚放松的心此时又提到了嗓子眼，而且更加让人感到绝望。

这种状态下的赤甲将比血尾异类更强，恐怕长公主、蓝澜他们状态全盛都不是对手。

“我们不会死在这里吧？”孙大圣挠了挠头，说道。

“闭嘴，乌鸦嘴！”鹿鸣瞪了他一眼，但看得出来，她的眼神里也满含担忧，现在的局面已经失控了。

李洛没心情插入他们之间的对话，他的面色变得异常凝重，一只手掌已经悄悄覆盖了手腕上的猩红镯子，镯子顿时变得滚烫，隐隐间，李洛似听见了一道极端暴戾的狼啸声。

“学府的小崽子们，准备好在噩梦中迎接你们的死亡吧。”

天空上，赤甲将笑了起来，只见无数悬空的灵镜突然照来，血光无孔不入地穿透而来，射进所有人的眼瞳里。

顿时，整个天地都变得寂静了。

半空中，蓝澜、长公主、宫神钧等人身形凝滞着，他们的眼里涌动着血光，显得可怖而空洞，神志仿佛都被尽数压制下去。

因为现在他们已经处于一场梦境之中了，本体不再受自己掌控。

城内，李洛四人所在的地方没有声音响起，他们的眼神空洞，宛如人偶一般，静静立于残垣断壁之下。

片刻前还大战激烈的赤石城再度变得宛如死境一般。

赤甲将立于半空，望着这一幕，忍不住笑了起来，胸膛处蠕动的狰狞脸庞仿佛随之一笑，这一幕显得分外诡异。

“一群不知天高地厚的小崽子，接下来，就在一场场梦境里感受什么叫作绝望吧。”

血光落入李洛眼瞳的那一刹，他感觉到四周开始变幻，神志仿佛渐渐变得模糊，有一种诡异的力量让他将一切都遗忘了。

“吼！”

就在他不断沉沦时，暴戾到极致的狼嗥陡然炸响。

李洛心头猛地一震，再度凝神时，却发现自己立于一处黑暗之中。

他抬起头，瞳孔骤然紧缩。

一头数十丈庞大的远古巨狼匍匐在前方，凶戾的狼瞳森然无比地注视着他，在它身后，三条巨大的尾巴缓缓摇动。

望着散发滔天凶气的远古巨狼，李洛先是一滞，而后第一时间露出了讨好的笑容。

“狼哥，好久不见。”

第五百八十七章

沟通三尾

“狼哥，好久不见。”

当三尾天狼听到少年嬉笑着说出这句话的时候，兽瞳之中的凶戾陡然间强盛到极致，浓郁的杀意几乎要化为实质般喷薄而出。

它怎么都忘不了，那一日它好好在山里待着，结果被眼前这个可恨的人族小子引了出去，不仅与一只强大的异类莫名其妙厮杀了一场，还招出了曾经让它无比恐惧的人族王级强者。

最后，它刚刚脱离了一处牢笼，转眼又被封印进这个暗无天地的空间。

这一切都是这个人族小子带来的！

“轰！”

这一刹，极其恐怖的血红能量从三尾天狼体内爆发，它庞大的身躯暴起，锋利的爪子撕裂虚空，对着李洛当头撕了下去。

它要将这小子碎尸万段！

“哗啦啦！”

当它的爪子即将覆盖李洛时，突然有锁链的声音响起，下一刻，一道道蕴含着神秘力量的锁链于黑暗里绽放出光芒，一头束缚住三尾天狼的身躯，而后震动，顿时将三尾天狼庞大的身躯倒扯回去。

莫名的威压于锁链上释放，宛如一座座山岳般镇压在三尾天狼身上，让它动弹不得。

“吼！”

不论三尾天狼如何愤怒地挣扎，都无法撼动神秘锁链丝毫，因为上面流动的是传说中的三相之力。

那是属于称王境强者的力量，远非一个尚未突破封侯境的凶兽所能抗衡。

“吁……”

李洛见状，悄悄松了一口气，抹着额上的冷汗，心想还是庞院长靠谱啊，封印非常稳妥，否则他现在怕是直接被三尾天狼生吞活剥了。

“狼哥，不要这么愤怒，我们可不可以心平气和地交流一下？”李洛露出温和的笑容。

然而回答他的是三尾天狼暴怒的咆哮声，血盆大口里喷出腥臭的涎水，溅了他满脸。

李洛依旧保持着笑容，道：“狼哥，我能把你从暗无天日的暗窟带出来，说明咱俩有缘，如果你不介意，咱们可以拜把子。不过兄弟我现在面临生死危机，还需要狼哥把力量暂时借给我用一用。”

“你不知道，外面有个不人不鬼的怪物，嚣张跋扈，不把狼哥你放在眼里！”

三尾天狼的情绪渐渐平息，凶残的眼瞳盯着李洛，然后突然伸出尖锐的爪子指了指捆缚着它的锁链，意思似乎是让李洛解开锁链封印，它去帮他解决麻烦。

李洛见状干笑一声，道：“狼哥，说这个就没诚意了啊，我要是解开锁链，恐怕你第一件事就是把我吞了。”

李洛对着三尾天狼拍了拍胸膛，道：“狼哥，你不要这么抗拒，现在的我虽然只是一个小小的相师境，但假以时日，我说不定还会比你先一步抵达封侯境，届时兄弟不会忘记你的，一定想办法让你也踏出那一步！”

然而面对他的吹嘘，三尾天狼却不屑回应。

“你若是不信，我可以跟你立个心誓，四年之内如果我达不到封侯境，就天打五雷轰，修行再无寸进。”李洛认真说道。

因为他就剩下四年寿命了，如果四年间无法达到封侯境，寿命自然就到了尽头，到时候人都没了，五雷轰不轰也无所谓了。

瞧得李洛这副信誓旦旦、自信无比的模样，三尾天狼倒有点惊疑了，这人族小子哪来的自信？竟然妄想在四年内突破到封侯境？

要知道封侯境乃修行最重要的关卡，想要跨越不仅需要过人的天赋，还需要极其庞大的修炼资源以及诸多机缘，而一朝踏入，便是翻天覆地的改变，封侯境强者不论在哪里都是一方巨擘。

这小子凭什么敢这么狂？

转念间，三尾天狼又冷哼一声，这小子能不能四年内突破到封侯境跟它有什么关系。

李洛有点无奈，从三尾天狼油盐不进的模样看得出来，对方对他仇恨得紧，李洛可以理解，毕竟当初是他将三尾天狼从山里面引出来的。

他原本打算尽量缓和双方的关系，这有益于他之后借助三尾天狼的力量，但显然他还是天真了，以三尾天狼堪比大天相境顶峰的实力，根本瞧不上他这个小小的相师境。

等未来他的实力提升了，或许三尾天狼的态度会友善许多。

心中这般想着，李洛不再废话，他神色变得肃然，看着三尾天狼说道："狼哥，不管你同不同意，今天我都得借你的力量一用了。"

话音落下，他十指互点，指尖顿时有鲜血流淌，他的双手迅速结印，相力涌动间与鲜血融合，渐渐形成了一道玄妙的血红咒文。

"天祀咒！"

血红的咒文飘荡而出，径直对着三尾天狼落去。

三尾天狼没有反抗，因为在封印存在的情况下，它根本没有反抗之力。它猩红的兽瞳冰冷无比地注视着李洛，眼瞳深处掠过一丝残忍与讥讽。

真当它的力量是一个小小相师境能轻易支配的吗？

好，想要用，就给你用！它还怕李洛不用！

它能够感应到李洛在外界遇见的敌人有多强，应该相当于大天相境初期的实力，想要打败这种强敌，李洛光借用一点力量可不够。

而李洛借用它的力量越多，神志就越容易被它侵蚀，直到识海被淹没，化为只知胡乱杀戮的"狼奴"。

到时候，它就能轻易操控李洛，把他变成自己的傀儡。

心中闪过这些想法，三尾天狼冷冷一笑，猩红的兽瞳缓缓闭拢，任由落在额头上的天祀咒抽离它的力量。

“呼呼！”

磅礴的血红能量如洪水般呼啸而出，最后尽数涌入李洛的身体之中。

充满凶煞之气的能量灌注而来，李洛的眼球猛然生出血丝，周身力量如海啸般奔腾起来。

第五百八十八章

倾力一刀

死寂的赤石城上空。

赤甲将冷酷地望着眼神空洞的学员们，声音沙哑地自言自语道："先杀哪一个呢？"

如今局面尽在掌控中，众人在他的眼里犹如待宰的羔羊。

赤甲将目光转动，最后投向了蓝澜，此前就是这个人以一道封侯术重创了血尾异类，其威力连他看了都颇为心惊，如果他在没有融合血尾异类之前，硬接他那一招也会被重创。

"能够在天珠境就修成封侯术，这份天赋倒也难得。"赤甲将淡漠一笑，然后伸出手指，遥遥指向眼神空洞、陷入幻境之中的蓝澜，指尖有黏稠的血光能量急速凝聚而来。

"算你倒霉，扼杀天才的事本将最喜欢做了。"

然而就在赤甲将即将下杀手的一瞬，他赤红的眼瞳突然一凝，目光猛地投向下方的废墟城市。

因为他感应到了一股充满凶煞之气的强大能量波动，即便是此时的他，都感觉到了强烈的威胁。

"轰！"

就在赤甲将看向城内的那一刻，一道约莫百丈的血红能量光柱骤然冲天而起，异常狂暴，于高空爆发出一道道能量冲击，天地间顿时腥风大作，凶气弥漫。

整个赤石城都震动起来，甚至有如巨蟒般的裂痕于多处开始蔓延。

赤甲将面色阴冷，眼神充满杀机地注视着血红能量光柱，只见光柱内有一道人影缓缓升空而起。

他盯着那道人影，眉头却微微一皱。

他记得此人似乎只是一个小小的相师境，这般实力在这种场合下跟炮灰没什么区别，可他为何会突然间爆发出这种级别的能量？

那股能量之强，赫然达到了大天相境初期的层次。

血红光柱之中，李洛虽然突然拥有了堪比大天相境的力量，模样却变得分外凄惨，最明显的便是被不断撕裂的肉身，一道道狰狞的伤口于身体表面出现。

他的肉身无法完全承受这种级别的力量。

然而，对李洛而言更危险的，还是心里突然如洪水般爆发的杀戮与暴戾情绪，在这种负面情绪的冲击下，他原本俊朗的面庞都变得狰狞起来，眼睛里的血丝不断增多。

从某种角度来说，现在的李洛除了外形没有变得扭曲之外，看上去倒是与赤甲将有点相似。

李洛紧守着内心最后一丝清明，他明白绝对不能让杀戮情绪占据心灵，否则就会失去理智，沦为杀戮怪物，到时候不仅没办法解决赤甲将，还会弄巧成拙。

李洛一边如此想着，一边手掌一握，一枚圆润的白色珠子出现在手里。

正是他以前在金龙道场获得的圣光静心珠，此物虽然只是上品白眼宝具，却具备静心凝神之效，可以减弱杀戮情绪的冲击。

他迅速将珠子塞进嘴里，一股冰凉的气息顿时涌入体内，令他精神一振，整个人都变得清醒许多，眼睛里的血丝也不再变多。

他抬起头，杀机弥漫的目光锁定赤甲将。

“真是让我意外，没想到一个小小的相师境竟然还藏着这般底牌。”赤甲将漠然地注视着李洛，淡淡说道。

“你这个丧心病狂的疯子，好端端的人不做，却要变成这副鬼模样。”李洛讥讽出声，他的声音变得格外沙哑，是因为体内狂暴至极的能量把声带都破坏了。

他每说一句话，喉咙都传来剧烈的疼痛感。

赤甲将闻言则不屑地道：“小子，你太稚嫩了，只知道单纯的善与恶，根本不知晓世界的真实。所谓异类，本就是自人族的负面情绪中诞生，只要人族存在，异类就不会消失。”

“试图斩除异类是最愚蠢的行为，想要真正消灭它们，只有一种办法，那就是将两者融为一体，当善恶归于一处时，自然就不再有异类肆虐，我们还能从中获取强大的力量，何乐而不为?

“我们的做法才能真正拯救众生脱离苦难。”

听着赤甲将疯狂的说辞，李洛忍不住摇头。

“你真是个疯子，人人都和异类融合，岂不是满世界都是你这样的怪物？”

赤甲将冷笑一声，他挺起胸膛，露出蠕动的妖媚人脸，道：“这副模样怎么了？你太狭隘了，这才是真我，现在的你只是被人族蠢笨的身躯蒙蔽了所思所想而已，当你体验到这副身躯的力量时，自然会明白，真我才是世间最强之物。”

话到此处，赤甲将突然停了下来，眼神阴冷戏谑地盯着李洛，道：“你这股力量应该来自外物，看肉身被侵蚀的程度，你恐怕只能坚持很短的时间，而且这股力量虽强，但也没有超过我多少，如果你指望以此破局，恐怕有些天真。”

刚才之所以说那么多废话，只不过是以某种秘术感知李洛身上那股力量的强弱。

李洛面色冷漠，赤甲将这话不错，他的天祀咒只有上篇，并不完整，即便倾尽全力，也难以调动三尾天狼所有的力量，极限就是大天相境初期，与赤甲将相当，若比拼起来，顶多与对方打个平手。

可正如赤甲将所说，他的肉身太孱弱，根本不可能支持太久，一旦拖下去，还不等赤甲将将他重创，自己的肉身就要被三尾天狼的力量侵蚀成白骨了。

但与对方的一通废话同样是他故意为之，目的就是拖延时间。

此刻，李洛缓缓抬起手掌，手里握着一柄斑驳的古朴直刀，正是金玉玄象刀。

盯着斑驳的刀身，李洛的眼中闪烁起一道异样的光芒。

之前在力量暴涨的那一瞬，他发现金玉玄象刀突然剧烈震动起来，随着庞大能量涌入，李洛发现，刀身最深处竟然盘踞着一道金色的印记。

那道印记至尊至贵，散发着仿佛可以凌驾天地的威严。

那是……王者印记。

它显然来自金玉玄象刀的上一任主人，庞千源院长!

“难怪宫神钧对此刀垂涎万分，原来里面还隐藏着一位王级强者留下的印记。”

李洛深吸一口气，眼神炽热，以前无法发现这道印记，应该是实力不够的原因，根据他的推测，唯有达到天相境，才能触发它。

有这道印记在身，金玉玄象刀的威能会提升一个档次，成为大杀器。

李洛五指缓缓紧握刀柄，森冷的目光投向赤甲将。

他只有一刀的机会。

但有了王者印记相助，一刀足矣。

一念至此，李洛不再犹豫，他一步踏出，滔天般的血红能量顿时呼啸而来，直接灌注玄象刀内，刀身剧烈震动，嘹亮刺耳的刀鸣声响起，一道道刀芒迸射而出，卷动间连虚空都被切割开一道道黝黑深邃的痕迹。

血红刀芒于刀刃之前急速凝聚，短短数息之后，一道约莫百丈的刀轮成形，而后疯狂旋转，散发着难以形容的切割力，震动时刺耳的刀鸣声响彻百里。

“千流水刀轮。”李洛漠然的声音随之响起，同时斩出一刀。

那一瞬，刀身深处的王者印记轻颤，一缕神秘的金黄气息流淌而出，进入那道刀轮。

“唰！”

血红刀轮一闪而出，这一刹，天地仿佛都被切开了。

一道千丈长的光滑刀痕于大地凭空显现，几乎贯穿了赤石城。

血红刀轮斩破虚空而至，倒映在赤甲将的眼里，这一刻，他的面庞以及胸膛处的妖媚脸庞顿时发生了剧变，浓浓的惊恐之意弥漫，因为他们从斩来的血红刀轮中清晰地感觉到了死亡的气息。

这小子力量暴涨后明明与他相差无几，为何这一刀竟恐怖至此?!

第五百八十九章

刀斩赤甲

巨大的血红刀轮当空斩下，虚空都被切割成道道深邃的痕迹，凌厉至极的刀光肆意散发，将阻拦在前方的一切生生切开。

赤甲将的眼中有遮掩不住的惊骇之意，李洛突如其来的一刀让他感觉到了致命的威胁。

这个家伙究竟做了什么?!

心中惊骇，赤甲不敢有丝毫怠慢，他猛地张开嘴巴，一道血光喷射而出，一鼎血红色的小钟迎风而胀，旋即化为数丈左右。

钟声敲响，一圈圈血红音波扩散出来。

血钟厚重，上面铭刻着玄妙的符文，出现的那一刻，天地能量顿时呼啸而来，令上面的血光更加雄厚。

钟身之上可见一双金色的眼睛若隐若现，显然，这是一道金眼宝具。

在危急关头，赤甲将不敢有半点留手。

血钟一出现，便直接迎上了凶猛斩下的血红刀轮。

“当！”

撞击的一瞬，震耳欲聋的音波炸响，一股巨大无比的血红冲击波爆发开来，下方城市首当其冲，无数残垣断壁纷纷被撕碎，甚至连远处破损的赤红城墙都被生生扫荡。

天际云层，荡除一空。

如此战斗余波，当真可怖。

李洛为此感叹，真不知道他要何时才能凭借自身之力造成如此强大的破坏。与此同时，他的目光锁定虚空，那里一波波能量冲击不断爆发，源头便是血红刀轮与血钟。

血红刀轮高速旋转，释放出可怕的切割力，刀光凌厉强悍。

血钟则在拼命地抵御。李洛能够清晰地感应到，血钟的抵御力正在被迅速削弱，一缕缕凌厉的刀光开始撕裂血钟周身覆盖的血光，一旦防护被击破，血钟本体就会被重创。

“好强的王者印记！”

李洛内心震撼，即便借用了三尾天狼的力量，他也只是与赤甲将实力相当，除非有天祀咒下篇，那样就能把三尾天狼的力量催动到极致，以大天相境顶峰的实力镇压大天相境初期的赤甲将，问题应该不大。

眼下能如此摧枯拉朽，显然是金玉玄象刀里王者印记的原因。

一缕神秘的金黄之气令血红刀轮的威力提升到了一个相当可怕的程度。

王级强者当真恐怖如斯。

“当当当！”

急促的钟吟声不断从血钟之上响起，片刻后，血光不出所料地被刀光撕裂，一道道切割力强悍的刀光落在血钟上，血钟表面顿时被撕裂开一道道痕迹，钟身疯狂震动起来。

赤甲将面色剧变，死死盯着血红刀轮，数息后，他的瞳孔猛地一缩。

这一刻，他发现了里面那一缕流动的金黄之气，细细感受，一股震撼的压抑感笼罩而来。

“那是……王气？！”赤甲将的声音陡然变得尖锐。

所谓王气，是唯有王级强者方可修炼而出的能量，那个小小的相师境身上竟然有此等恐怖之物！难道他是哪个王级强者的后代吗？！

难怪这道刀轮的威力可怕得吓人，原来是有如此珍稀强大之物！

赤甲将面色变幻，旋即毫不犹豫地抽身暴退。这个地方不能留了，原本他想着晋升真我后杀光这些小崽子出一口恶气，但现在看来，他还是失策了，这些小崽子里藏着一头恶狼！

“只能暂避锋芒了，本将如今已化真我，接下来只需去雷鸣山吞噬雷鸣树，这样就有了冲击封侯境的资格！”

相较于冲击封侯境带来的诱惑，红砂郡丢了就丢了，如今各大学府已经盯上了这里，他没必要继续逗留，早点吞了雷鸣树离去才是明智行为。

李洛见到赤甲将竟然选择逃遁，不免有些惊讶，但他的眼神异常冰冷，心中涌动着杀机。

他费了这么大的代价，将三尾天狼的力量都调动出来，甚至还运用了极其珍贵的王者印记，如果让赤甲将跑了，岂不是损失大了？

李洛的脸上已经被三尾天狼的凶煞能量侵蚀得裂开，露出了里面的血肉，一条条血痕令他看上去颇为狰狞、凶狠。

他深吸一口气，颤抖着伸出双指，凌空点下。

血红洪流自指尖喷射而出，双指血肉瞬间被消融，化为两根白骨。

李洛额上冷汗涌现，然后顺着脸颊滴落。

“咻！”

血红洪流贯穿虚空，融入血红刀轮，刀轮顿时声势大涨，血红刀光劈斩而下，一道裂痕出现在血钟之上。

血钟爆发出刺耳的哀鸣声，血光迅速暗淡，最后一头栽落。

李洛伸手，将破损的血钟抓在手中，看了一眼，迅速塞进空间球里。

唔，金眼宝具价值不菲，对他这个洛岚府少府主来说都是稀有之物。

李洛收走血钟时，血红刀轮已再度破空而出，速度如风雷，掠过虚空时只能见到一道模糊的血光。

一息之后，那道血光已出现在赤甲将后方。

赤甲将骇得亡魂丧胆，此刻心里满是悔恨，如果早知道这群小崽子里有这么棘手的人，之前融合了血尾异类后就该放他们走，何必主动出手抹杀他们。

可事已至此，说什么都无用了。

赤甲将一声咆哮，伸出手掌，直接插进了胸口蠕动的妖媚脸庞里，硬生生把它撕扯下来。

妖媚脸庞疯狂挣扎，发出刺耳的尖啸声。

赤甲将眼里充满怨毒，他费尽心机融合了血尾异类，如今又将它剥离，不仅多年谋划付诸东流，他自己也会遭受难以想象的重创。

妖媚脸庞被扔出，迎向了血红刀光，在接触的瞬间突然爆炸开来。

“啊！”

凄厉的尖叫声中，血尾异类彻底炸碎，爆发出来的恐怖能量，硬生生阻挡了血红刀轮，刀轮开始迅速缩小，最终彻底破碎消散。

李洛的惊天一击总算被挡了下来，但赤甲将为此付出的代价却惨痛得无法形容。

可他已经顾不得这些，随着血尾异类被剥离，他体内的相力变得紊乱，残留的恶念之气出现了反噬。

赤甲将疯狂地逃窜着。

他无比暴怒，那小子他记住了，等离开红砂郡后，他定然要禀报上级，挖出这个小子的底细，让他付出代价！

李洛望着逃窜的赤甲将，他倒是想斩草除根，可此时他的身体已经开始失去控制，一身血肉不断被消融，如果不是在雷鸣山增强了肉身，恐怕现在已经变成了一具白骨。

而且最重要的是，随着过度运用三尾力量，他迎来了凶狠的反噬。

杀戮之意不断冲击他的心灵，眼前的景物渐渐变得猩红。

现在根本顾不上赤甲将，他紧咬着牙，望着远处化为一抹血光逃窜的赤甲将，沉重的眼皮渐渐垂下。

就在眼睛即将闭拢时，他突然见到数道燃烧着光明火焰的光钉撕裂长空，以迅雷之势从天而降，狠狠落在了逃窜的赤甲将身上。

“轰！”

血光瞬间被消融，赤甲将凄厉绝望的嘶吼声响彻天地。

“极日封魔钉……青娥姐恢复了！”

借着最后一丝清明，李洛心头一震，而后彻底放松下来，身子一歪，从天上栽落下去。

但他没有直接落地，而是在数息后落入一个柔软而充满幽香的怀抱之中。

“别……别碰我。”

模糊的目光透过眼缝，一张熟悉的绝美容颜浮现出来，但此时李洛的面庞已变得极为狰狞，他无意识地伸出手，试图推开近在身边的人，他害怕在杀戮之意侵蚀下自己会做出伤害她的事。

但眼前的人没有被推走，迷迷糊糊之中，李洛看见一张脸靠近过来，然后，唇边传来娇嫩冰凉的触感。

紧接着，一股充满神圣气息的相力如潮水般涌入嘴里，传遍体内。

第五百九十章

盘点积分

李洛不知道昏迷了多久。

在迷迷糊糊的意识里，他的心灵仿佛被血红的杀戮之气包裹，一遍遍涌来试图抹灭他的神志，好在李洛性格坚韧，紧守着最后的清明，不让自己饱受侵蚀的神志被淹没。

就在李洛苦苦坚守时，突然有一股神圣而温暖的力量涌入，耀眼如太阳，散发着光芒，在它的照耀下，杀戮之气开始如潮水般退去。

李洛的意识趁机再度掌控了身体。

沉重的眼皮缓缓睁开，映入李洛眼睛的是被净化之力弥漫的天空，余光扫过，看到的则是被大战摧毁的废墟城市，以及满地的枯骨。

“醒了吗？”一道熟悉的声音传入耳朵，嗓音虽然平静清脆，但里面蕴含的一丝担忧颇为明显。

李洛转过头，就见到旁边的一块大石头上盘坐着一道优美纤细的倩影。她的长发挽起，英姿飒爽，容颜依旧精致无瑕，不论从什么角度看去，都是令人心动的轮廓。她的肌肤细润如脂，宛如美玉，蛾眉淡扫，琼鼻挺翘，如远山般起伏，而本就精致的五官里最令人印象深刻的，还是那双金色的眼眸。

神秘而深邃，释放着一种独有的魅力。

李洛的目光下移，突然看向了女孩的红唇，然后有些惊讶地发现，她的唇边竟有一道淡淡的牙印，好似被谁咬了一口。

李洛心头猛地一跳，想起了意识模糊时的感觉。

那温柔娇嫩的触感以及突然涌入体内的光明相力，莫不是……

李洛心头猛震，然后眼睛突然虚弱地闭拢，面庞扭曲狰狞，嘴里发出痛苦的呻吟声："青娥姐，我还需要光明相力的治疗！"

"看来你已经被污染了，既然如此，为了让你少受痛苦，我还是亲自送你上路吧。"一道幽幽的声音传来，紧接着，李洛听见了剑锋划破空气的尖锐声响。

李洛心头一寒，一个鲤鱼打挺立即从地上跳起来，面不改色地道："这个污染属实可怕，好在我心性过人，最终成功化解了。"

姜青娥闻言，不置可否地道："如果扛不住可以和我说，我可以让你痛快点。"

李洛苦着脸道："青娥姐，你太残忍了吧。"

姜青娥冷哼一声，道："不是你先跟我装的吗？"

李洛苦笑，又偷偷看向姜青娥的嘴，明知故问道："刚才是青娥姐救了我吧？"

姜青娥俏脸平静，微微颔首："你体内凶煞之气极重，我用光明相力帮你净化，而且你的伤势很严重，光明相力有治疗之力，为了帮你恢复，我几乎消耗了所有相力。"

"青娥姐，谢谢你。"李洛感激万分。

姜青娥刚欲摇头，只见李洛竟然胆大包天地凑过来，笑嘻嘻地问道："青娥姐，你是怎么给我渡的光明相力啊？"

姜青娥闻言重剑一抖，剑锋之上突然出现了一个东西，李洛看去，顿时一惊，那竟然是一张妖媚的脸，赫然是血尾异类，只不过此时这张脸一片惨白，毫无生机。

"我用它的嘴贴着你，然后把光明相力传过去的。"姜青娥说道。

李洛瞳孔放大，脸唰的一下失去血色，颤抖着道："不会吧？"

而后他看见姜青娥似笑非笑的面色，顿时求饶道："青娥姐，不要逗我了，这个笑话可不好笑。"

姜青娥剑尖一收，血尾异类的脸消失不见，她玉手一挥，只见重剑呼啸而出，插在了不远处的墙壁上，李洛这才看见，墙上挂着一具生机散去的尸体，仔细一看，他的瞳孔便是一缩。

竟然是赤甲将！只不过已经死透了。

"你告诉我，是谁把赤甲将打成重伤的？"姜青娥眸光审视地盯着李洛，问道。

李洛一怔，吞吞吐吐道："我也不太清楚，之前似乎看见一个老爷爷从天而降，二话不说就把赤甲将打成重伤，我想可能是学府联盟的人。毕竟赤甲将居然做出融合异类这种天理难容的事，的确遭人厌恶。”

他不想把三尾天狼的事告诉姜青娥，不是不相信对方，而是这股力量太凶险，他不想姜青娥担心。

然而，姜青娥只是瞥了他一眼，半点不信这个蹩脚的谎言，而是若有所思地道：“这股力量凶煞无比，而且似曾相识，难道是在暗窟里遇见的三尾天狼？庞院长帮你封印了此物？”

她的眸光落向李洛手腕上的猩红镯子：“刚才对付赤甲将时你就用了这股力量？”

李洛目瞪口呆地看着姜青娥：这也能猜出来？！你是妖怪吧，大白鹅！

“当初庞院长给你留下一只镯子，我就隐隐有所猜测。”姜青娥淡淡道。

李洛苦笑一声。

“庞院长真是乱来，三尾天狼乃大天相境顶峰的实力，甚至已经在冲刺封侯境，这种凶物岂是你一个相师境能镇压的？它的能量凶煞至极，如果动用次数过多，心志被杀戮侵蚀，将是天大的麻烦！”姜青娥柳眉紧蹙，不高兴地说道。

“青娥姐，我只是想帮你分担压力。”李洛无奈地说道。

“府祭已经不远了，凭我现在的实力，正常修炼的话没办法给予你太多助力，我只能剑走偏锋。不过你放心，我心里有数，不会肆意动用这种力量的。”

姜青娥望着李洛，眸子里泛起一抹柔软，她如何不知道李洛如此冒险是为什么，只是正如李洛想为她分担压力一般，她同样担忧李洛受到伤害。

“那你往后要更加小心。”

姜青娥最终没有说出让李洛放弃三尾天狼的话，既然他做了这个选择，她自然会支持他，虽然这股力量极为凶险，但对李洛的能力与心性，她还是有信心的。

李洛点点头，笑道：“三尾天狼的事青娥姐还得帮我保密。”

他指了指赤甲将的尸体，道：“他的死跟我没关系。”

姜青娥明白他的意思，道：“我可以说他是我斩杀的，九品光明相特殊，别人即便有所怀疑，也不会猜到你的头上。只是这样的话，这份功劳跟荣誉可就归我了。”

“嗐，荣誉又不能当饭吃，我们是一个小队，该有的奖赏少不了我的。”

李洛毫不在意，而后他忍不住舔了舔嘴唇，笑眯眯道：“而且什么功劳跟荣誉能跟我刚才获得的福利比？”

姜青娥偏过头，李洛发现她如白玉般的脸颊上似掠过一抹浅浅的红，美得令人惊心动魄。

但还不待他继续打量，姜青娥就转移了话题。

“你把灵镜取出来看看。”

李洛闻言立即取出灵镜，第一时间扫向积分榜，然后双目圆瞪，倒吸了一口凉气。

积分榜上，他们所在的小队依旧居于第一位，让李洛失态的是小队名字后方的积分数额——

足足一百二十万积分！

第五百九十一章

大赛落幕

“一百二十万积分?！”

李洛满脸震撼，这个积分把第二名的蓝澜小队甩得远远的。

“我们进入赤石城前积分才七十多万。”李洛咋舌。

“没什么好奇怪的，我在最后时刻补刀杀死了血尾异类，大积分自然算在我们头上，而原本在赤石城布置净化阵法就能赚五十万积分，但被各个小队平分了，阵法的成形本来就不是我们单一小队的功劳。”姜青娥说道。

李洛点点头。虽说净化赤石城有五十万积分奖励，但净化灵珠是各个小队平分，到手就十来万而已，最终他们的积分能达到这个程度，还是靠血尾异类。

虽说重创血尾异类其他队长也有功劳，但终归没有成功斩杀，而且还引出了更可怕的赤甲将，而斩杀赤甲将完全是李洛与姜青娥两人的功劳。

“看来此次圣杯战的冠军要落到我们头上了。”李洛如释重负，总算完成了庞院长交代的任务，天祀咒下篇应该稳了。

而且，冠军还能获得学府联盟的奖赏，这也是相当让人眼热的资源。

一口紧绷许久的气终于松了下来，李洛感觉到一阵疲惫，这一届圣杯战因为混级赛机制的改变，比往常要更加艰难，与扭曲诡异的异类厮杀的凶险，怎么都不是学府之间的切磋比试能相提并论的。

姜青娥看着李洛，似微微一笑，道：“说起来，冠军能够落在圣玄星学府头上，你的功劳最大，你真的不准备公布吗？到时候说不定连长公主都会对你刮目相看、青睐有加。”

李洛正色道：“我对她的青睐一点兴趣都没有，长公主虽然长得天香国色，但是跟我洛岚府风华绝代的大白鹅比起来，还是有差距的。”

姜青娥没兴趣与他讨论这种无聊的话题，眸光一转，道：“他们要苏醒了。”

李洛的目光顺着看去，便见到一直没什么动静的蓝澜、长公主、宫神钧等人的身上突然有相力涌出，这说明他们在逐渐恢复神志，并开始控制体内的相力。

看来赤甲将被斩杀，他制造的幻境也随之破碎了。

数分钟后，蓝澜、长公主等八位队长率先惊醒，控制住自己身体的一瞬，他们便陡然暴退，同时运转起相力，脸上浮现出惊悸之色。

他们目光警惕地扫视四周，面色十分难看。

但随后他们又惊疑地发现四周空空荡荡，赤甲将的身影已消失不见。

“各位，别找了，赤甲将已伏诛。”此时，姜青娥的声音响起，吸引了他们的目光。

“赤甲将已伏诛？！”

听到此话，众人震惊，目光惊疑不定地投射而来。

姜青娥见状伸出纤细玉指，指了指不远处墙壁上赤甲将的尸体。

大家看去，眼瞳骤然紧缩。

赤甲将竟然真的被杀了？！怎么可能？！

赤甲将融合血尾异类，实力已经暴涨到了大天相境，他们联手都很难抗衡，谁又能将其斩杀？！

众人小心翼翼地靠近，看着赤甲将扭曲的尸体，片刻后，秦岳揉了揉眉心，道：“我现在是不是还在幻境里？”

蓝澜面色凝重地摇摇头，道：“幻境已破，眼前的赤甲将是真的，这股残留的相力波动假不了。”

赵北离不可思议地道：“那他是怎么死的？”

长公主凤目流转，然后投向俏脸平静的姜青娥，试探地问道：“青娥，不会是你做的吧？”

姜青娥比他们更早一步苏醒，应该是最有可能的。

其他队长闻言一愣，旋即沉默下来，姜青娥虽然是九品光明相，但她只是极煞境，说她有越级与天珠境战斗的实力，众人或许信，可赤甲将是大天相境啊！这般境界已是封侯境之下最强的实力了。

九品光明相再霸道，也不能跨越两个大境界杀敌吧？

“你们打开灵镜看看积分吧。”姜青娥没有解释，只是淡淡说道。

众人闻言立即掏出灵镜，第一眼就见到了高居榜首的积分。

“一百二十万积分？！”所有人惊呆了。

“青娥，你太棒了！”又一次经历了姜青娥带来的奇迹，长公主率先惊喜出声，娇艳典雅的脸上遮掩不住欢喜。她快步而来，情不自禁与姜青娥拥抱了一下。

长公主这般亲近举动，姜青娥有点不太适应，但也没有推拒，只是微笑着轻轻拍了拍对方纤细的后背。

李洛眼巴巴看着，十分羡慕。

众人面面相觑，还沉浸在一百二十万积分带来的震撼里，长公主小队的积分能如此暴涨，只有一个原因，那就是他们斩杀了赤甲将。

长公主此前与他们一样，都处于幻境之中，所以不可能是她做的。

而除了长公主，他们小队只有姜青娥有一丝可能了。

或许，姜青娥手里有什么极强大的底牌，才能扭转战局，斩杀了赤甲将。

这般想着，他们只能强迫自己慢慢接受这个事实，而且不管怎么说，姜青娥救了他们。

“姜学妹当真厉害，九品光明相名不虚传。”蓝澜轻叹一声，说道。

众人一脸唏嘘，唯有宫神钧沉默着，他的眼神深处掠过一抹晦暗，这个结局可真是出乎他的意料。

他的任务是让圣玄星学府无法获得冠军、夺得龙骨圣杯，但现在看来他失败了，血尾异类与赤甲将皆被斩除，长公主小队的积分是当之无愧的第一，远远甩开了其他队伍，他们已经没有追赶的机会了。

可是，他同样有些疑惑，姜青娥究竟隐藏了什么底牌，竟然能对实力达到大天相境的赤甲将造成威胁？

是洛岚府的两位府主留给她的吗？

心思流转，宫神钧英武的脸上浮现出笑容，朝长公主、姜青娥他们道喜。

他阻挠圣玄星学府夺冠的事不能暴露，否则惹怒了学府，恐怕连父王都吃不消。

随着时间推移，其他学员陆陆续续从幻境中退出，继而朝他们汇聚而来。

当他们知晓赤甲将被姜青娥斩杀时，不出意外地陷入震撼之中。

鹿鸣满脸惊讶，但她却靠近李洛，小声问道：“赤甲将之死跟你有没有关系？”

李洛心头一震，面色不改地道：“你在瞎想什么？我只是一个小小的相师境啊，赤甲将就算站在那里让我砍，我都砍不死。”

鹿鸣嘀咕道：“不知道怎么回事，总感觉跟你有点关系。”

李洛嘴角微抽，这就是直觉吗？真是一点道理都不讲啊。

“诸位，赤甲将与血尾异类已死，混级赛到此结束，我们该退走了。”此时，蓝澜的声音响起。

众人闻言顿时连连点头，混级赛太凶险，他们都不想再在红砂郡停留片刻了。

“终于可以回去了，学府高层真是不人道，好好的混级赛竟然把我们当苦力送来净化异类。”有学员抱怨道。

“是啊，如果不给些补偿，实在说不过去。”

“一路过来，我们承受了多大的压力？”

众学员纷纷赞同，一时间义愤填膺。

在这般吵闹间，所有人都掏出了灵镜，然后毫不犹豫地捏碎，顿时，一道道传送光柱冲天而起。

待光柱落下，废墟城内的一道道人影便凭空消失。

这座赤石城再度变得荒凉、寂静。

或许唯有等周边其他势力接手后，再经过漫长时间的休养，这座城市才能再度焕发活力与生机。

第五百九十二章

冠军小队

当传送光柱带来的眩晕感渐渐自脑海消除时，李洛睁开眼睛，熟悉的广场映入了眼底，四周人山人海，无数道好奇、炽热的目光投来。

他们回到了圣杯空间。

李洛扭了扭头，在身旁见到了姜青娥与长公主以及其他参加混级赛的队伍。

“轰！”

此时，广场上突然爆发出雷鸣般的欢呼声，还有震耳欲聋的掌声，所有人都在欢迎归来的英雄选手。

高台上各大学府的高层也面含微笑，眼里满是赞赏。

因为参赛队伍经历的一场场凶险战斗都经过布置的净化灵珠，以一种特殊的方式投影到了广场，所以他们可以清晰地看见这些优秀学员克服了多少困难。

除了最后在赤石城，赤甲将融合血尾异类之后的画面。

赤甲将的能力遮蔽了净化灵珠的窥探，这也是唯一让各大学府高层感到失控之处。

当时所有人都变得紧张，不论是观战的学员还是这些高层。

进入赤石城的八支队伍是东域神州年青一代的佼佼者，未来都有冲击封侯境的潜力，如果折损在这里，对于东域神州来说可谓是重创。

但各大学府高层也没有援救的办法，灵镜已经是一项保险措施了，可谁都没想到，赤甲将竟然以幻术迷惑了众人，让他们连捏碎灵镜的机会都没有。

那时，所有人都把心提了起来。

就在他们十分担心的时候，投影突然又恢复了，而此前嚣张跋扈的赤甲将已经莫名其妙被诛杀了。

这般变化震惊了所有人，学府高层都一脸错愕。

没有人知道在这段短暂的时间里究竟发生了什么，融合了异类、实力暴涨到大天相境的赤甲将究竟被谁所杀。

虽说不清楚具体情况，但从积分的变化上却能猜出来。

因为战斗结束的时候，所有人都发现，宫鸾羽、姜青娥、李洛小队的积分突然暴涨到了一百二十万，遥遥领先其他队伍。

所有人为之震惊。

这个积分表明血尾异类和赤甲将的融合体最终死在了这个小队的手里。

可让大家惊疑的是，当时所有人都陷入了赤甲将的幻术中，这支小队究竟是如何做到的?

抱着这般疑惑，此时广场上无数道目光都在打量着宫鸾羽、姜青娥、李洛三人。

而且最重要的是，从积分来看，此次圣杯战的冠军归属已经很明显了。

这个结果也不算意外，宫鸾羽这支小队有两人在院级赛获得了最强学员称号，虽说李洛这个一星院最强学员在混级赛的作用不大，姜青娥却不容忽视。

两女联手，即便是四星院最强学员蓝澜都不敢怠慢。

只是，如果说她们能够对付大天相境的赤甲将，似乎又不太可能。

但不管如何结果就是这样，赤甲将已被斩杀，积分也归到宫鸾羽他们小队头上，这不可能出错，最后的答案只能是这支小队隐藏了不为人知的底牌，趁所有人被幻境迷惑时，以雷霆之势诛杀了赤甲将。

对大家来说，这是最好的结局了，精锐队伍一人未损，顺利完成任务。

否则若是有人折损，在场无数学员恐怕要留下心理阴影，对往后学府联盟举办圣杯战颇为不利。

高台上，来自学府联盟的灵禹长老缓步上前，目光温和地看向众人，声音响彻广场：“首先老夫欢迎大家安全归来，你们的表现有目共睹，东域神州各大学府将为你们的成绩而骄傲。”

“你们完美解决了红砂郡的污染，净化了一片饱受苦难的土地，未来，这里必将孕育出新的希望。你们是当之无愧的英雄。”

随着灵禹长老声音落下，广场上再度爆发出惊天动地的欢呼声。

最激动的莫过于圣玄星学府的学员了，因为此次圣杯战冠军属于他们学府。

“还是我洛哥有本事啊，不愧是东域神州一星院最强学员获得者，赤甲将被斩杀，虽然我没看见发生了什么，但以我对洛哥的了解，其中他的功劳应该最大。”虞浪一声感叹，以一副睿智的模样做着分析。

“嗤。”

都泽北轩顿时嗤笑一声，道：“你在胡说八道什么呢，赤甲将什么实力？大天相境！李洛呢？一个相师境，连赤甲将都接近不了，他能有什么功劳？虞浪，你吹李洛得有个限度，不要太无脑了。”

王鹤鸠也慢条斯理地道：“应该是长公主与姜学姐最终使用了什么手段，李洛嘛……可能是在旁边鼓掌助威。”

虞浪轻蔑地看了两人一眼，摇摇头道：“井底之蛙，怎知洛哥之勇？”

他的眼神太有攻击性，让都泽北轩与王鹤鸠顿时有些恼火，但李洛毕竟是冠军小队的，威望正盛，其他学员对他格外支持，他们不在乎究竟是谁立了大功，只要冠军落在圣玄星学府就行。因此，其他学员听着虞浪的吹嘘，都露出善意的笑容，没有人附和他们两人。

“虽然虞浪说的确有几分不可思议，但纵观此次混级赛，李洛虽然只是相师境，可他的表现以及对队伍的贡献，恐怕长公主殿下都挑不出毛病。”吕清儿俏然一笑，说道。

“队长能够取得这样的成绩，创造了纪录，给我们东域神州一星院的学员争光了。”白萌萌煞有其事地说道。

都泽北轩、王鹤鸠眼皮子直抽：算了算了，这些都是李洛的拥趸，跟他们争能有什么好结果？两人理智地选择闭嘴。

高台上，灵禹长老转头与其他学府高层交流了一下，而后吕清儿他们就见到素心副院长的脸上有着掩饰不住的欢喜。

灵禹长老目视全场，温和雄浑的声音响彻在每一个人的耳边。

“至此，此届圣杯战的所有比赛项目均已完成，获得混级赛冠军的队伍来自圣玄星学府。”

全场的目光都汇聚到李洛三人身上，充满着羡慕、好奇以及钦佩。

“宫鸾羽。

“姜青娥。

“李洛。”

灵禹长老微微一笑，袖中数道金光飞射而出，无数目光看去，只见金光之中是一枚巴掌大小的金色徽章，它似是用某种神奇的树叶炼制而成，勾勒着神秘的纹路，那纹路看上去仿佛是一株参天古树，古老、浩瀚的韵味散发，令人心旷神怡。

神树金徽！

所有人的眼神都变得炽热起来。

第五百九十三章

神树紫徽

神树金徽！

当李洛望着飘到眼前的神秘树叶时，眼神不由得变得火热。

他可是眼馋此物许久了。

神树金徽可以散发玄妙的力量，能日夜不停地淬炼相性，令相性进化，从某种意义上说，简直就是一种源源不断的灵水奇光。

当然，单论一次的效果，神树金徽或许比不上炼化一瓶灵水奇光，可此物的优势是日积月累，随着时间推移，再小的提升堆积起来也相当惊人了。

再者，此物完全可以配合灵水奇光使用，让相性的进化效率获得不小的增幅。

可是真正的修炼至宝！

这般宝贝在金龙宝行都难得一遇，价值不可估量，即便是金眼宝具也远不能相比。

“神树金徽除了有淬相神效外，里面还被学府联盟铭刻了一道‘回春圣咒’，它有着强大的恢复之力，重伤时刻若是将其催动，能在极短的时间内修复伤势。”

高台上，灵禹长老面带笑意地说出了神树金徽的第二重功能，又引来许多艳羡的目光。回春圣咒无疑是一道保命神技，如果在与人生死交战、两败俱伤的时刻，突然来这么一道大恢复术，对方该多绝望啊！

三枚神树金徽在无数垂涎火热的目光注视下，悬浮在李洛、姜青娥、长公主面前，其中一枚径直落向了长公主。

“由于圣玄星学府的姜青娥与李洛在院级赛获得了最强学员称号，所以他们会各自获得两枚神树金徽。按照规则，你们可以选择将两枚神树金徽兑换成一枚等级更高的神树紫徽。”灵禹长老笑道。

"呵呵，神树紫徽比金徽更罕见，诸多功能也更玄妙，这种级别的徽章莫说在东域神州的学府大赛上，就算在内神州的学府里，获得者都少之又少。"

无数学员惊叹出声："神树紫徽！我记得已经好多年没有在圣杯战出现过了呢，没想到这次出现了两个。"

"是啊，要获得两枚神树金徽才能兑换一枚紫徽，条件太苛刻了。"

所有人都明白获得神树金徽有多困难，唯有最强学员才能取得一枚，而想得到第二枚，则必须取得混级赛冠军，两场比赛皆要遥遥领先，想要达成这种条件，难度不可谓不高。

纵观东域神州最近数十年举办的圣杯战，还没出现过神树紫徽。

"你们是选择两枚金徽，还是兑换成一枚紫徽？"灵禹长老温和地看着李洛与姜青娥。

李洛与姜青娥对视一眼，自然毫不犹豫地选择了兑换。

于是灵禹长老袍袖一挥，只见飘浮在李洛两人面前的神树金徽便凭空消失，紧接着两道紫光从天而降，在无数道炽热的目光注视中落在了他们眼前。

李洛定睛看去，紫光之中，一枚如树叶般的徽章静静悬浮，模样与神树金徽相差不多，只是显得精致许多，一缕缕神秘的紫光流动，隐隐间仿佛在中央形成了一只紫色的竖眼。

紫眼宝具！

李洛心头一动，神树紫徽竟然已经达到了紫眼宝具的等级，而且还是辅助修炼的紫眼宝具，这般宝物如果拿到金龙宝行去拍卖，真不知道会拍出什么天价。

紫眼宝具本就稀罕，封侯境强者看到都会心动，更何况神树紫徽还是更为罕见的辅助修炼之物。

李洛心跳加速，这种级别的宝具他还没拥有过。

"将精血融入其中，往后就是你们的专属之物了，若是被人强行夺走，此物会立即自毁。"灵禹长老提醒道。

神树紫徽太珍稀，容易引来觊觎，姜青娥还好，实力强，有自保之力，可对李洛这种相师境而言，无疑是小儿持金，一个不慎就会被人设计强夺，所以学府联盟在炼制时做好了应对手段，防止有人觊觎神树紫徽进而对持有者下毒手。

李洛与姜青娥闻言，立即自指尖取出一滴精血，然后在众人的注视下，融入面前的神树紫徽之中。

神树紫徽顿时绽放出一圈圈光环，这一瞬，李洛与姜青娥立即察觉到自身与神树紫徽有了一种奇特的连接，而且也感应到了它的诸多功能。

淬相。

灌灵。

神木回春甲。

淬相是金徽就拥有的基础功能，李洛关注的是灌灵，这道功能颇为特殊，同样是作用于自身相性，只不过与淬相的徐徐图之、日积月累不同，灌灵更像一种透支，因为一经催动，就会消耗神树紫徽大半的能量，同时爆发出一股极其庞大的淬相力量，让相性获得一次近乎灌顶的淬炼。

在灌灵的作用之下，相性获得的提升远比淬相更大。

只不过催动灌灵需要积累能量，使用一次后，就得等待许久，而因为能量消耗过大，还会减弱淬相的功效。

但李洛却对此充满惊喜，因为对他而言，灌灵比淬相更有用。

比如待他突破到地煞将阶，把第三相填入相宫后，就可以直接使用灌灵透支能量，在最短的时间内提升第三相的品阶，他估计，达到六品应该不难。

这样可以省去他不少的时间与精力。

惊喜了一会儿，李洛又看向了所谓的神木回春甲。

原本神树金徽里就蕴含着回春圣咒，能在极短时间内修复伤势，但紫徽内这道神木回春甲要更加厉害，此术一旦催动，就会在身躯表面化为一具拥有强大防御力的神木甲，除了防御力令人称道外，此甲还会如回春圣咒一般，释放强大的治疗之力，修复伤势。

可以说，神木回春甲是回春圣咒的加强版，防御与治疗兼备，安全感十足。

李洛看得心头滚烫不已，真不愧是紫眼宝具，三种特殊的能力远非金眼宝具可比，虽说不具备攻击性，但三个辅助功能足以弥补一切。

他伸出手掌，神树紫徽落进掌心，在接触的瞬间直接化为一抹紫光融入他的血肉之中。

然后李洛就见到，他的掌心出现了一道紫色树叶徽纹，淡淡紫光流转，神异非常。

“真不愧是学府联盟，大手笔啊！”

李洛满意地笑了笑。学府联盟真是财大气粗，这种级别的紫眼宝具如果放在大夏国，任何势力都不会拿出来作为奖赏。

他转过头看了一眼姜青娥，面对这般宝贝，平日里冷静从容的大白鹅，美眸中都不由得浮现出笑意。

高台上，颁奖完成后，灵禹长老再度开口：“此次混级赛较为特殊，所有参加混级赛的学员，学府联盟都会按照积分排名给予额外的奖励。”

这番话让参加混级赛的学员喜笑颜开，这次混级赛给他们安排了这么危险的任务，总归是要给点补偿才对。

一时间，气氛变得热闹沸腾起来。

灵禹长老面带笑容，说出结束之语：“那么，各位学员，这一届圣杯战到此就算圆满结束，老夫在此祝大家未来勇猛精进、勇铸封侯台。”

广场上，学员们皆对着灵禹长老弯身行礼。

李洛随众行礼，抬起身时，转头与姜青娥对视一眼，两人相视一笑，如释重负。

圣杯战总算是落幕了。

只不过对他们而言，未来的凶险或许才刚刚开始。

第五百九十四章
各方退场

圣杯战最终圆满结束了，接下来便是各大学府退场的时间。

喧哗的广场被学员们分割成一块块的，聚在一起交谈着。

李洛、姜青娥、长公主等人回到了圣玄星学府的聚集处，迎接他们的自然是无数激动的欢呼声，看架势，如果不是碍于长公主与姜青娥往日的威严与气势，此时怕是已经将三人抛起来庆祝了。

“李洛，名扬东域神州的滋味怎么样？”吕清儿望着归来的少年，对方俊朗的脸庞如耀日一般，灰白色的头发更令他有种独特的魅力，一路行来，吕清儿都不知道看见多少学府的少女在偷偷打量他。

李洛朝着眼前明眸善睐、清丽娇艳的少女无奈地笑了笑，道：“我就是一个打酱油的，能够取得冠军，主要还是殿下和青娥姐的功劳。”

吕清儿红唇微翘，道：“正常说的确是，但不知道为何，我感觉事实或许不是这样的。”

李洛瞪大眼睛，道：“为什么？”

吕清儿嫣然笑道：“哪有那么多为什么，女孩子的直觉而已。”

李洛顿时感到心累，我辛辛苦苦掩藏，为什么这些人都能猜到真实情况？难道我的光环已经强到这么不讲理的地步了吗？

“李洛，你的运气不错，有殿下跟姜学姐两人在，你这次混了个好成绩。”就在此时，一个充满酸气的声音冒了出来，李洛看去，不出意料的就是都泽北轩。

听着都泽北轩的质疑，李洛不仅不怒，反而以欣慰的眼神看向他。

果然，还是有正常人的。

李洛的眼神落在都泽北轩眼里，却让他以为是在嘲笑自己，当即额头上青筋跳动，咬牙道："你少得意。"

"榜上有名，名动东域，此时不得意，又待何时？"一道声音幽幽响起。

一句话将都泽北轩堵得胸口发闷，他恼怒地看去，便见到一个人不知何时站在了他的右侧，看模样正是李洛小队里那个存在感很低的辛符，这家伙神出鬼没，跟幽灵一样。

"哈哈，辛符你还是这么一针见血啊！你去哪儿了，刚才都没看见你。"李洛笑道。

辛符看了他一眼，面无表情道："我一直在对你招手。"

李洛一愣，眨了眨眼："有吗？"

旋即他干笑一声，道："哈哈，你的影相运用得越来越炉火纯青了，站在面前我竟然都没看见。"

辛符不说话了，只是在心里默默记了一笔。

"队长，咱们正义小队是不是要一人得道鸡犬升天了呀？"辛符身后，一张清纯光洁的小脸蛋笑颜如花地冒出来，朝着李洛偷笑道，灵动美目里满是崇拜之意。

如此清纯漂亮、能够治愈人心的小脸蛋，除了白萌萌还能有谁？

被她这般看着，饶是李洛心性过人，都不由得有些虚荣。

"李洛，咱们洛浪组合此次声威大震，未来可期啊。"此时一道大言不惭的熟悉声音传来，然后一只手就搭在了李洛肩上，用力拍了拍，同时强行挡下了李洛盯着白萌萌的目光。

李洛瞥了挡在面前的虞浪一眼，漫不经心地道："我也很看好你的潜力，所以我打算趁着此次得到冠军、为学府立下功劳的机会，去恳求素心副院长送你到暗窟修行半年，尽可能地开发出你的潜力，那个时候，我们双剑合璧，定然能声震整个神州。"

"你狠！"

虞浪面色一僵，放在李洛肩上的手赶紧收了起来，很识相地闪开身子，把白萌萌的身影让了出来。

白萌萌没在意两人刹那间的交锋，快步上前，巧笑嫣然地与李洛聊了起来。

虞浪看着，痛苦地闭上眼睛："噢，我的萌……"

“你的什么？”突然，身侧响起一道冰冷凌厉的声音。

虞浪心头一寒，睁开眼睛露出勉强的笑容，赶紧辩解道：“我是说我的梦想被李洛打碎了！”

白豆豆冷哼一声，道：“我觉得李洛刚才的提议挺不错，暗窟是一个很磨练人的地方，如果你能在那里待半年，必然有极大好处。虞浪，你只是六品风相，如果不付出更多的努力，未来必然难以封侯。而且你不论是背景还是天赋都不及李洛，这样下去只会被他甩得越来越远，虽说李洛不会看低你，但就怕你在面对他时会渐渐失去曾经的心态，最终两人渐行渐远。”

虞浪一怔，讶异地看着眼前飒爽的短发少女，对方的容颜虽然不及她妹妹，但飒爽的气质依旧让人眼前一亮。

“如果你觉得我在贬低你，就当我没说吧。”看着虞浪盯着她的眼神，白豆豆还以为他心里不舒服，当即冷淡道。

虞浪连忙摇摇头，笑道：“这种程度的话也想打击我？你也太小看我虞浪的脸皮了！”

“我只是有些惊讶，队长你竟然会为我的前途着想。”

白豆豆道：“身为队长，偶尔关心一下队员的身心健康，有利于团队发展，你以后若是变强了，对于我们小队而言也是好事。”

虞浪沉吟着点点头，认真道：“队长，谢谢你，你说的我都知道。我的家境一般，这些年能走到这一步，也是以各种你看不上眼的手段赚取的修炼资源，李洛身份跟我不一样，但他从未低看过我，是一个值得深交的朋友，但队长你说的也很有道理，为了以后和他不至于差得太远，我应该更加努力了。”

“或许，弥尔导师的提议，我要认真考虑一下了。”

白豆豆看了虞浪一眼，对方总是嬉笑的脸上此刻露出了罕见的认真神色，她不由得微微点头，这家伙平常看上去不着调，关键时刻还是知轻重的。

“弥尔导师的提议很极端，也很危险。”白豆豆提醒了一句。

弥尔导师以六品相性踏足封侯境，在圣玄星学府诸多导师里都是独一份，而弥尔导师对虞浪颇为看重，与对她的看重不一样，或许，弥尔导师是在虞浪的身上看见了自己曾经的影子吧。

只是，虞浪如果想复制弥尔导师的路子，难度极高。

虞浪闻言，笑着点点头。

这个世间，普通相性要想追逐上高品相的天才，如果不冒性命危险，又怎么可能做到呢?

当白豆豆与虞浪彼此交心时，被众人簇拥着的李洛见到两道人影穿过广场沸腾的人群走了过来。

其中一人是鹿鸣。

鹿鸣一走来，便吸引了不少目光，少女身材纤细修长、玲珑有致，容颜如白璧无瑕，气质高冷，独特的幻雷双相更是令她有一种独特的魅力感，风姿秀绝。

她的身旁还跟着一人，很是眼熟，正是天火圣学府的赵北离。

鹿鸣明显是冲着李洛来的，她大大方方走到他面前，对着他说道："李洛，我来和你道个别，此次分别后不知什么时候会再见，我对你的双相很感兴趣，很想经常和你交流修行双相之力的心得。"

跟着鹿鸣的赵北离嘴角抽搐，目光警惕地盯着李洛，这个小子长得实在好看，鹿鸣明明在学府高冷得不行，旁人想接触都难于登天，这才跟李洛认识多久，就建立了关系，若是待久了还得了? 他们天火圣学府的高岭之花岂不是要被别人摘走了?

所以刚才一见到鹿鸣要来找李洛道别，他就立即跟了上来。

李洛冲着鹿鸣笑道："你的幻雷双相可比我这水木双相厉害多了。"

说实话，李洛还真有点眼馋鹿鸣的幻雷双相，这两种相性进攻性十足且变化多端，若是运用得当，任何对手都会感到棘手。

"再见了，希望下次遇见的时候，你的双相之力已经修炼到第三层境界，因为我感觉我离那一步已经不远了。"

鹿鸣扫了一眼站在李洛身后、带着淡淡笑容注视着她的吕清儿，没有多说什么，潇洒地摆了摆手便径直转身而去，显得颇为洒脱。

李洛冲着她的背影挥了挥手。

"李洛，你的魅力真是太大了，这才多长时间，这位天火圣学府的高岭之花看上去都恨不得转学到我们学府了。"吕清儿笑道，贝齿轻咬着红唇。

李洛谦虚地摆了摆手，道："不至于，不至于。"

吕清儿幽幽一叹，有点心累，看来男人不能太好看，否则招蜂引蝶的本事完全不逊于女子啊。

广场上热闹喧哗，当学员们聚于一堂热聊的时候，各方高层也完成了仪式，所谓仪式，自然是指龙骨圣杯的交接。

最终，各方学府高层领着学员们离开了这处空间。

第五百九十五章

圣树灵晶

当李洛再次看见学府里那棵伟岸的相力树时，他的眼神出现了瞬间的恍惚。此次圣杯战时间不算长，就一个月左右，可或许因为经历了太多，反而让他有一种与学府阔别已久的感觉。

当李洛沉浸在归乡的情绪中时，四周突然响起震耳欲聋的欢呼声，声音之大，连地面都震动了起来。

“宫学姐无敌！”

“姜学姐无敌！”

“李洛福将！”

李洛转头看去，只见圣玄星学府的学员尽数聚集在四周，神色无比激动，声嘶力竭地欢迎着从圣杯战归来的参赛者。

圣杯战的结果他们已经知晓，学府一整天都处于狂热的沸腾之中。

他们圣玄星学府成了此次圣杯战的冠军！如此荣耀，让所有学员都有一种自豪感。

贡献最大的李洛三人自然就被当作学府的英雄。

只不过让李洛有点不满的是，凭什么长公主跟姜青娥的口号是无敌，他就是福将？真以为他是去当挂件的吗？！

广场之中，紫辉导师们迎了上来，满面笑容地朝素心副院长说着“辛苦了”。

素心副院长与他们说了会儿话后，便在众人的注视下，招手让李洛、姜青娥、长公主过去。

“龙骨圣杯能够落在我们圣玄星学府手里，这三个小家伙厥功至伟。”素心副院长满脸得意，又点了三位导师的名字，其中包括郗婵导师。

三人正是李洛他们的修行导师。

李洛他们能够取得如此亮眼的成绩，导师自然功不可没。

学府同样会记住他们的功劳，未来给予相当丰厚的奖励。

李洛看向郗婵导师，对方薄纱覆面，穿着一身黑色衣裙，身材玲珑有致，气质知性淡然，她看了李洛一眼，清亮的眼眸中露出了满意的笑容。

对于李洛在圣杯战取得的成绩，她与有荣焉。

一星院最强学员的称号足以说明李洛的天赋与能力，在她执教的这些年，还是第一次教导出有如此成就的学员。

“副院长，三个小家伙表现这么出彩，学府的奖励可不能寒碜了。”郗婵导师轻声笑道，嗓音轻灵。

素心副院长笑着点头：“郗婵导师有什么建议？”

郗婵导师微微沉吟，眸光扫过李洛三人，而后认真道：“圣杯战的冠军不仅能为我们学府赢来响亮的名声，龙骨圣杯也会让学府接下来四年轻松许多，甚至保住许多学员的性命，所以他们的功劳之大不需多言。”

说完这些，她又缓缓道：“我建议一人奖励一枚‘圣树灵晶’。”

此言一出，周围紫辉导师的神色顿时微变，就连素心副院长都怔了怔。

李洛瞧这些紫辉导师的反应这么大，不由疑惑地低声问姜青娥：“圣树灵晶是什么？”

“是相力树吸取天地能量后，结合自身灵性形成的一种能量晶石，里面蕴含着极为精纯庞大的能量，即便对封侯境强者来说都是好东西。据我所知，此物产量稀少，学府紫辉导师每年都只有两枚的额度，至于金辉导师，这是他们最渴求的东西，但因为级别不够，无法正常获得，除非立下大功劳，学府才会赏赐。”

回答李洛的是长公主，她冲李洛轻笑道：“这可是好东西，你跟青娥很需要，因为圣树灵晶里还蕴含着一丝破境之力，最适合你们这些达到一个阶段巅峰即将突破的人。”

李洛闻言不禁动容，破境之力？意思是能帮他从相师境突破到地煞将阶吗？如此奇宝，怪不得连身份尊贵的紫辉导师们都如此在意。

“圣树灵晶产量极少，大夏诸多封侯境强者都颇为垂涎，但它很少外流，自家紫辉导师都分不够，又怎么轮得到外界的封侯者？而偶尔流出去的，往往出现在金龙宝行的拍卖会里，每一枚的价值都以千万来计。”

“郗婵导师对你还真不错，竟然会主动为你争取这般宝贝。”长公主掩唇轻笑。

李洛心头一热，看向郗婵导师的眼神里满是感激。如今他已是化相段第四变，处于相师境顶峰，接下来要做的就是倾尽一切资源在府祭到来之前突破到地煞将阶，只有这样，他的实力才会迎来一次前所未有的暴涨。

如果能得到圣树灵晶，无疑会让他把握更大。

“呵呵，郗婵导师，他们三人为学府取得龙骨圣杯的确是天大的功劳，给予重赏我觉得不为过。只是圣树灵晶毕竟特殊，它产量极少，每年光是我们紫辉导师就得争执许久，而且最重要的是，很多金辉导师都在眼巴巴盯着，他们是学府的骨干，为学府的建设立下了汗马功劳。所以，我觉得还是换成其他奖励更合适。”

就在李洛内心激动的时候，突然有一道笑声突兀地插进来。

他心头一怒，目光投去，然后就见到沈金霄站了出来。

“有朝一日，刀在手，杀沈狗！”

对于这个横插一棒子的沈金霄，李洛心头怒极，脸上虽然不显，心里却已将沈金霄千刀万剐。

沈金霄仿佛感应到了李洛的想法，目光投来，淡笑道：“李洛，我并非针对你，只是圣树灵晶对现在的你们来说难以物尽其用，使用起来反而会浪费不少能量，我建议你们选择其他奖励，学府一定不会亏待你们的。”

沈金霄的话引得一些紫辉导师微微点头。圣树灵晶是学府的珍稀资源，他们这些封侯境每年都需要争夺，如果此时分出三枚，无疑会影响到他们。虽说李洛三人立下了极大的功劳，但沈金霄有句话说得不假，这种资源现在给他们，最起码给李洛这个相师境，的确有点暴殄天物。

他们不是不赞同重赏李洛他们，只是觉得物尽其用会更好。

“有功就该赏，我不觉得还有什么功劳比帮学府夺回龙骨圣杯更大，至于奖励对他们而言会不会浪费，我觉得这不是我们应该考虑的问题，他们自己会思考使用时机。”郗婵导师淡淡道。

“我觉得郗婵导师说得很有道理，龙骨圣杯带来的效应，我觉得恐怕在场的紫辉导师都未必比得上。

“既然我们每年都有两枚圣树灵晶，为何他们三人没资格有？”此时，一道尖厉的声音响起，众人看去，只见说话的是一名中年女子，头发火红，面庞异常严厉，正是姜青娥的修行导师——火絮。

其他紫辉导师不再说话，他们都知道这位火絮导师脾气最是火暴，若是跟她争执，难免又要引起激烈冲突。

沈金霄神色淡淡，一副还想再说的样子。

但素心副院长摆了摆手，制止了众位紫辉导师的争执，道：“此事容后再议，不过我们学府绝对不会亏待立下大功的学员。”

“各位导师先带学员们回去吧，参加圣杯战极其疲累，让他们好生休整一下。”

听到素心副院长这么说，紫辉导师们只能作罢。

素心副院长的目光则是突然看向李洛，露出一丝微笑。

“李洛，你跟我来一下。”

众人闻言神色一动，沈金霄扫了李洛与素心副院长一眼，神色平静地没有说什么。

李洛与姜青娥交代了两句后，便依言跟上了素心副院长。

第五百九十六章

敌人来历

学府内，素心副院长的办公间。

李洛规规矩矩地站着，素心副院长瞧见他这副老实模样，似笑非笑道："在我这里就没必要装人畜无害了，沈金霄导师说的那些话，你心里怕是早就记恨上了吧？"

李洛闻言连忙摇头说道："副院长您可不能冤枉我，学府谁不知道我李洛尊师重道，虽然沈金霄导师心胸狭窄，但我还是很尊敬他的。"

素心副院长哭笑不得，指了指一旁的椅子，示意他不必拘谨地站着了。

"圣树灵晶是学府极高端的修炼资源，连紫辉导师都对它念念不忘，沈金霄导师提出异议也是人之常情。"她说道。

李洛乖巧坐下，没有遮掩地直接说道："我觉得我们的功劳配得上这份奖励。"他言语间毫不掩饰对圣树灵晶的渴望。

素心副院长优雅地坐下，取过茶壶，为李洛斟上一杯热茶，莞尔道："你这小家伙还真是直白呢。"

李洛受宠若惊地接过，咧嘴笑道："因为我相信素心副院长啊，您在咱们学员心里可是比庞院长更让人信任，所有人都说您最大的优点就是赏罚分明！"

素心副院长无奈地摇摇头："李洛啊，你这张嘴再配上你这模样，我真为我们学府里的小姑娘担忧呢。"

李洛干笑道："副院长，我可是有婚约在身的人，您可不要把我说得那么不堪。"

"你这个婚约……姜青娥太宠你，怕是根本管不住你。"

素心副院长没在这个话题上多说，端着热茶浅抿了一口，转而道："你放心吧，你们为学府立下大功，我不会连三枚圣树灵晶都舍不得，你若是真想要，回头我就让人给你送去。”

李洛大喜：“多谢副院长！”

“此次混级赛比往届凶险许多，你们付出这么大的代价为学府赢得荣誉，怎么都不能亏待你们。”素心副院长感叹道。

说起红砂郡，李洛忍不住问道：“副院长，黑风帝国的异灾应该是人为的吧？赤甲将明显属于某个神秘的势力。”

素心副院长闻言眼神变得凝重许多，没有隐瞒，轻声道：“各大学府高层时刻都在关注你们的混级赛，赤甲将的出现让灵禹长老很在意，特别是看到最后此人与异类融合，灵禹长老当时就面色大变，脱口而出三个字。”

她看了李洛一眼，缓缓道：“归一会。”

“归一会？！”李洛心头一震，道，“这是一个势力吗？”

素心副院长颔首，道：“这是一个非常恐怖且庞大的势力，实力之强、触手之长你根本无法想象，只不过它们一般是在内神州兴风作浪，没想到这次却出现在了我们东域神州这种偏僻大陆。看来，他们的触手又延伸了。”

“归一会与学府联盟是大敌，不，准确来说，它的理念与绝大部分人族势力的都水火不容。”

“什么理念？”李洛惊讶地问道。

素心副院长缓缓道：“人族对异类的看法都是要尽早清除，避免异灾肆虐扩散，它们的危害你应该很清楚。”

李洛面色沉重地点点头，在红砂郡的镇江城，他亲眼看见异类以极其残酷的方式对待人族，那一幕，再铁石心肠的人看见了恐怕都会怒火攻心。

异类没有任何善意的情感，它们是无数负面情绪的集合，人族因为恐惧、欲望诞生的负面情绪就是它们最喜欢的东西。

它们天生就是祸乱的源头。

“但归一会不一样，他们的理念是与异类共存，在他们眼里，异类只是人族的恶，也是人族的一部分。在无数年前，人族达到过极致的辉煌，后来因为一些原因，它们从人族剥离，导致人族衰落。

“所以人族想要重回鼎盛时期，唯有再度与异类融为一体，这就是所谓的善恶归一、迎接真我。

“你们见到的那个赤甲将，就是用这种方法获得了一种强大而扭曲的力量。”素心副院长说道。

李洛面色难看地道：“真是一群疯子。”

“的确是疯子，他们为了能让更多异类出现，不断以各种方式打开世界裂缝，在各个地方制造异灾，搞得异类肆虐，再从中挑选与自身契合的强大异类，进行所谓的融合，寻找所谓的真我。”

说到此处，素心副院长眼中涌现出杀机：“至于会有多少人因此而死去，却不在他们的考虑范围中，在这群疯子眼里，为了他们的真我，死再多人都是值得的。”

李洛眉头紧皱，这群疯子就是满世界创造灾难啊，而且人族无数王侯强者前赴后继进入王侯战场，阻挡异类的脚步，这些浑蛋却在后方拖后腿，还故意把异类放进去，简直人神共愤。

“就没有顶尖势力铲除他们吗？”他不解地问道。

“归一会的实力远超你的想象，就算学府联盟倾力而为，都不一定能抹除。而且他们隐藏得极深，潜伏在人族之中，谁也不知道某些势力里的高层会不会就是他们的人。”

“这是一个真正的庞然大物，恐怖程度连我都感到心悸。”素心副院长轻叹道。

李洛心头遍生寒意，这种信息对他来说太有冲击性，在归一会的眼里，或许他们洛岚府就跟蚂蚁一样，不，不只洛岚府，整个大夏国恐怕都能被他们轻易覆灭。

黑风帝国就是前车之鉴，一个实力不弱于大夏国的强盛国度，一旦被归一会盯上，就只有倾覆。

这是一个真正站在世界顶点的恐怖势力。

李洛暗叹，算了，这种问题根本不是他一个小小相师境能操心的，还是交给学府联盟以及内神州的超级势力去头疼吧。

素心副院长没有继续多说，知晓这种隐秘对李洛来说只是平添压力罢了，何况归一会这种存在连圣玄星学府都不敢沾惹。

“单独叫你来，你应该猜得到是为了什么事吧？”她话锋一转，冲着李洛笑道。

李洛心头一动，没有说话。

素心副院长伸出玉手，掌心光芒闪烁，下一刻，只见一座约莫巴掌大小、暗金色的金杯出现在她手里。金杯极其精致，杯身上有金龙蜿蜒盘踞，龙尾与龙首刚好形成把手，龙目金光流转，一股难以形容的威压随之弥漫，这方空间仿佛都莫名震动起来。

一道若有若无的龙吟声响起，仿佛是穿越时空、自远古而来。

李洛望着素心副院长手里的金杯，心头顿时一震，瞳孔微微放大。

这座金杯应该就是传说中的龙骨圣杯！

第五百九十七章

祀咒下篇

“没错，这就是龙骨圣杯，是你们在圣杯战最大的收获。”

手里托着盘龙金杯，素心副院长微微一笑，感慨道：“就是这个东西，让东域神州诸多圣学府倾尽全力竞相争夺。此次多亏了你，有了此物，我们学府镇压的暗窟应该能消停一段时间了。”

李洛目光一闪，茫然道：“我就是一个混子，主要还是靠青娥姐和长公主殿下。”

“在我这里就不必装傻了。”素心副院长没好气一笑，指了指李洛手腕上的猩红镯子，戏谑地问道，“三尾天狼的力量好用吗？”

李洛错愕地望着素心副院长，没想到对方竟然知道这个秘密。

“庞院长把事情都告诉我了。”

素心副院长感叹道：“我的确有些意外，他竟然会选择一个一星院的新生，还信誓旦旦地说你一定能为学府夺得龙骨圣杯，而更让人惊讶的是，最后还真的实现了。”

李洛苦笑道：“无非就是借助外力以命相搏而已，不算什么本事。”

他不觉得自己有多了不起，能打败赤甲将完全是因为三尾天狼的力量，跟他自身没有多大关系。

“不必妄自菲薄。”

素心副院长声音温和地道：“首先这种外力并非想借就能借的，你不明白对一个正常的相师境来说，三尾天狼这么可怕的力量会对他造成何等冲击与影响，我想，如果换作其他人，比如二星院的祝煊，他恐怕会迷失在凶煞的力量中，失去理智，成为肆意杀戮的傀儡。”

“你坚韧而冷静的心性才是操控三尾天狼的关键要素，天祀咒只是给了你一把开启这个力量的钥匙而已。院长的眼光很不错，从一开始就觉得你能驾驭这种力量。”

李洛挠了挠头，被素心副院长的话夸得有点不好意思，道：“其实没有完全控制三尾天狼的力量，我也付出了代价，如果不是青娥姐帮忙，我此时未必能完好无损地站在这里。”

“那也做得非常好了，毕竟对相师境来说，三尾天狼的力量太凶险了。”

素心副院长摇摇头，然后手掌一抬，龙骨圣杯就徐徐飘到了李洛面前。

“庞院长无法离开暗窟，他答应你的事只能交给我代办了。”

与此同时，她抹过手腕上佩戴的空间球，一枚玉简闪现而出，被她放在李洛面前，笑道：“这是天祀咒下篇，有了它，你就可以催动三尾天狼的所有力量，但我还是得提醒你，三尾天狼的力量对你而言依旧危险，所以要谨慎。”

李洛欣喜无比地接过玉简，以相力催动，顿时有诸多熟悉的信息涌入脑海，正是他极为渴求的天祀咒下篇。

心满意足地收起玉简，李洛的目光投向面前的龙骨圣杯，他明白，收了好处，就该放血了。

不知道庞院长拿他的精血究竟想做什么?

李洛思绪转动了一下，然后便不再犹豫，取出小刀划破指尖，而后鲜血滴下，尽数落进龙骨圣杯里。

圣杯也是分外奇特，明明里面有一个大的空间，可鲜血落进去，它却仿佛只是一个普通的杯子，渐渐就被填满了。

半晌后，当李洛的脸色渐渐变得苍白，身体传来虚弱感时，他停下了供给。

素心副院长接过圣杯，小心翼翼地收起，同时提醒李洛道：“此事你不要告诉其他人，跟院长有关的事太引人注意，任何一点动静说不定都会引来不必要的窥视与麻烦。”

李洛点点头，问道:“副院长，有了龙骨圣杯，接下来庞院长就能现身学府了吗？”

素心副院长微微沉吟，道：“恐怕没这么简单，咱们这座暗窟深处有些特殊，不然也不会让院长这么多年都无法脱身，不过有了龙骨圣杯，他必然能轻松许多，再做些准备的话未必不能出来。”

李洛闻言有点遗憾，不知道究竟要准备多久。

“副院长，我帮学府争回了龙骨圣杯，学府算不算也欠我个人情啊？”李洛目光突然转向素心副院长，笑眯眯地问道。

素心副院长笑道：“我不是答应会给你圣树灵晶作为奖励吗？”

“一码归一码啊。”李洛分辩道。

“你想做什么？”素心副院长凝视着李洛。

李洛没有遮遮掩掩，而是诚恳地道：“当然是希望洛岚府能够获得圣玄星学府的帮助。”

洛岚府接下来的府祭，各方都会有所动作，那些势力实力强横，必然少不了封侯境强者，虽说洛岚府有彪叔守护，但他状态不好，而且只能挡住一人。

据李洛估算，明面上对他们洛岚府抱有敌意的就有都泽府、极炎府，除此之外，兰陵府最神秘，是以刺杀、情报出名的，可以看成是一个杀手组织，这种组织利益至上，如果有谁出大价钱，他们说不定愿意插一脚。

至于关系还算友善的金雀府也不能完全信任，大府之间的友情过于脆弱，而且与金雀府的友谊是建立在他父母皆在的情况下，这些年过去，父母依然没有音讯，所以对金雀府，他同样需要保持警惕。

这样算下来，大夏五大府，其他四府都或多或少觊觎着洛岚府。

还有一个重要的点，大夏王庭也需要戒备，虽然长公主屡屡跟他们示好，可在如今的王庭里，长公主的话语权明显不如摄政王。

可偏偏这个摄政王让李洛感到很危险，一直以来他与姜青娥都是敬而远之，所以府祭举办之时，这位摄政王会是什么态度现在还不得而知。

听到李洛的话，素心副院长容颜平静，没有感到惊讶，睿智的她早就洞悉了李洛的心思，她微微沉默了一会儿，最终缓缓摇头。

“李洛，虽然我很想帮助你，但是很抱歉。

“圣玄星学府中立的立场是立身之本，我们绝不会因为任何原因参与大夏任何势力之间的争斗。”

她轻叹一声：“所以，在洛岚府这件事上，圣玄星学府帮不了你。”

第五百九十八章

王侯烙纹

听到素心副院长的回答，李洛没有感到失望，因为这也在预料之中，圣玄星学府维持这么多年的立场，不可能因为他一个学员就改变，即便他为学府立下了汗马功劳。

“唉，说不定两个月后，圣玄星学府就会失去两个潜力无限的学员了。”李洛伤感地叹息一声，神色忧郁。

望着眼前忧郁的少年，明知道他在演戏，但配上这么俊朗的容颜，素心副院长心里还是升起了一丝不忍，无奈道：“你也不用这么悲观，虽然洛岚府引得诸多觊觎，但我可不相信李太玄、澹台岚那两个家伙没有做准备。”

“而且，就算到时候洛岚府真的保不住，我也能给你一个保证，不管形势如何凶险，只要你和姜青娥进入圣玄星学府，至少在大夏，没有人敢对你们做任何不利的事。”

虽说碍于学府立场的问题，素心副院长不能插手大夏诸多势力的争斗，但李洛与姜青娥毕竟是学府的学员，只要他们身在学府，学府就会给予庇护。

虽然从现实角度来说，学府并非会对所有学员都提供这种级别的庇护，但一切因人而异，李洛与姜青娥的价值与潜力完全值得学府在一定范围内对外界展露力量，以做震慑。

“洛岚府是我父母的心血，如果真的毁在我们手里，那也太可惜了。”李洛真诚地说道。

“留得青山在，不怕没柴烧。”

素心副院长耐心劝导道：“李太玄与澹台岚虽然失踪，生死未卜，但谁也不知道他们会不会在某个时刻归来，而你和姜青娥的潜力不比他们两人弱，只要给你们时间，很有可能踏足封侯境。而你们一旦封侯，又是一门双侯，到时候不管是重建洛岚府还是报仇雪恨，大夏又有谁能阻拦你们？所以万万不可因一时意气，放弃了退路。”

“再说了，洛岚府的基业看似不小，但你和姜青娥未必就要把它放在眼里，未来修行有成，力量在身，远比一个洛岚府更重要。”

看得出来素心副院长是真的担心李洛年轻气盛，一定要跟洛岚府共存亡，可这么做是最不理智的行为。

李洛闻言点点头，笑道：“副院长放心，我不是莽撞的人，如果真的事不可为，我和青娥姐都会放弃的，只是那时就需要麻烦学府了。”

素心副院长松了一口气，道：“只要你们进了学府，在大夏，就算是王庭也没胆子让我们交人。”

“而且没了洛岚府这个背景，到时如果有外界封侯境强者想斩草除根，学府定会全力保护你们，若对方冥顽不灵，视学府规则为无物，我们也只能把他们当作挑衅学府威严的敌人，彻底铲除。”

话到最后，素心副院长温和的笑容间多了一丝霸道与冰冷之意。

她挺喜欢李洛与姜青娥这两个好苗子的，再加上此次又为学府立下大功，只是因为立场，她不能违背学府的立身之本。

可如果理由得当，她很乐意给予他们帮助，这也是一种投资，而李洛与姜青娥都具备这种价值。

“那就谢谢副院长了。”李洛诚恳地感谢道。

他明白，素心副院长能说出这些话已经是极限了，学府的规则基本源自学府联盟，莫说她这个副院长，就算是庞院长也不能随意破坏。

虽说学府联盟总部天高地远，可一旦知晓了，以此发难，扣除每年的修炼资源补助，会对学府产生极大的影响。

再者，学府对他们不薄，特别是姜青娥，早早显露出了九品光明相，潜力无限，让洛岚府诸多敌人忌惮。

这些年如果不是学府的庇护，震慑外敌，指不定就有哪个封侯境强者忍不住出手，提前扼杀了。

现在素心副院长的意思很明确，学府不会帮忙保住洛岚府，但如果到了两人有生命危险的时刻，学府愿意保护他们。从某种意义来说，这也是一条退路。

还想奢求更多就强人所难了，说不定还会把双方的关系搞得尴尬。

素心副院长摆了摆手，看着李洛想了想，然后手指抹过手腕上的空间球，下一刻，一张青色卷轴出现在手里。

卷轴似乎是用某种高级精兽的皮毛制成，流动着玄妙的光纹，犹如会呼吸一般，而且还有一种若有若无的强悍威压散发出来。

素心副院长指尖一抖，青色卷轴便在李洛面前缓缓铺开，只见里面有澎湃的能量光芒涌动，光芒之中有一对青色的羽翼若隐若现。

“这是什么？”李洛好奇问道。

“是学府联盟此次给予贡献突出学员的奖励，此前应该有人跟你说过，这就是王侯烙纹，一种由封侯境强者制造出的消耗性特殊道具。”

素心副院长笑了笑，道：“此为幻灵翼遁术，乃三品王侯烙纹，是学府联盟这次给出的这批王侯烙纹里品级最高的一道，它的作用是一经施展，便可化出分身，以遁光逃离。”

“此术有迷惑敌人之效，其遁光速度之快，封侯之下无人能及，甚至一般的封侯境强者猝不及防之下，都未必追得上你。”

李洛哭笑不得，素心副院长真是关心他的性命安危啊，给他奖励的王侯烙印都是逃命用的，而不是攻击性或者防御性的。

但这个连一般封侯境强者都追不上的遁光还真让他怦然心动。有了此术，生命安全就有了足够保障。

他想了想，没有拒绝素心副院长的好意。

“王侯烙印需要激活，回头找你的郗婵导师，让她帮你。”见到李洛收起幻灵翼遁术，素心副院长满意地点点头，同时提醒道，“另外，这次圣杯战你最终获得了一百二十万积分是吧？”

李洛点头，圣杯战的积分可以同等兑换成学府积分，所以现在他手里有一笔非常恐怖的财富，一百二十万积分可以兑换大量修炼资源。

“可真是一笔庞大的积分啊，学府联盟真会给我们找事。”连素心副院长都忍不住感叹道，因为想要消化掉这笔积分，一般的修炼资源恐怕办不到。

于是她微微沉吟，手指轻轻敲了敲桌面。

“那么李洛……你对封侯术感兴趣吗？”

李洛双目陡然瞪圆，口水差点从嘴角流下。

第五百九十九章

封侯之术

李洛的夸张模样引得素心副院长莞尔一笑，道：“堂堂洛岚府一门双侯，我可不信李太玄与澹台岚没有留下封侯术，这般装穷给谁看呢？”

对一般学员来说，封侯术是高高在上、不可触及的存在，因为每一道封侯术都是出自封侯境强者之手，珍稀昂贵，放眼大夏国，拥有封侯术的势力屈指可数。

但李洛以及他背后的洛岚府可不在此列。

李洛叫苦道：“我老爹老娘的确留了封侯术，只不过他们留下来的我现在根本修炼不了。”

在洛岚府藏书阁的最深处，有两道李太玄、澹台岚留下来的封侯术，是镇府之术，但正如李洛所说，它们品阶过高，对修炼者的境界要求严苛，不适合他现在这个阶段。

在圣杯战目睹了蓝澜的明王经后，李洛对封侯术产生了极大的兴趣与渴望，但他非常清楚，现在的他修行这种级别的相术非常艰难，蓝澜已是天珠境的实力，修行明王经也是机缘巧合才有所成，而他一个小小的相师境，与蓝澜之间还差着老远的距离。

孙大圣也身怀一道封侯术，但是残缺的，威力已被大大削弱，不是李洛想追求的。

他想要的，是真正完整且适合他现在这个阶段的封侯术。

这个要求挺苛刻，洛岚府根本无法满足他，但眼下素心副院长既然问出这句话，必然是有缘由的，这才是李洛怦然心动的原因。

素心副院长笑道：“小小相师境就对封侯术有了心思，会不会太好高骛远了？据我所知，现在你连龙将术都还没修炼成功吧？”

李洛厚着脸皮道：“只是因为之前没有时间而已，而且龙将术的选择比较多，但相师境就能接触与修练的封侯术却世间罕有，如果有这个机会的话，当然得把握住。”

素心副院长微微一笑，道：“关于封侯术有一句谚语，即通灵衍神、天命无双。代表了封侯术的四个品级，由低至高，分别是通灵级、衍神级、天命级、无双级。”

“封侯术威能通天彻地，本是封侯境强者才能施展的相术，即便是品级最低的通灵级，通常都不是封侯之下的人所能触及的，而想要修成，更是需要莫大的机缘与天赋。”

李洛点头，他当然知道封侯术的品阶划分，洛岚府的两道封侯术就是衍神级，这般等级的封侯术一般的封侯境强者都不一定拥有。

正是因为它们的等级过高，才让现在的他连一丝修成的机会都没有。

按照他的评估，以自己现在的实力，即便天赋再高，也只能尝试通灵级。

“封侯术非比寻常，价值极高，即便是我们圣玄星学府，所藏也屈指可数，如果你想以现在的实力去修炼，就必须与此术有极高的契合度，如同圣山学府的孙大圣一般，他修炼的魔猿极意虽然是一道不完整的通灵级封侯术，但他与这道相术契合度极高，等他踏入地煞将阶，或许就能真正修成。”

素心副院长打量了李洛一眼，笑道：“你也有你的长处，修炼封侯术或许会比其他人更有优势，你知道为何？”

李洛闻言心头一动，试探地道：“因为双相之力？”

素心副院长赞赏道：“你这小家伙挺聪明，没错，就是双相之力。”

“封侯术乃封侯境强者创造，而他们的标志力量就是双相之力。当然，我说的是真正的双相之力，不是你这种粗浅的双相之力。”

李洛悻悻，好端端地说着封侯术，干吗还要抨击一下我的双相之力？拿一个小小的相师境去跟封侯境强者比合适吗？

“但不管它有多粗浅，好歹也是双相之力，依然比其他人有优势。”

素心副院长微微沉吟，道：“所以，如果你选择的封侯术与自身相性相同，那么修成的可能性就会相应提高。”

李洛目光一闪，如果是这样，那他的选择就很多了，因为他虽然看上去是水土双相，实际上还有光明相与土相两道辅相，这样的组合方式让他的选择更加灵活。

“这样吧，之后你再来学府，我会让郗婵导师带你去学府相术楼最顶层，那里收藏着学府仅有的封侯术，你可以看看有没有适合的。”素心副院长说道。

李洛闻言，顿时狂喜地点头。

“但事先得说好，你选择了封侯术，若是修炼成功，一百二十万积分我会给你全部划掉，如果没有修成，也要扣掉五十万积分。”素心副院长笑着说道。

李洛一愣，旋即愤怒道：“没有修成也要扣五十万？副院长，您太黑了吧？！”

素心副院长没好气地道：“因为我们还会提供特殊的修炼之法，这种方法会消耗学府的积累，当然它的作用也很明显，假设你自己修炼，成功的概率只有两成，借助此法，应该可以提升到五成左右，你觉得值不值？”

“提升到五成？”李洛一惊，什么特殊的修炼之法，竟然能有这么大的提升？

“因人而异吧。”素心副院长说道。

李洛微微犹豫，最后一咬牙，道：“好，我同意！”

虽然付出的代价很大，可如果能够修成一道封侯术，一切都是值得的，因为经过了圣杯战，李洛更加清晰地认识到自身的不足，那就是他的底牌还不够强。

借助三尾天狼的力量终归不是王道，一切还需要自身强横，封侯术则是令自身战斗力暴涨的最好手段。

素心副院长笑得优雅，轻轻拍手：“有魄力，不愧是李太玄、澹台岚的儿子。”

“行了，你先去找郗婵导师吧，让她帮你激活幻灵翼遁术，这可是能保你小命的东西。”

李洛点点头，起身推门就要离去。

在他即将推门离开时，身后突然传来素心副院长的声音。

“李洛，洛岚府府祭的时候，你们最好也提防一下金龙宝行。”

李洛闻言瞳孔一缩，但素心副院长似乎不打算多说，于是他没有继续问下去，径自离去了。

第六百章

学府声望

在前往郗婵导师居所的路上，李洛面色凝重地思考着素心副院长的提醒。

留心金龙宝行？这是什么意思？难道金龙宝行也觊觎他们洛岚府吗？

还是说……是鱼红溪会长？

可从之前的交往看，鱼红溪对他抱有几分善意，难道都是装出来的吗？

李洛眉头紧锁，金龙宝行同样是一个庞然大物，底蕴远超洛岚府，而且论财力，绝对是大夏之最，这一点连圣玄星学府与王庭都有所不及。

有这般财力支撑，表面上金龙宝行信奉和气生财，可一旦有人以为他们是只肥羊想要宰割的话，恐怕会付出惨重的代价。

鱼红溪虽然是大夏金龙宝行的会长，但她在那里并非一言九鼎，会不会是其他派系觊觎洛岚府呢？

李洛胡乱地想了一会儿，最终叹了一口气，压制下这些想法，反正债多不愁，到时候再说吧。

旋即他抬起头，才发现一路走来，沿途不少学员都在悄悄打量着他，即便是一些高星院的学员们，看向他的眼神都多了几分尊重。

这都是圣杯战带来的结果。

李洛在圣杯战取得了一星院最强学员的称号，足以说明他的本事，而且混级赛时旁人虽然不知道他究竟做出了多大的贡献，但身为其中一员，李洛必然是有所付出的。

这些让李洛成了圣玄星学府的风云人物，名气几乎能与七星柱媲美了。

他们取回了龙骨圣杯，有这般圣物镇守暗窟，接下来几年异类必然会受到压制，其他学员再进入暗窟执行净化任务时危险度就会降低许多，不知会挽救多少学员的性命。

这让学府学员对李洛、姜青娥、长公主三人抱着一份感激之意。

面对看过来的诸多好奇、尊重的目光，李洛面带笑容，神态不骄不躁，让人不禁心生好感。

这些人都是大夏年轻一代的精英呢，等他们毕业后，就是各方势力争夺的人才，先在这里留下好印象，可以为以后洛岚府抢人打好基础。

特别是淬相院成绩优异的淬相师，每一个都是李洛心心念念的宝贝，溪阳屋要想成为大夏最顶尖的灵水奇光屋，淬相师是重中之重。

没有足够的淬相师，就算拥有再高等级的秘法源水以及灵水奇光配方，也不可能提升产量与规模。

现在来看，就各方势力在学府内的声望而言，洛岚府明显占据优势，一星院有他，三星院有姜青娥，等明年姜青娥升到四星院，她就会开启制霸圣玄星学府的传奇之路，李洛预感，到时她的声望会超越宫神钧、长公主，达到一个前所未有的高度。

到时她振臂一呼，想来号召力会相当惊人。

当然，一切的前提是洛岚府熬过两个月后的府祭。

“这一次，一定要将裴昊这个白眼狼斩除！”

李洛眼里掠过一抹冰冷之意，裴昊是洛岚府内乱的源头，如今洛岚府还有近半的产业被他掌控，而且这家伙到现在还打着洛岚府的名头，让他可以名正言顺来竞争洛岚府府主的位置，满足他一直以来的私心。

只有彻底解决裴昊，洛岚府的内乱才会终结，他们才能一致对外，恢复曾经的昌盛。

两个月后的府祭，裴昊必然会倾尽所有，因为在他与姜青娥的执掌下，洛岚府已经开始恢复活力，越持续下去，裴昊成功的机会就越渺茫。

一个裴昊，现在的李洛其实并不在意，他在意的是裴昊背后的势力，那才是隐藏起来的黑手。

两个月的时间很紧迫，接下来李洛要做的事情很多，他必须在府祭来临前突破到地煞将阶，如此他才能填入第三相。除此之外，水光相、木土相也要进一步进化，还有相术的修炼，经过圣杯战，他明显感觉到自身修炼的相术已经跟不上脚步，修行龙将术势在必行。

当然，还有素心副院长说的封侯术。

只不过修行封侯术太难，李洛也没有多大把握，只能尽全力尝试，能成就成，不能成就果断放弃，全力研习龙将术，那才是最适合他这个阶段的相术。

一路胡思乱想，李洛来到了郗婵导师的居所，敲门进去后，步入幽静的庭院，然后就在挂着风铃、四面卷着竹帘的亭子里见到了郗婵导师静坐的纤细身影。

李洛大步踏进亭内，雄赳赳气昂昂地问道："一星院最强学员称号获得者应该坐哪里？"

郗婵导师瞧着李洛那副得意的样子，道："打败了一些歪瓜裂枣，竟然就这么张狂吗？"

李洛不服气地道："景太虚、鹿鸣可不是什么歪瓜裂枣，虚九品、双相者，对比往届圣杯战的一星院学员也绝对不弱。"

李洛在郗婵导师面前的矮桌旁坐下，大大咧咧地道："这次我给导师长了脸，导师不用太感激，亲自给我倒杯茶就行了。"

"信不信我把你挂到相力树上去让全学院的人观摩？"郗婵导师才不惯他这个洛岚府少主的脾气，内心一声冷笑：还亲自给你倒茶？尾巴怎么不翘到天上去？！

李洛闻言一个哆嗦，如果挂在相力树上被观摩一天，他辛辛苦苦赚取的声望怕是得打水漂了，当即悻悻抱怨道："导师，素心副院长可比您温柔多了。"

"你去找她当你的导师啊。"郗婵导师冷冷道。

混账学生竟敢嫌她不温柔？！之前找我帮忙炼制东西的时候可不是这么说的。

"那肯定不能，我和导师还是共杀沈狗之盟呢！"李洛说道。

郗婵导师没好气道："如果让你嘴里温柔的素心副院长听见这句话，看她会不会开除你？"

"当然不会让她知道，这是我跟导师之间的秘密，沈金霄害得导师常年薄纱覆面，美貌不能显露，着实该杀！"李洛振振有词道。

郗婵导师轻哼一声，眼神变得温柔，对于沈金霄两人出奇地能产生共鸣。

李洛见状，笑嘻嘻地掏出了王侯烙纹，恳求道："导师，还要请您帮一个小忙。"

郗婵导师随手取过，打开看了一眼，道：“三品王侯烙纹，学府联盟倒是给了点好东西，往年圣杯战顶多拿出一品、二品的打发人，看来你们这次的混级赛的确很危险。”

然后她的眸光扫向李洛，轻轻扬了扬下巴。

“把衣服脱了吧。”

第六百零一章

激活烙纹

“身材越来越不错了。”

当李洛脱去上衣、露出精壮的身体时，郗婵导师似笑非笑地调侃了一句，以报这个混账小子刚才说她不够温柔的仇。

李洛有点尴尬，在一名女子面前赤着上身总让人不太自然，他只好把郗婵导师的调侃当作耳旁风。

郗婵导师只是随口一笑，而后便握住王侯烙纹，纤细指尖有相力光芒涌动，卷轴顿时支离破碎，无数青色光纹飞出，密密麻麻宛如旋飞的鸟。

郗婵导师伸出手指，在李洛后背随意点了几下。

就是她这般轻描淡写的触碰，却让李洛浑身汗毛都倒竖起来，继而皮肤紧绷，肌肉变得宛如磐石般坚硬，因为他的肉身感应到了极强烈的危险气息。

李洛隐隐有些骇然，他有种感觉，如果郗婵导师再稍微用点力，那纤细的手指可能会直接在他的后背捅出几个血窟窿。

“这就是封侯境强者的力量吗？”李洛心头震颤，在郗婵导师的手指下如小鹌鹑般瑟瑟发抖。

“咦，你的肉身力量似乎增强了。”郗婵导师没有注意李洛的情绪，反而惊讶地出声道。

在刚才的查探中，她发现李洛的肉身强度比圣杯战之前明显提升了一大截。

“嗯，在雷鸣山侥幸修成了黑风帝国皇室才能拥有的雷鸣体。”李洛老老实实说道。

“机缘不错。”郗婵导师有点惊讶。

“黑风帝国皇室的雷鸣体在东域神州有些名气，据说将雷鸣体开发到极致的是他们的开国皇帝，传闻光是他的肉身之力就足以媲美五品侯，曾生生打穿了万里山脉，为帝国开辟水路，是东域神州历史上较为出名的顶尖强者。”

李洛闻言吞了一口口水，以肉身之力打穿万里山脉，黑风帝国的开国皇帝真是生猛，简直就是人形开山怪，不知道自己何时才能达到这种程度？

说话间，郗婵导师的手指不停，纤细指尖引导着无数如飞鸟般的能量以特定轨迹流动，行云流水的手法犹如穿针引线一般，十分优雅。

李洛感受着后背不断传来的细微刺痛，继而血肉里传来酥麻的感觉，仿佛有什么东西钻了进去。

此时若是观察李洛的后背，则能看见一只只青色光鸟不断落下，渐渐在他背上形成了一对青色羽翼的文身，文身流动着青光，带起一阵阵轻灵的波动，引得四周空气都加快了流速。

片刻后，郗婵导师停下动作，道：“行了，你试试催动相力引动它。”

李洛闻言心头一动，后背相力流转，下一瞬，他身后青光大盛，青色羽翼文身竟犹如苏醒的蝴蝶一般，缓缓展开双翼，继而形成了一对约莫丈许的光翼。

光翼微微扇动，四周顿时狂风大作，李洛感觉仿佛连视野都变得模糊起来，有一种即将穿透空间的感觉。

“幻灵翼遁术。”

李洛眼露惊喜，这是他第一次体验到如此强大的身法遁术，真不愧是封侯境强者才能炼制的王侯烙纹，功效当真匪夷所思，有了这般宝贝，往后封侯之下怕是没人能留住他。

“幻灵翼遁术的速度一绝，封侯之下难有人追上，不过以你现在的相力恐怕无法真正催动。”身后传来郗婵导师的声音。

李洛点点头，他感觉到了，刚才他把相力灌注进去时，青色光翼只是懒洋洋地挥动了一下，显然是因为相力不够雄厚。

不过不急，只要他成功突破到地煞将阶，问题应该就能解决。地煞将阶与相师境之间可是脱胎换骨的变化。

“另外，王侯烙纹虽然好用，但毕竟是消耗性的东西，按照我的估计，此物只能催动五次，之后就会消散。”郗婵导师提醒道。

“只能用五次？”李洛顿时有点失望。但想想又可以理解，王侯烙纹是外力，不可能没有限制，否则大家还修炼什么，直接买全套就行了。

“王侯烙纹的价格如何？”李洛问道。

“像这样的三品王侯烙纹，价值应该在三百万天量金吧，而且大夏还不一定买得到，因为不仅要封侯境强者亲自炼制，而且需要诸多珍稀材料，再加上一定的失败率，成品自然就昂贵了。”

郗婵导师戏谑道：“堂堂洛岚府少府主，家大业大，应该玩得起，要不多买点护身？”

“三百万？”

李洛心头一痛，相当于每用一次就消耗六十万天量金，这可是两瓶七品灵水奇光的价格，也太败家了吧？

“算了，我这破败的洛岚府玩不起。”李洛悻悻道。他本来觉得如果价格合适，买点攻击性的王侯烙纹也不错，但这个价格让人望而却步。

虽然洛岚府如今蒸蒸日上，但每年的收入在千万左右，也只能买三四道三品王侯烙纹！

郗婵导师笑了笑，道：“这个本来就是在内神州盛行的东西，在我们外神州的很多人看来性价比不高。”

“内神州？”李洛神色微动。

内神州果真是浩瀚世界的中心地带，天地能量比其他神州精纯浓郁，诞生了无数天材地宝。

在这种修炼圣地，天骄自然更多，再加上许多他们外神州听都没听过的修炼资源，可以想象，内神州究竟是何等昌盛。

“王侯烙纹已经成功激活，先穿上衣服吧。”郗婵导师拍了拍手，说道。

李洛依言照办，然后把素心副院长答应他去相术楼找寻封侯术的事说了出来。

“封侯术？真是一个好高骛远的小家伙啊。”郗婵导师闻言，不免有些惊诧，上下打量着李洛。

“封侯术可不同于龙将术、虎将术，即便是封侯境强者都需要浸淫许久，可以说，哪位封侯境强者能够掌握一道修炼至大圆满的封侯术，暂且不论修行的等级，他的战斗力就绝对是同级之中的佼佼者了。

“你是双相者，修行封侯术的确有优势，而你在相术上面颇有天赋，尝试一下未尝不可。如果一个小小的相师境真的修成了封侯术，将是难以想象的大杀器，有这种成就的人，哪怕在天骄云集的内神州都很少见。”

对于李洛的野心，郗婵导师没有反对，她微微沉吟，道：“你先休整两天，之后我带你去相术楼试试，如果真能找到契合自身的通灵级封侯术，我就教导你修行。”

李洛连忙感激应下，虽说时间紧迫，但也不能太急，他和姜青娥离开了一月之久，需要先回洛岚府看下情况。

“嘿嘿，导师……”想起洛岚府的情况，李洛眼神一动，冲郗婵导师露出讨好的笑容。

“又怎么了？”郗婵导师瞧得他这副模样，就知道他又有要求。

“咳，您肯定知道洛岚府两个月后的府祭吧？我们洛岚府难啊，之前想趁着给学府立了大功请求副院长给予援助，她却无情地拒绝了我。”李洛叹息道。

郗婵导师笑道：“你的要求属实过分了啊，圣玄星学府立场中立，不会因为任何人改变，这是它的立身之本。”

“那导师能给我一点帮助吗？滴水之恩，涌泉相报，未来洛岚府一定全力支持导师！”李洛将内心想法说了出来。

“你觉得素心副院长会允许我擅自掺和大夏的内争吗？”郗婵导师白了他一眼。

“我有一个办法。”

“什么？”

“导师您先辞职，等忙完洛岚府的事后再重新加入！”李洛说道。

郗婵导师神情一滞，盯着李洛道：“你可真是一个小机灵鬼，这是想把素心副院长以及大夏其他势力领袖的智商按在地上摩擦吗？”

李洛哈哈一笑，他说的当然是玩笑，也知道让郗婵导师不顾学府规则出手帮忙很荒唐，刚才的请求纯粹只是试探而已，反正成不成都不吃亏。

他再度与郗婵导师说了一会儿话后，就挥手离去了。

凉亭内，郗婵望着李洛离去的身影，微微摇头自语道：“李太玄、澹台岚两人真是不靠谱，竟然把这个烂摊子扔给了两个孩子。”

李洛感觉到了两个月后的压力，才会想尽办法试图拉拢更多力量，说起来真是不容易。

郗婵轻轻放下手里的茶杯，看着李洛消失在门口，眸光微闪了一下。

第六百零二章

宝藏萌萌

离开郗婵导师的居所后，李洛回了宿舍小楼一趟，辛符已经呼呼大睡了，一楼没见到白萌萌的身影,李洛找了一圈,在地下的炼制室里见到了那个娇小玲珑的倩影。

少女换了宽松的衣裙，可是她的身子太纤细，衣服穿在身上显得过大，于是她用淡粉色的绸带往腰间一束，将盈盈一握的小蛮腰勾勒得异常清晰。

此时白萌萌正一脸认真地在炼制台前忙碌着，台子上面堆满了各种材料。

“你在做什么呢？”李洛大大咧咧地推门进去，站在白萌萌身旁看了一会儿，发现她不是在研究灵水奇光的配方，于是疑惑问道。

此时专注的白萌萌才发现身旁来了人，当即吓了一跳，条件反射般急退两步，眼看就要撞进一旁的材料堆里，李洛连忙伸手抓住她的手腕，将她一把拉了回来。

“队长你什么时候来的？”白萌萌清纯动人的脸上挂着点点绯红，小声问道。

李洛松开少女娇嫩滑腻的皓腕，笑道：“来了一会儿了，看你在忙，就没打扰。”

白萌萌走回炼制台前，指了指众多材料，露出润人心脾的甜甜笑意，道：“队长你之前不是拜托我试试能不能研究出一种秘法源水、源光吗？我这段时间一直在尝试呢，溪阳屋最近在大夏异军突起，但主要产品还是灵水，奇光却几乎没有，我想如果溪阳屋能拥有一种秘法源光的话，应该可以补足缺陷。”

李洛一愣，旋即感动得差点哭出来：“萌萌，你太好了吧！”

他没想到之前的一次请求，白萌萌竟然真的放在了心里，还为此努力研究着。

“这些都是你自己买的吗？”李洛指着那些材料，都是品级不低的灵材，兑换起来价格不菲。

白萌萌微微颔首，不在意地道：“这些灵材都能在学府用积分兑换，我平常不怎么用积分，而且我可是很有钱的哦，有时候连姐姐要买什么修炼资源，都是找我借呢。”

说到最后，她露出了得意的笑容。

李洛对此不意外，凭借她研究灵水奇光配方的独特能力，赚钱是很容易的事情，而且每赚一笔数额都不会小。

“你可别让姐姐知道我告诉了你这件事，她脸皮薄，生气起来怕是会打你。”白萌萌想起什么，赶紧提醒道，同时有点不好意思，自己竟然将姐妹间的小秘密说漏了嘴。

李洛莞尔，白豆豆性格骄傲，如果知道这种事情被别人知道了，恐怕真的会暴走，不分青红皂白打他一顿是很有可能的。

“你有钱是你的事，哪有请你帮忙研制，研究经费还要你自掏腰包的？你这样单纯，毕业了不怕被那些黑心的灵水奇光屋骗得一干二净吗？”

“还好你遇见了我，等毕业了，溪阳屋承包你所有的研究费用！你放心，队长我的人品值得信赖，一定会让你在溪阳屋感受到家一般的温暖！”李洛义正词严地道。

白萌萌忍住笑，道：“那就多谢队长收留啦。”

李洛道：“以后你需要什么材料就跟我说，你知道我这次在混级赛赚了多少积分吗？一百二十万！用来买灵材足够你研究几年！”

“队长真厉害！”白萌萌笑着捧场。

“可是队长你在这里会让我没办法专心研究呢。”白萌萌瞥了一眼桌上的材料，虽然挺想跟李洛轻松聊天的，但手头上的事情不少呢。

听到白萌萌如此专心想尽快给溪阳屋研究出秘法源光，李洛还能说什么，只能满心感叹道：“萌萌你真是让我感动到有以身相许的冲动。”

白萌萌抬起水灵灵的大眼睛，笑道：“队长，你如果想以身相许，还得问问姜学姐同不同意呢，你的身体可不由你做主。”

李洛眼睛一瞪，驳斥道：“胡说八道，我才是洛岚府真正的当家，我在家里说一不二，没有人敢反对！”

“不过今天的确还有其他的事，我就先走了，你继续忙吧。”

说完，李洛摆摆手，立即转身走了。

白萌萌望着他灰溜溜离去的身影，眼里泛起一抹笑意，然后摇摇头，低头沉浸到研究秘法源光中去了。

李洛离开宿舍小楼，往学府外走去。

“真是的，一个个的都不把我这个洛岚府当家人当回事，你们迟早会明白，这种看法是何等肤浅。”走在路上，李洛还在想着白萌萌的眼神，愤懑地嘟囔着。

“谁肤浅了？”

前方突然传来熟悉的声音，李洛抬头一看，就见到树下有三道倩影并肩而立，各具风情的三双眼睛都在盯着他。

居中的自然是姜青娥，她的左右两侧则是长公主与许久不见的颜灵卿。

三女明艳动人，站在一起顿时把附近几条路上所有来往的学员的目光都吸引了过来。

李洛神色不动地走过去，迎着姜青娥眼里的疑惑，笑道：“我刚才在自省，不能因为夺冠就得意忘形，那样太肤浅了。”

“满嘴胡诌！青娥，我怀疑他可能刚和哪个女孩子谈笑风生。”颜灵卿冲着姜青娥说道。

“灵卿姐，你挑拨离间，是不是想尝尝我这个沙包大的拳头？”李洛装作生气地威胁道。

然而颜灵卿根本不在意他的威胁，反而挺胸道：“你打啊，打伤了我，看谁帮你管溪阳屋？”

李洛顿时郁闷了，好嘛，竟然都有威胁我的手段，可恶！

好在姜青娥把颜灵卿拉了回去，无奈道：“你们两人能不能不要这么幼稚？”

李洛咧嘴笑了笑，他其实很享受这种轻松的时刻，比起圣杯战的紧张与危险，学府的氛围让他紧绷的心神获得了缓和，他想，如果没有洛岚府两个月后的府祭危机，现在的他应该会更享受这种气氛。

“青娥姐，走吧，咱们回家。”他说道。

姜青娥闻言却摇摇头，道：“我和灵卿先回去，你得跟殿下走一趟。”

李洛看向一旁笑吟吟的长公主，当即明白了她在这里的原因，这是需要他进王宫去给小皇帝治疗了，算算时间，距离上次已有一个月了。

“李洛学弟，又要麻烦你啦。”长公主温柔地说着。

李洛没有拒绝：“本就是答应殿下的事。”

于是一行四人一起走出学府，姜青娥与颜灵卿上了洛岚府的车辇，李洛则跟着长公主上了那辆被铁甲卫兵团团护住、散发着尊贵气息的皇家车辇。

两人落座后，车辇便疾驰起来。

李洛看了眼对面国色天香的长公主，刚欲闭目养神，却见到长公主突然冲他明媚一笑，红唇微启，悠然问道：“李洛，赤甲将之死是不是跟你有关系？”

突如其来的问话让李洛心头一颤。

第六百零三章

再度治疗

长公主的发问让李洛蒙了一下，她虽是怀疑的语气，却莫名有一种笃定，让他颇为惊愕，难道长公主发现了什么？

心思如电光般流转，李洛条件反射地摇头，疑惑道：“殿下这话是什么意思？我一个相师境，你觉得有可能威胁到连你们天珠境联手都对付不了的赤甲将吗？”

长公主凤目流转，淡笑道：“我去找过副院长了。”

李洛眼角微不可察地挑了挑，素心副院长难道告诉长公主了？不对啊，以副院长的谨慎，此事关系庞院长，不管长公主是何等身份，她都绝对不可能透露给对方。而且不管长公主如何与学府亲近，终归还有王庭这重身份，学府与王庭彼此间的忌惮与防备是基于立场而产生的问题，谁都不能轻易忽视。

那么只有一个可能了——长公主在诈他！

想到此处，李洛脸上的疑惑更盛，摇摇头道：“殿下找副院长做什么？”

长公主凝视着李洛，忽地一笑，道：“你还真是敏锐呢，我的确是怀疑赤甲将之死跟你有关系，你也不用都推到青娥头上，她虽然是九品光明相，有什么底牌不奇怪，但当时我从幻术中脱离出来后，没有在天地间感应到强盛的光明相力残留，这说明她并没有施展超常的强大光明相术。”

“而且我记得，我们苏醒时你也已经醒了，正常来说，你的实力最弱，不应该比我们更快醒来才对，或许你会说是青娥唤醒的你，但当时你的脸色异常惨白，仿佛经历过大战一样。

“再加上副院长对你的态度有些特别，还单独与你谈话，她的性格我很了解，虽然温和，但对学员都一视同仁，可对你却破例了，足以说明你做了什么特别的事情。

“综上所述，我觉得出手斩杀赤甲将的不是青娥，而是你。

“李洛，能告诉我你是怎么做到的吗？”

说到最后，她饶有兴致地盯着李洛，眼睛里满是好奇。

李洛头皮有点发麻，他没想到长公主能有如此猜测不是因为什么直觉，而是通过蛛丝马迹做出了判断，她究竟有多敏锐啊！

这一番分析令李洛心悦诚服。

但想要他承认是不可能的，于是只能用力地摇头，道：“殿下说得太夸张了，一个相师境无论如何都不可能斩杀一名大天相境的强者啊，我真的不知道你在说什么。”

见到李洛死活不认，长公主咬了咬红唇，感觉无计可施。她虽然有这个判断，但仔细想想的确匪夷所思，当时在场的其他人没有会往这方面猜的，只有她非常敏感，才会去分析……

或许，是在以往与李洛的接触中，总能看到这家伙创造出奇迹的缘故。

“不承认也无所谓，我倒要看看你能藏多久。”长公主凤目一凛，心中自语。

而后她不再继续追问，话音一转，与李洛谈起了其他事情，车厢内的气氛顿时轻松起来。

李洛笑着应对，心里则偷偷松了一口气，比起吕清儿、白萌萌这些女孩，长公主简直太难应付了。

没过多久，车辇顺利进入了王宫，李洛再次见到了阔别一段时间的小皇帝。

他穿着明黄色的龙袍，显得气势十足，可苍白的清秀脸蛋却让这份威严减弱了不少，见到归来的长公主，他的脸上顿时迸发出喜悦，就要高兴地扑过来。

长公主轻轻咳嗽一声，制止了他的失态。

小皇帝这才看见跟在后面的李洛，顿时板起小脸，面无表情，端起了架势。

“皇上，请做好准备，我们开始治疗吧。”李洛不在意小孩子的心理活动，弯身行礼后，笑着说道。

小皇帝看了长公主一眼，后者冲着他微微颔首，他才转进内殿去换衣衫。

过了一会儿，内侍将李洛请了进去，在明黄色的龙床上，小皇帝背对着李洛，他已脱去了上衣，皮肤异常白皙，让后背上的黑莲印记显得更加刺目、诡异。

黑莲的某些莲瓣已经有所恢复，是李洛此前治疗的成果。

“李洛，你真的有些厉害，我感觉最近身体变好了一点，这可是连封侯境强者都做不到的事情呢。”小皇帝嗓音清脆地说道。

李洛笑了笑，道：“皇上，我只是运气好，可能我的双相之力刚好对症吧。”

他当然不会告诉对方，他的治疗有效果完全是因为他的“伪”三相之力。

长公主走了进来，在一旁优雅坐下，唤过侍女端来美味精致的茶点，悠闲地品尝起来，想来这段时间在圣杯战苦修般的生活，让这位尊贵的长公主殿下有点不适应。

李洛则凝聚心神，开始为小皇帝治疗。

这一次要更加轻松与顺利，因为李洛的实力再度有所提升。

约莫两个小时后，李洛一边擦拭着额头上的汗水一边停下了动作，他看着小皇帝的后背，又有一片黑莲花瓣被淡化，变回原本的颜色。

小皇帝欢喜地转过身，道：“我感觉身体又轻松了一点呢，谢谢你，李洛。”

李洛笑着点点头，他看了一眼小皇帝的脸，感觉对方似乎愈发唇红齿白了，当即心头纳闷，解毒还有美颜的效果吗?

“李洛，你想要什么奖赏吗？你喜欢美人吗？宫内有许多各地送来的绝色女子，风情各异，如果你喜欢，我可以让人送去你家里。”小皇帝还沉浸在欢喜的情绪里。

李洛面色尴尬，连忙摇头拒绝。开玩笑，带一批美人回洛岚府，说不定大门都进不去!

“皇上，这事你就不必操心了，我会用其他方式感谢李洛的。”长公主出言缓解了李洛的尴尬，看得出来，她也十分高兴，神色温柔地与小皇帝说了一会儿话后，才带着李洛走出内殿。

“帮你拒绝了皇上的美意，你不会怪我吧？”两人并肩而行，长公主凤目流转，笑吟吟问道。

“那殿下会用什么方式感谢我呢？”李洛笑着反问道。

“一个人。”长公主竖起一根玉指，悠悠说道。

李洛一愣，然后打量着身材姣好的长公主，为难地说道：“殿下虽然国色天香，但我已是有婚约的人。”

长公主顿时柳眉倒竖，嗔恼地剜了李洛一眼：“李洛，你在做什么春秋大梦呢！”

“那你说的一个人是什么意思？”李洛干笑道。

长公主没好气地冷哼一声，然后缓缓出声。

“两个月后洛岚府府祭，我出一个人。

“一个封侯境强者。”

第六百零四章

公主投资

“一个封侯境强者？！”

李洛瞬间双眼瞪圆、呼吸加重，他看着旁边气质尊贵的大美人，一时间有种热泪盈眶的感觉，他之前又是找素心副院长又是找郗婵导师，不就是想求得一位封侯境强者的支援吗？

结果在学府没求到，长公主竟然愿意给他如此重要的援助！实在是让李洛喜出望外。

“殿下怎么突然舍得下重注了？”李洛很快冷静下来。长公主城府颇深，虽说此前一直对他与姜青娥释放善意，但都是适可而止，简单说就是长公主没有花费真正的代价。

即便她说过会给洛岚府帮助，但当时言语含糊，此次却不一样，她明确地开口说会支援一位封侯境强者。

这说明，她打算在洛岚府身上下重注了。

长公主淡淡笑道：“因为我在你的身上看见了越来越多的价值，以前洛岚府只有姜青娥，可现在我越来越确信你的潜力不逊色于她，难以想象等你们两人都成长起来以后，将会达到何等程度。”

“那时，我的投资会获得十倍、百倍的回报。”

说着，她冲李洛眨了眨眼，道：“你不会觉得我很现实吧？”

李洛认真地摇摇头，道：“我只是觉得殿下的眼光真的太准了！”

长公主莞尔，旋即娇艳的容颜变得凝重许多，道：“李洛，谁也不知道未来会发生什么，如果洛岚府最后真的难以保全，我希望你能保持理智，只要你和姜青娥还在，洛岚府就还在，万万不要在没有足够实力的情况下行鲁莽之举，适当的隐忍才会让你成为最后的赢家。”

长公主的告诫与素心副院长的提醒差不多，李洛听了进去，因为他明白，不论是素心副院长还是长公主，她们都知晓他有潜力，可不管潜力有多大，总归需要成长的时间。

潜力不是实力，没有足够的时间去积累，根本不具备震慑力。

“殿下的告诫我会铭记于心，殿下若是担心这笔投资打水漂，我建议您可以加大投资力度，如果能派出三位封侯境强者，我想洛岚府的危机一定会迎刃而解！”李洛笑道。

长公主忍不住给了他一个满含风情的白眼，道：“你当封侯境强者是大白菜吗？王庭里本来就屈指可数，本宫能指挥的就更少了，而且皇上的安危才是最重要的，我怎么可能给你三位？！”

李洛嘿嘿一笑，他当然是随便这么一说，如今王庭内部处于分化状态，大部分力量并不在长公主之手，而是在摄政王手上。

“另外……”长公主凝视着前方连绵的殿宇亭阁，俏脸变得沉重，“洛岚府有洛岚府的危机，我也有我的麻烦，说起来也就前后数天之隔而已。”

李洛闻言心头一动，似想起了什么，扫了一眼四周，然后低声问道：“殿下说的是登基大典？”

自从老皇帝驾崩后，由当时尚是稚童的小皇帝即位，虽说有帝王之名，但真正的权力却由摄政王执掌，这也是情理之中的事，那时候的小皇帝不过是稚童，长公主也十分青涩，难当大任。

而随着时间推移，小皇帝长大，长公主也在王庭以及大夏有了不小声望，势力与日俱增，自然与摄政王产生了矛盾与冲突。

这是权力交替必然会出现的情况。

小皇帝的登基大典就是权力交替的关键时刻，一旦大典完成，小皇帝就会真正执掌皇权，夺过摄政王掌控的权柄。

那时候，他就是大夏真正的帝王。

只不过，摄政王究竟愿不愿意交还权柄，这恐怕是大夏无数子民以及各方势力都在猜测的事。

登基大典如果顺利还好，一旦出现什么变故，必然是一场会撕裂大夏的惊天之变。

从影响力来说，远胜洛岚府的府祭。

一家之变与一国之变，不可同日而语。

对于长公主的担忧，李洛深表理解，他见过摄政王，那是一个极其强势的掌权者，可以说是大夏声望最强盛的人，在他的锋芒下，王庭这些年的声势也愈发强横。

从某些角度来说，摄政王的确是一个合格的掌权者。

但小皇帝才是名正言顺的那个人。

长公主娇艳的脸蛋平静如水，狭长的凤目此时也变得幽深许多。

“殿下不必过于担忧，摄政王当年承诺过，这是大夏人尽皆知的事，而且皇帝名正言顺，在王庭也有众多拥护者。”李洛沉默了一会儿，然后开口安慰道。

长公主深吸一口气，道：“希望如此。王叔有功于宫家，我真不希望事情到最后闹得难看。”

李洛点点头，他突然想起长公主刚才说的支援，如此一来，洛岚府就要被打上长公主派系的标签了，不管他们认不认，别人都会这样想，而这个若是被摄政王知晓了，又会如何？

李洛暗自叹气，果然，长公主的好处不好拿。

不过现在他没得选择，长公主好歹会帮忙，至于摄政王，谁知道他是什么心思？

如果洛岚府这次挺不过去，还管什么摄政王啊，溜进学府等到封侯了再出来吧，到时候这些仇家一个都别想跑。

“我先送你出宫吧。”

长公主没有继续与李洛多说，这些都是皇家的隐秘，如果不是下定决心要在李洛与姜青娥身上下注，她也不会与李洛表明心迹。

李洛点点头，而后离开了王宫，直奔洛岚府。

他刚回到洛岚府，就接到了一个好消息。

为他炼制补神膏的牛彪彪终于出关了。

第六百零五章

彪叔出关

“彪叔，我可想死你啦！”

李洛激动地冲进主厅，一眼就见到一颗闪烁着光泽的脑袋。牛彪彪依旧是那副夸张的造型，彪悍的体形再配上腰间的杀猪刀，简直就像一个屠夫。

然而，李洛看见他这般模样，却有满满的安全感。

随着府祭时间临近，牛彪彪是如今洛岚府里唯一一个能够媲美封侯境强者的顶尖战力，也是老爹老娘留下的后手之一。

牛彪彪正在与主位上的姜青娥说话，听见李洛的喊声，连忙站起身，望着冲进来的少年，油腻腻的脸庞顿时洋溢着笑容：“少府主，一段时间不见，你长得更好看了，很有你爹的风采。”

“彪叔，不提这些肤浅的东西啦，现在的我可是东域神州一星院的最强学员。”李洛笑眯眯地说道。

“我听青娥说了，少府主在圣杯战可谓大放异彩，真给我们洛岚府长脸！”

牛彪彪笑得很开心，他打量着李洛，满意地点点头：“实力达到化相段第四变了，相力充盈雄厚，想必有冲刺地煞将阶的资格了。短短几个月不见，少府主的进步很大啊。”

“命都只有短短四年了，再不快点，岂不是只能等死？”李洛唏嘘道。

“不要说这些不吉利的话。”姜青娥柳眉一蹙，不高兴地说道。

“少府主不必忧虑，以你的天赋潜力，封侯境算什么，四年时间足够了。”

牛彪彪安抚一声，旋即提醒道：“但在冲击地煞将阶之前，少府主一定要把根基亏损的问题解决，否则这种隐患留得越久，对未来的影响就越大，甚至会影响封侯之路。”

说着，他自袖里掏出一个玉瓶，里面盛满了青色的液体，星光流转，看上去格外神异，即便有瓶身的遮掩，依然有一股生机勃勃的浓郁气息散发出来，令人心旷神怡。

“这就是我为少府主炼制的补神膏，能帮你解决根基亏损的问题。”

李洛欣喜地接过玉瓶，真诚道：“彪叔，谢谢您！”

如果没有彪叔，他因填入第二相而造成的根基之损将带来极大的隐患，如果因此而无法及时踏入封侯境，对他而言更是一种致命的打击。

姜青娥起身朝着牛彪彪致谢，因为补神膏对李洛非常重要。

“嗨，这么客气做什么。”牛彪彪笑着摆了摆手，道，“补神膏需要涂满全身，再以一种具备治疗效果的相力帮助催化，才能完全释放药力。这件事可能要交给青娥了，你是九品光明相，如此数日，亏损的根基应该就能恢复。”

李洛闻言愣了愣，连忙道：“我有水相之力，可以自己催化吧？”

化药过程一听就比较私密，虽然他与姜青娥的关系非同一般，但若是让对方来帮忙，还是有点尴尬。

牛彪彪摸了摸下巴，道：“效果肯定比不上青娥的光明相力啊，少府主你不要害羞，你跟青娥是未婚夫妻，这种事情只有青娥最合适了。”

李洛还想说什么，姜青娥却制止了他，她轻轻点头，道：“彪叔放心吧，我会帮他的。”

李洛见状不再多说，而是转口说道：“彪叔，距离府祭只有两个月了，到时候洛岚府的守护奇阵会迎来衰弱期，觊觎我们的势力可能要显露獠牙了。”

牛彪彪冷哼一声，道：“这些跳梁小丑，当年你爹娘在的时候，屁都不敢放一个，现在他们一失踪，什么牛鬼蛇神都冒出来了，真当我洛岚府是软柿子吗？”

“彪叔，老爹老娘还留下什么后手没？比如咱们府内还有其他隐藏的封侯境强者？”李洛期待地问道。

牛彪彪尴尬地摸了摸鼻子，道：“没了，现在洛岚府内就我一个封侯，而且我还不能离开洛岚府总部，否则实力会大减。不过你们放心，只要在总部，哪怕是四品封侯，在我这把刀面前也得掂量掂量。”

说着，他拍了拍腰间明晃晃的杀猪刀，那把刀带着一股莫名的恐怖杀气。

“四品侯”，李洛目光一闪，他知晓封侯境有九品之分，对应着世俗王朝的爵位，只不过是一品为最低、九品为最高。

因为要想踏入封侯境，就得在体内铸就“封侯台”，这是所有封侯境强者的根基与本源。

“彪叔的实力还是很强的，纵观整个大夏，四品侯都是封侯境之中的顶尖高手了。据我所知，学府唯有素心副院长达到了这个层次，而其他的紫辉导师大多是一二品。”姜青娥在一旁说道。

李洛点点头，他平常没有太在意这些信息，对他来说，一品侯与四品侯没什么区别，反正都是可以一掌拍死他的实力。

“长公主之前与我说了，府祭时会支援我们一位封侯境强者。”李洛把长公主与他的约定说了出来。

“长公主吗……”姜青娥微微沉吟，然后道，“她一帮忙，洛岚府就和她绑在一起了。”

“无所谓了，撑不过这一关，洛岚府都没了，也没必要在意其他事了。”她倒是看得透彻，如果洛岚府都没了，所谓摄政王也没什么好在意的。

“不知道府祭那一天，洛岚府究竟会被多少封侯境强者盯上。”李洛叹了一口气。府祭的危机，裴昊只是小问题罢了，真正的威胁是裴昊背后的黑手以及对洛岚府觊觎已久的势力，他们必然会想尽办法趁机击垮洛岚府，抢走地宫深处潜藏的关系到称王之秘的神蕴物质。

那一天，洛岚府必将迎来一场搅动整个大夏城的惊天交锋。

“无妨，兵来将挡水来土掩，想要摧垮洛岚府，还得问问老牛这把刀同不同意，说起来，这把刀也很多年没有饮过封侯者的血了。”牛彪彪笑着说道。

他笑起来的时候满脸横肉颤动，更是显得凶神恶煞。

只不过这般凶相落在李洛眼里却倍感安全。

牛彪彪再度与两人说了一会儿话，然后就笑眯眯地道：“时间不早了，你们早点休息，青娥记得帮少府主上药。”

说完，他出门而去，关门的同时还对李洛挤眉弄眼。

李洛望着紧闭起来的房门，目光转向姜青娥，尴尬地道：“我觉得彪叔是在开玩笑，这个药应该不需要旁人帮忙。”

姜青娥不置可否，取过装着补神膏的玉瓶，下巴轻扬。

“回房。脱衣服，躺下。”

第六百零六章

脱衣疗伤

接下来几日，李洛过得悠闲而舒坦。

白日与姜青娥一起处理洛岚府堆积一月的事务，到了晚上，则会迎来他近几天最期待的化药环节。

“啊，舒服，青娥姐。”

李洛的房间内传出声音，所幸周围没有旁人，否则一定会产生这样的疑惑：少府主和小姐的感情已经热烈到这种程度了吗?

“啪！”

房间内，突然传来一道清脆的声响。

姜青娥收回拍在李洛肩上的手掌，没好气地道：“你住嘴行不行？发出这些奇怪的声音做什么？”

李洛盘坐在床榻上，仅身着短裤，全身涂满了闪烁着神秘星光的碧青色药膏，姜青娥则盘坐在他的身后，玉手落在李洛后背，雄浑神圣的光明相力不断涌出，催化补神膏的药力。

随着药力散发，一缕缕青色光晕于李洛皮肤表面浮现，然后如同具备灵性一般，顺着毛孔钻进了血肉之中。

“青娥姐，不怪我啊，补神膏的效果太舒服了，忍不住啊。”

李洛面露委屈，他不是故意要发出这种声音，而是补神膏的效果太强，莫名的充实感让人头皮仿佛有电光流过，浑身的毛孔都张开了。

姜青娥轻轻撇嘴，看了一眼他挺拔、坚韧的身躯，心想这家伙修成雷鸣体后身材变得更好了，摸起来挺有手感的。

姜青娥这般想着，化药的动作却未受影响，一波波光明相力不断散发，渐渐催化着李洛身上的补神膏。

待最后一缕补神膏融入李洛身体时，姜青娥拍了拍手，结束今日的化药，下了床榻，坐在旁边的桌子边给自己倒了一杯茶浅饮着。

李洛迅速穿好衣衫，第一日姜青娥给他化药的时候，他还有点羞涩，在一个女孩子面前脱得只剩下短裤，饶是他脸皮再厚，也会不好意思。

虽说与姜青娥的关系不一般，可上次在她面前这样裸露，得追溯到小时候了。

但害羞也就第一次，待李洛发现姜青娥对他健壮的肉体视若无睹后，他就放开了。

穿好衣衫后，李洛伸了一个懒腰舒展身子，他几乎能感受到体内的血肉、骨骼在欢呼雀跃，补神膏明明没有给他带来任何提升，却让他冥冥之中有一种逐渐圆满的感觉。

李洛知道，这是因为自己的根基在补全。

填入第二道后天之相造成的亏损如今正在渐渐填补回来。

“真是多亏了彪叔，补神膏对我太重要了，如果没有彪叔，我还要花极大精力去找寻修复根基的天材地宝。”李洛感叹道。

根基一说颇为玄妙，它不似肉体伤势可以察觉出来，李洛现在不过相师境，刚刚填入第二相时更弱，根本无法察觉究竟损失了什么，直到被牛彪彪仔细检查过后，方才知晓这个损失。

否则若是察觉得越晚，留下的隐患就越大。

姜青娥捧着茶杯，微微沉吟道：“补神膏的炼制之法多半是师父师娘留下的。”

李洛一怔，旋即若有所思。有道理，他现在的修炼路子都是老爹老娘制定的，他们大概率预测到了这个结果，很有可能留下了应对手段。

他缓步走到窗前，此处视野较高，刚好能够将洛岚府总部一览无遗：“青娥姐，彪叔说老爹老娘不是大夏人，你说他们来自哪里啊？内神州吗？那他们又为何会从昌盛的内神州来到东域神州这种偏隅之地？”

姜青娥走到李洛身边，纯净的金色眸子里倒映着总部的楼阁亭宇，道：“他们来自哪里不重要，在我的心里，大夏的洛岚府才是我的家，因为这里有师父、师娘，还有你。”

看得出来，她对李太玄、澹台岚的来历不感兴趣，因为这里承载了她的一切。

李洛笑了笑，他同样对这里倾注了感情，因为这是他长大的地方。老爹以往所在的地方应该是一方庞大的势力，是连庞千源这位王级强者都忌惮敬畏的——李天王一脉。

这几个字的分量有多重，现在的李洛无法探知，但可以想象其拥有的伟力绝非大夏乃至圣玄星学府、金龙宝行等势力能比，因为“天王”二字，连庞院长都远不够格。

可是，这又如何呢?

他或许会产生好奇，但正如姜青娥认定的，在他心里，这里才是他的家。

“裴昊最近销声匿迹了，不知道又躲哪里去了。”李洛话锋一转，说道。

“一个跳梁小丑而已，如果不是他背后的黑手，现在若是遇见他，他连逃命的机会都不会有。”姜青娥淡淡道，言语间杀意流动。

“你这一年进步太快，他恐怕已经感受到了九品光明相的恐怖。”李洛笑道。他犹记得，近一年前在南风城老宅时，裴昊带人与姜青娥商谈，那时候对方的实力还领先姜青娥一截，可一眨眼过去，姜青娥已经踏入极煞境了。

如果裴昊没能在这段时间晋入天珠境，再与姜青娥交手，他会死得很惨。

“裴昊不足为惧，我也从未将他视为对手。此次府祭，你要亲手斩杀他。”姜青娥看向李洛，说道。

“我来？”李洛一怔。

“嗯，必须你来，这次府祭会决定洛岚府真正的府主，目前只有我们三人有竞争的资格，我无意于此，而他势必会与你竞争，你如果斩杀了他，从此洛岚府归心，再无内乱，你的威望也会达到顶峰。”姜青娥道。

“那可是极煞境的高手。”

“说不定不只极煞境，我不相信他背后的黑手筹谋这么多年，没有给他准备一些特殊手段。”姜青娥平静说道。

李洛眼神微微一凝。

“青娥姐不必让出府主位置，有你出手，十拿九稳，你没必要为了照顾我的面子而退后。”李洛看向身旁女孩绝美的玉颜，诚恳说道。

姜青娥在洛岚府的声望早就超越了他这个少府主，如果她愿意，府主之位大概率是她的。

但姜青娥对此没兴趣，或者说，她不想再压着李洛。

“帮你扛了这么多年，还赖上我了？”姜青娥戏谑一笑。

旋即她摇摇头，道：“李洛，不要妄自菲薄，府主之位你比我更适合，而且我又不是不管了，我会在背后支持你的。”

她盯着李洛，眼神变得认真：“府主之位尚是其次，我想要你在洛岚府所有人面前打败裴昊，我要你明明白白地让他以及所有人知道，跟李洛比起来，裴昊只是一头赖上洛岚府的白眼狼而已。”

“他没资格跟你相比。”

李洛哭笑不得，感觉跟府主之位比起来，姜青娥似乎更想看见他把裴昊这个白眼狼亲手打败，这是对当年裴昊轻蔑他的报复吗？怎么感觉姜青娥比他更记恨？他还是第一次见到姜青娥小心眼的一面。

姜青娥扫了他一眼，轻轻抿嘴，金色眸子里掠过一抹极为罕见的羞涩，而后悠悠道：“如果你斩杀了裴昊，婚约你就可以退给我了。”

一句话，瞬间让李洛脑充血。

恐怖的杀机从他眼里升腾，旋即他恶狠狠出声。

“剁碎还是凌迟？”

第六百零七章

龙雷之相

“呼。”

盘坐于床榻的李洛双目紧闭，在他的身体表面，补神膏形成的神秘玄光不断流转，一缕缕钻进血肉之中。这是他第五次使用补神膏了，虽说他的相力没有明显的增强，但浑身气息升腾间似乎有一种玄妙的圆满之意。

气血沸腾，圆满无缺。

姜青娥立于床榻旁，盯着李洛这种细微的变化，神色如释重负。

经过连续五次使用补神膏，李洛的根基之损终于完美解决了。

她知道李洛现在正处于调节自身状态中，所以没有打扰他，悄悄退出房间，将房门紧闭。

这般调节持续了足足四个小时，之后，李洛身体表面的神秘玄光彻底融入血肉，待他睁开双目，眼眸略显深邃，泛起一抹难以遏制的欢喜。

“根基终于修复了。”

李洛面露微笑，第二道后天之相造成的隐患终于在今日得到补全。

虽然没有给他的实力带来提升，却令他的内心充盈起来，让他更有信心面对接下来的困境。

“不知道填入第三道后天之相又会付出怎样的代价？”

李洛念头一转，又生出了一点担忧。当初填入第一道后天之相，直接将寿命骤减到五年，代价不可谓不惨重，跟这个比起来，第二相的根基受损反而还能接受。

当初李洛相力薄弱，无法支撑后天之相填入时付出的代价，所以变成了削减寿命。

可这是没有办法的事，没有相性，就无法进行相力修炼，而没有足够的相力支撑填入后天之相的消耗，就只能燃烧寿命。

这是一个死循环，似乎很难解开，最起码以李洛以前的条件无法达成。

好在最难的开头已经打通，按照这个规律，当他填入第三道后天之相时，已是地煞将阶的实力，那时想必会有应对的能力，不会如开始那般惨烈吧？

李洛胡思乱想了一会儿，最终摇摇头，想这些毫无意义，因为不管代价是什么，第三相他都非填不可。

努力这么久，不就是在等待这一天吗？

“说起第三相……”

李洛神色微动，第三相的配置他已经有了打算，正好趁这个时间先炼制出来，之后只要成功突破到地煞将阶，就可以直接填入。

这般想着，李洛的手掌抹过空间球，一个三角状的金色物体顿时悬浮在面前，上面遍布晦涩古老的纹路，彼此交织，神秘异常。

正是李洛请鱼红溪及郗婵导师帮忙炼制而成的小无相神轮，是融合后天之相的关键之物。

接着，李洛又自空间球内取出两物。

一个是一颗银色果核，上面铭刻有雷霆纹，时不时有雷光闪烁跳跃，还伴随着阵阵雷鸣声。

正是李洛在雷鸣山从雷鸣树处得来的馈赠之物。

果核内充斥着精纯的雷霆能量，乃罕见的天材地宝，正好用来充当第三相的材料。

除了银色果核外，还有一颗龙血之珠，它色泽赤红，血气流转间，仿佛形成了巨龙之影，充满极强威压的龙吟声时不时传出。

这是在混级赛的龙血火域里得到的龙血珠，里面蕴含着龙之精血。

这就是李洛预想的第三相配置，以龙相为主，雷相为辅，此为——龙雷相！

“龙雷相，好酷！”

李洛咧嘴笑了起来，选择这两种相性搭配，是他经过深思熟虑以及在各种机缘巧合下方才确定的，因为之前选择的水光相与木土相都是偏向修复、耐力的相性，考虑到他第一次开启后天之相造成的寿命亏损等问题，温和而散发生命力的相性可以慢慢浸润他的身体，使他不至于受到太严重的后遗症的伤害。

待第三相填入时，李洛已经踏入地煞将阶，在相力修炼上已真正登堂入室，资本雄厚了，选择自然就更多。

水光相与木土相擅长恢复与防御，但也让李洛的相力缺乏攻击性，这一点一直都是他心中的痛。

龙族是最顶尖的精兽种族，据说血统纯正的龙族只要一进入成年期，就是堪比封侯境强者的存在，所以在这个世界，它们绝对称得上庞然大物。

自龙族血脉衍生出来的龙相自然是最顶尖的万兽相，龙相之力惊人霸道，可开山断河，还可锤炼肉身，对肉身强度及力量都有增强之效。

万兽相本就破坏力十足，龙相更是不必多说，如果能够让自身拥有龙相之力，将大大增强李洛的攻击力。

至于雷相，李洛则是看重它的速度，此前与景太虚、鹿鸣等人对战时，他就深切感受到了对方速度身法的优势，与人对战，速度的重要性并不弱于力量。

雷相就是速度最快的几种相性之一。

到时候龙雷相入体，李洛的力量与速度都会获得巨大提升，这将补全他最后的短板。

一想到那一幕，李洛就忍不住满怀期待。

他不再犹豫，深吸一口气，将自身状态渐渐调至巅峰，手掌一抬，相力涌动，运转起老爹老娘留给他的神锻术。

眼前的金色小无相神轮顿时绽放出神秘光彩，天地间的能量都受到引动，朝着它汇聚而来，上面的一道道神秘纹路也亮了起来，光芒闪射间，仿佛有无数古老的符文跳跃而出。

李洛注视着这一幕，屈指一点。

龙血珠与银色雷核化为两道流光，直接飞了进去。

小无相神轮流动着玄妙之光，包裹着那两颗材料，而它们在玄光中浮沉不定，最终渐渐相融。

龙吟与雷鸣声在房间内若有若无地回荡。

期待许久的第三相终于要露出端倪了。

第六百零八章

时间规划

第三相的炼制过程平安无事，没有什么惊险的地方，小无相神轮极为神异，李洛的作用只是提供相力维持运转而已，它会以一种特定的方式，自动炼化和融合两种材料。

数个小时后，就在李洛感觉相力有所不支时，小无相神轮之上突然有璀璨的光华喷薄而出，犹如满天星光一般。

星光深处传出了奇特的声音，仿佛是某种胚胎发育时的心跳声。

后天之相相当神异，其他任何方法都无法炼制出来，唯有依靠小无相神锻术，才能熔炼出不同相性里蕴含的灵性，同时完美融合。

以前李洛尚不觉得小无相神锻术有多厉害，随着实力与阅历提升，他才体会到这是何等难得的秘术。

不知道老爹老娘是从何处得来的，与他的先天空相和三个相宫简直是绝配。

李洛死死地盯着弥漫的玄光，呼吸都不由得加重了。

在他的注视下，小无相神轮的玄光渐渐收敛，每一道都被吞没回去，汇聚在神轮的中心，变成一个不过拇指大小的光点。

光点异常微弱，犹如风中残烛，仿佛随时都会熄灭。

李洛盯着微弱的光点，心跳加快，他明白，这就是他想要的第三道后天之相，此时它极其脆弱，一点风吹草动都有可能将它吹灭，而一旦熄灭，这次的炼制就以失败而告终了。

关于如何壮大这个如初生婴儿般的龙雷相，李太玄与澹台岚早就给李洛留下了经验。所以他并未惊慌，立即一咬舌尖，喷出一口包含着相力的精血，然后它迅速压缩、凝聚，最后化为一颗拇指大小的血珠。

血珠一离体，李洛的面色就以肉眼可见的速度变得苍白。

血珠径直落向小无相神轮中心的微弱光点，接触的瞬间，一缕缕血丝散发，又融入其中。

光点迅速变得明亮起来，隐隐的，仿佛有龙吟与雷鸣声响起。

就在此时，李洛感觉自己与龙雷相产生了一丝玄妙的联系。

李洛脸上浮现出笑容，他知道，到这一步，龙雷相的炼制就算成功了，只不过与第一次炼制木土相时不同，这道相性还需要他以自身精血不断地蕴养一段时间，等到壮大后，才能植入相宫。

李洛并不着急，因为他现在还没有突破到地煞将阶，也不敢轻易填入第三相，否则引发什么后遗症，他未必承受得起。

这般想着，李洛伸手将小无相神轮小心翼翼收起，藏入空间球。

距离府祭还有两个月，接下来他要做的事情还有很多。

首先最重要的是突破到地煞将阶，这是一个非常巨大的实力跃升，突破后的相力雄厚程度远非相师境能比，这一点，李洛在与敖白交手时深有体会，对方仅仅是虚将境，还不是真正的地煞将阶，可即便如此，都需要他与景太虚、鹿鸣、孙大圣四位一星院最顶尖的学员联手才能制服。

如果当时的敖白已经是地煞将阶，凝炼出了完整的煞宫，在不动用三尾天狼的力量这一条件下，李洛他们恐怕不是他的对手。

冲击地煞将阶并非容易的事情，严格来说，他从开辟后天之相到现在才近一年时间，在如此短暂的时间里获得这样惊人的精进，虽说借了圣杯战这阵东风，使学府大量提供不会轻易显露的修炼资源的缘故，但这种修炼速度依旧令人惊艳。

若是李洛真的在年末完成突破，那只会更令人惊艳，他将打破圣玄星学府创院以来的纪录，成为第一个尚未晋升二星院时就突破到地煞将阶的学员。

这个成就，连姜青娥都没做到。虽说照郗婵导师所说，她是为了在某一刻借助厚积薄发之态，实现喷薄似的跃升才以某种秘法压制了修炼速度。

但不管如何，如果李洛在两个月内突破到地煞将阶，他就是圣玄星学府第一个达成这个成就的学员。

李洛估算了一下,他现在冲击地煞将阶成功的可能性只有三成,但如果再等半年,成功率会提升到八成，可他等不到半年后了。

府祭之上，他要亲手斩杀裴昊。

裴昊是极煞境的实力，甚至不止于此，李洛要想达成这个目的，大概率需要借助三尾天狼的力量，可它的力量是双刃剑，施展时会受到它的侵蚀。

而且这种侵蚀还会随着使用次数增多而变得更大。

李洛如果想掌控这柄双刃剑，就必须强大自身，突破到地煞将阶无疑是对自己最好的保护。

“圣树灵晶能提升三成概率。”李洛自语。素心副院长已答应会给他圣树灵晶作为奖励，这枚奇宝拥有破境之力，会大大增强他的成功概率，这样一来，他就有六成的把握。

但李洛觉得这还不够。

所以，接下来在冲击地煞将阶前，他需要再一次进化相性。

现在他体内的双相，水光相已是下七品，木土相还只是六品。

如果能将水光相提升到上七品，木土相进阶到下七品，他的相力就会更加雄厚,如此一来，冲击地煞将阶的成功率就能提升到八成了。

这才是李洛心中最完美的状态。

至于封侯术的修炼，则要在完成突破之后，因为只有踏入地煞将阶，修成封侯术的可能性才会更大。

“看来要跟副院长说说，将选择封侯术的时间稍微推后一点。”李洛把接下来这段时间的详细规划都做好了,因为时间真的太紧迫了,他必须争分夺秒地提升自己。

“现在最重要的还是提升双相品阶。”

李洛深吸一口气，翻身下床，既然如此，就得先去一趟金龙宝行了。

蔡薇之前嘱托他前往金龙宝行采购一批新的灵水奇光的炼制材料，这种事情本不需要他这个少府主亲自出面，但自从蔡薇发现李洛每次去都能拿到比其他人更低的折扣后，精打细算的她就强行把这个任务塞给了他。

李洛明白更低折扣的原因，无非是吕清儿暗中相助，这让他有一种拿人手短、吃人嘴软的心虚。

可洛岚府正是需要大量资源的时候，他只能把这个人情先记在心里了。

另外，他也想去金龙宝行见一见鱼红溪。

素心副院长的提醒让他如芒在背，金龙宝行的强大毋庸置疑，李洛需要确定这位执掌大夏金龙宝行的大会长是否也对他们洛岚府怀有别样的心思。

想起鱼红溪，李洛眼神复杂地轻叹了一口气，他对她还是很有好感的，对方平日里给了他不少帮助，他一直把她视为值得尊敬的长辈。

希望她没有对洛岚府心怀恶意吧。

第六百零九章

鱼姨生气

李洛抵达金龙宝行后，径直去了采购处，挑选了一大批灵水奇光材料，但交易才刚开始，他就见到吕清儿双手背在身后，轻悠悠地出现在眼前。

“到金龙宝行了怎么不找我呀？”

穿着浅白色衣衫和短裙、露着雪白长腿的少女笑吟吟地望着李洛，然后毫不避讳地对着一旁采购部的负责人笑道：“穆管事，老规矩哦。”

被称为穆管事的负责人笑着点点头：“小姐，我明白。”

无非就是把李洛的采购折扣压到最低，对财大气粗的金龙宝行来说这完全是小事，他犯不着因此惹小姐不快，只是不经意间会对李洛投去羡慕的目光：这年头，长得好看就是有优势。

“清儿，你这样让我很难做，别人会以为我是吃软饭的。”李洛神色沉重地道。

吕清儿恭维道：“哎呀，主要是因为你拿到了东域神州一星院最强学员称号，为我们大夏扬名，我们想加强与你的合作，可以提升宝行的名声，所以还请李洛少府主看在我们相识多年的分上给我一个机会。”

“这样嘛……”李洛思索了两秒，最终勉为其难地道，“那就下不为例吧。”

吕清儿笑靥如花：“多谢少府主。”

穆管事看得眼皮子急跳，心里骂骂咧咧的：都是什么人啊，捡了这么大的便宜还得他们小姐求着才收？

他当然知道两人是在开玩笑，这一幕之前就出现过，只是身为一个男人，心里还是不免莫名泛酸。

谁不知道金龙宝行是大夏最富有的地方，执掌宝行的鱼红溪是最有钱的人，作为她的独女，吕清儿就是大夏最有钱的小富婆，谁娶了她就相当于抱了一座金山回去。

李洛没在意负责人在想什么，吕清儿的善意他当然明白，未来吕清儿若是有需要他的地方，他自然会倾尽全力。

他与吕清儿在旁聊了一会儿，然后说道：“清儿，我想见一见鱼会长。”

鱼红溪每日事务繁忙，各方势力的预约不胜枚举，他突然想约见，还得通过吕清儿。

吕清儿闻言一笑，道：“娘正好还在宝行，你随我来便是。”

她嘱咐了管事几句，然后带着李洛径直穿过金龙宝行内部的走廊，直往鱼红溪的办公处而去。

有吕清儿带领，李洛畅通无阻地见到了鱼红溪，对方从桌上诸多文件里抬起头，眸光扫过李洛，对他的出现并不感到意外，身为封侯境强者，她早就感应到了靠近的两人。

她忍不住瞥了吕清儿一眼，没好气地想，这丫头对李洛的要求完全拒绝不了啊。

“哟，这不是东域神州一星院的最强学员吗？大驾光临金龙宝行，真是蓬荜生辉呢。”鱼红溪合拢手里的文件，戏谑地道。

圣杯战的结果这几日早就传遍了大夏，毕竟这是一件十分重要的大事，而且圣玄星学府代表着大夏的颜面，学府能从东域神州诸多学府里脱颖而出，一举夺冠，让无数大夏人也与有荣焉。

李洛的名声自然响彻大夏了。

直到这时，无数人才恍然发觉，洛岚府曾经空相的少府主竟然已经显露峥嵘，看来洛岚府的壮大指日可待啊。

李洛闻言谦虚道：“运气好而已，只是刚好比景太虚耐力强。”

“不必妄自菲薄，圣杯战云集了东域神州年轻一辈无数精锐，你能脱颖而出，足以说明你的能力，李太玄跟澹台岚倒是有个好儿子。”鱼红溪淡淡道，看向李洛的目光带着一丝欣赏，不提其他，光是李洛展现出来的天赋与潜力就让人生出爱才之意。

李洛笑了笑，陪着鱼红溪说了几句话。

“你似乎有什么事？”鱼红溪异常老练，察觉李洛欲言又止，当即直接问道。

她事务繁杂，可没时间与李洛在这里聊些没有营养的话。

李洛犹豫了一下，而后目光直视鱼红溪，开门见山道：“鱼会长应该知道两个月后洛岚府的府祭吧？”

鱼红溪眸光一闪，淡笑道：“现在多少顶尖势力都在等着这件大事呢，大夏五大府究竟是维持原有格局还是减少一个，就看两个月后了。”

旋即她平静地道：“如果你想要金龙宝行伸出援手，那就要让你失望了，金龙宝行和圣玄星学府一样，不会插手任何与我们无关的势力纷争，我们只做生意，和气生财。”

李洛摇摇头，道：“金龙宝行的宗旨我当然知道，怎么可能提出这种无理要求，只是之前有人提醒我，让我在府祭的时候警惕金龙宝行。”

鱼红溪眼眸虚眯了一下，淡淡道：“哦？李洛少府主是觉得金龙宝行觊觎你们洛岚府，到时候会插上一脚？”

她的声音变得冷淡许多，房间内的气氛顿时压抑起来。

吕清儿脸色微变，眼神焦急。

“哼，洛岚府虽然拥有奇物，但我鱼红溪才不屑觊觎，李太玄留下的奇阵是借洛岚府之势压制封侯境强者的侵入，洛岚府越强，奇阵就越强，如果我有什么想法，洛岚府能撑到现在？

“你们借助溪阳屋壮大洛岚府，炼制灵水奇光的材料全是从金龙宝行采购的，金龙宝行垄断了大夏超六成的材料市场，我只要断了材料供给，你们溪阳屋又能有什么作为？

“李洛，你真以为这些年没有大夏顶尖势力开出丰厚的条件让金龙宝行断了洛岚府的采购渠道吗？”

鱼红溪话音冰冷，原本美艳的脸颊也涌上了寒气。

见到鱼红溪动怒了，吕清儿连忙上前挽住她的手臂安抚道：“娘，李洛如果怀疑你，又怎么会直接当面询问呢？”同时连忙对着李洛使了个眼色。

李洛朝鱼红溪抱了抱拳，面容诚恳地道：“鱼姨，我当然知道您对洛岚府的照拂，我并非在怀疑您，只是金龙宝行人员庞杂，我担心有些隐患。府祭对洛岚府异常重要，而金龙宝行是大夏最顶尖的势力，稍有异动便会引来非常大的变故。”

“宝行素来中立，但我担心有部分人怀有异心，会影响金龙宝行的声誉。”

鱼红溪冷声道：“叫什么鱼姨，叫鱼会长。”

李洛无奈，知晓鱼红溪正在气头上，只能老老实实地道：“鱼会长。”

鱼红溪冷哼一声，眼神锐利地盯着李洛，半晌后，脸上的寒霜渐渐散去，声音依旧淡淡地道：“金龙宝行内部的事情就不需要你操心了，我自己会处理，你还是好好想想怎么应对府祭吧，说不定两个月后，大夏就没有洛岚府了。”

李洛笑道：“洛岚府是老爹老娘留下的心血，我自然会全力保护。万一保护不了，我就跟青娥姐先跑为敬，等我们封侯了，再来一个个清算。”

“封侯了不起吗？”鱼红溪冷声道。

李洛微微一笑，道：“封侯不行，那就等我们踏入称王境吧。”

少年面带笑容，俊朗好看的脸庞带着自信，看得站在鱼红溪身旁的吕清儿轻轻咬了咬红唇。

鱼红溪的眼神微不可察地一凝，称王境是连她都触之不及的境界，这般实力的人物在金龙宝行总行都是巨头了。

“年纪不大，口气倒是不小。”鱼红溪没好气地说道。这小子狂得没边了，他说能晋入封侯境，她没什么怀疑，可称王境强者的门槛是多少绝顶天骄都未能跨越的，连天生的高品级双相者都未必能涉足。

“你走吧，做好自己的事情就行了。”鱼红溪挥了挥手，不再看李洛，直接赶人。

李洛心头一动，没有多说，对着鱼红溪抱拳拱手，同时眼神示意吕清儿不必相送，转身离去。

然而就在他将要推门出去的时候，鱼红溪的声音又传来了。

“等等。”

李洛疑惑地转头看去，只见鱼红溪板着脸看他：“叫鱼姨。”

李洛愣了愣，哭笑不得，但还是叫道：“鱼姨。”然后赶紧关门退走了。

望着关闭的房门，鱼红溪这才一巴掌拍在桌上，气得胸脯剧烈起伏，冷声道：“真是过分，这小子竟敢怀疑我觊觎他那破烂的洛岚府？！”

吕清儿赶紧走到鱼红溪身后，帮她捏肩，撒娇道：“娘，你不要怪李洛嘛，现在他承受着很大的压力，而且他如果不相信你，也不会就这样鲁莽地直接问了。”

鱼红溪横了她一眼，道：“这小子都欺负到你娘头上了，你还帮着他说话。”

吕清儿一本正经道：“哪有，我看他在你面前战战兢兢的。”

“装出来的罢了，这小子太滑头，性格跟李太玄与澹台岚都不一样。”鱼红溪不屑道。

吕清儿嫣然一笑，眸光流转，道：“娘，那李洛说的会不会不是空穴来风？我们金龙宝行内部……”

鱼红溪双眸虚眯了一下，却没有再说话。

吕清儿不再多问，而是继续乖巧地帮她捏着肩，帮她缓解情绪。

第六百一十章

清儿赠丹

接下来数日李洛没有急着回学府，而是留在洛岚府修行，因为他现在的首要任务是再次进化双相，留在洛岚府，灵水奇光的供给会更方便。

至于修炼相力，洛岚府有修行金屋，虽说效果比相力树差，但也能凑合着使用。

耀眼璀璨的金屋中央，李洛盘坐在蒲团上，他取出一支七品灵水，直接服用，同时运转相力炼化。一缕缕奇特的力量顿时融入相宫，最后宛如春雨一般，浸润着相宫内的相性。

水光相宫内，水光相性衍变出的水潭比起以往已扩大了数倍之多，其中仿佛有一轮大日倒映着，绽放出神圣的光明，令灵潭变得更为明亮透彻。

木土相宫内，木土相衍变出的小树扎根于一片褐土之中，枝叶摇曳，倾洒着无数玄光。

李洛心神注视着两道相性，颇感欣慰，比起刚刚晋入化相段时，相性衍变出的事物体积更大了，这代表他的相力强度在节节攀升。

一缕缕光雨洒入相宫，浇在水光相与木土相上，一丝丝强化着它们，是炼化的灵水起了作用。

李洛的心神突然投向相宫上方，然后估算时间，默默倒数着。

在他倒数完的一瞬间，相宫内有一缕紫光降落下来，里面蕴含着极为精纯的特殊能量，仔细看去，还有一滴玄奇的紫液，内里隐约可见一棵神树虚影，散发着莫名韵味。

紫液同时出现在两座相宫内，径直落在水光相与木土相之上。

水光相内的灵潭顿时掀起阵阵涟漪，仿佛响起了水浪声，而木土相的相性小树拔高了一截，变得更加枝繁叶茂，褐色泥土也膨胀了一圈左右。

感受着两座相宫的变化，李洛心头欢喜。

神秘的紫液正是来自他在圣杯战获得的神树紫徽。

此物不愧是学府联盟打造的紫眼宝具，它每日都会催生出一滴紫灵液，温润精纯，对相性有淬炼之效。

而且最重要的是与灵水奇光不冲突，两者配合使用，能将彼此的效果推高数成。

数天里，李洛每日都配合着使用两者，提升相性的品阶，而取得的效果令他惊喜异常，按照这个效率，他的双相有很大可能在一个月内迎来进化。

李洛细细感受着体内相性充满活力的波动，直到那股效力彻底散去，他才沉下心神，开始今日的相力修行。

接下来的足足半个月，李洛都维持着这样的修行状态。

在紫灵液以及七品灵水一日日的淬炼下，他的双相变得越来越活跃，这种变化让李洛欣喜，因为这种感觉不陌生，以前相性临近进化时都会出现这种迹象。

看来，经过半个月的酝酿，他期待已久的进化即将来到。

这一日清晨。

洛岚府的厅堂内，李洛、姜青娥以及蔡薇一同坐在餐桌旁。

蔡薇依然是那副千娇百媚的模样，一颦一笑间都散发着魅力，她过来时已经用过膳了，现在只是陪着李洛与姜青娥而已。

在两人吃着早餐的时候，蔡薇这位洛岚府的大管家便汇报着府内诸多产业最近的情况。

“多亏有蔡薇姐，洛岚府才被打理得井井有条，我和青娥姐才能安心修炼。”李洛听完那些繁杂的事，不由得感叹一声，由衷说道。

“少府主的嘴可真甜，洛岚府能有现在的发展，最大功劳者可不是我，而是少府主。”蔡薇嫣然一笑，道，“如果不是少府主提供的秘法源水壮大了溪阳屋，我可拿不出这么多资金维护洛岚府原本摇摇欲坠的产业。”

姜青娥微微颔首，道：“蔡薇姐这话不假，自从你来到大夏城后，洛岚府的声势与日俱增，若早知道你有这般能耐，就应该让你早点离开南风城。”

听见她们的话，李洛顿生虚荣，但他冷静地没有显露，而是问道："蔡薇姐，我之前嘱托你帮我采购蕴灵丹的事可有眉目？"

所谓蕴灵丹，是一种在破境时使用的丹药，能够将相力在短时间里增强数成，而且药性平和温润，最适合破境时辅助使用。

李洛采购蕴灵丹，就是为接下来冲击地煞将阶做准备。

蔡薇闻言，笑容微微收敛，而后摇摇头，凝声道："最近我时刻派人留意大夏城的丹药坊，金龙宝行也打过招呼，可奇怪的是，不论品质高低，竟然一颗蕴灵丹都没出现。"

李洛眉头一皱，蕴灵丹价格颇高，一颗高达上百万，市面上的确存货不多，但也不会稀缺到一颗都找不到。

"看来是被人提前收购导致断货了。"姜青娥声音平淡地道。

李洛眼瞳微缩，道："有人猜到我想在府祭之前冲击地煞将阶了啊，嘿，为了针对我真舍得下血本，把蕴灵丹扫断货可需要不少资金。"

姜青娥瞥了他一眼，道："可能不是针对你……"

李洛一愣。

"因为我也很有可能在府祭之前突破，他们买断蕴灵丹，应该是想阻碍我，毕竟高品的蕴灵丹对我同样有用。"姜青娥认真分析道。

李洛悻悻道："这么说是我自作多情了？"

话虽如此，他知道姜青娥的分析很有道理，在觊觎洛岚府的势力眼中，姜青娥才是一个大麻烦，虽说现在她只是极煞境，面对封侯境强者时依然很渺小，但为了达成目的，一切威胁都要提前遏制。

至于他这个相师境……还真是没有在意的必要。

一旁的蔡薇忍不住掩嘴轻笑。

姜青娥唇角微掀，道："倒也不是，应该是没人觉得你能在两个月内突破到地煞将阶吧，算算时间，你才晋入化相段多长时间？这种修炼速度已经不比我这个九品光明相差了。"

李洛摇摇头，道："算了，蕴灵丹没有就没有吧，本就只是以防万一，如果真靠它才能完成突破，那我这个东域神州一星院最强学员的水分也太大了。"

采购蕴灵丹只是为了万无一失罢了，别人冲击地煞将阶时或许很渴求，可他身怀两座相宫，相力本就远胜同级，再加上双相之力，他对自己不缺信心。

此时，护卫自前厅匆匆而来。

“少府主、小姐，金龙宝行的清儿小姐刚才来到总部，送了一件物品过来。”护卫恭敬上前，将一个玉盒放在了桌上。

“清儿送来的？”

李洛一怔，打开玉盒，便见到一颗浑圆的丹药躺在里面，一缕缕丹气升腾，隐约间形成了玄妙的丹纹。

正是一枚高品质的蕴灵丹。

“啧啧，少府主，你这位女同学还真是讨人喜欢，送来了这么关键的东西。”蔡薇见状，笑吟吟说道。

李洛有点无奈，问道：“她人呢？”

护卫回道：“送完东西就走了。”

“这是她的好意，你就收下吧，之后见到她，再把蕴灵丹的钱给她。”姜青娥玉颜平静地说道。

李洛闻言点点头。

护卫迟疑了一下，小心翼翼道：“清儿小姐特地嘱托，说东西是送给小姐的，不是送给少府主的，因为她相信少府主不需要。”

李洛这下真的错愕了，这颗蕴灵丹居然是给姜青娥的？什么情况？她们的关系都这么好了吗？

蔡薇饶有兴致地看着这一幕，而后朝李洛笑道：“这个吕清儿，还真是个有意思的小姑娘。”

姜青娥眸光闪烁了一下，淡淡道：“虽然我不需要，但既然是她的心意，我就收下吧，但你之后见到她，还是得把钱给她。”

李洛点头。

姜青娥起身，朝李洛说了一句：“月底，我会去学府挑战七星柱。”

李洛闻言猛地抬头，望着转身走进内院的姜青娥，情绪翻涌。

姜青娥果然要在三星院时就挑战七星柱，若是成功，就会打破圣玄星学府的纪录。

她的光环真是越来越耀眼了啊。

李洛深深吐了一口气，姜青娥这么努力，他也不能放松，好在他已经有所感应，他的双相进化应该就在这几天了……

第六百一十一章

双相进阶

圣杯战结束第二十天的时候，在众多七品灵水奇光以及神树紫徽提供的紫灵液堆积下，李洛不出所料迎来了双相的进化。

金屋。

李洛盘坐着，双目微闭，身体表面升腾起一缕缕相力，色泽皆不同，因为它们的属性不同。

水相、光明相、木相、土相。

四种属性的相力交织而动，其中水相与木相要更为精纯雄厚。

相力在升腾间隐隐衍变着各自本源，水流奔腾、光明璀璨、树木耸立、大地厚重，皆呈现出活跃的姿态，犹如沸腾的火山一般节节攀升，不断壮大。

这是相性进化的迹象。

这个过程没什么凶险，因为想达到这一步本就需要庞大的积累，当积累足够时，完成进化就是水到渠成的事情。

李洛周身异变持续了约莫两个小时才开始渐渐消散，最终归于寂静。

李洛没有睁开眼睛，而是观测着体内的两座相宫，他发现相宫里的两道相性都获得了不小的提升，水光相的水潭规模扩大了一倍，倒映着的大日也愈发璀璨，神圣光泽散发，让流淌其中的水相之力显得更为精纯。

另外一座相宫里，一片褐土不断延伸，扎根于它的大树更加茂盛，每一片叶子上都流动着玄妙的青光，它们都是木相之力所化。

"上七品水光相、下七品木土相。"

李洛望着相宫内的相性，由衷地欢喜着，经过近一年时间的积累，当初孱弱的四品双相都逐渐壮大起来。

七品相已迈入了高品相范畴，这种品阶的相性凝炼出来的相力会更具有灵性，不论品质还是强度，都比六品相强不少。

李洛感受着体内充盈的相力，相性进化让他的相力再度增强了，现在的他达到了真正的化相段顶峰。

“按照这种修炼进度，如果再给我三个月时间，即便没有圣树灵晶，突破地煞将阶的成功率也会有八成。”李洛一声感叹。此前他估算的是半年，但这次相性进化后，他又把时间提前了一点，因为他的进步比想象的快。

但可惜，他没有三个月。

不过无所谓，损失一枚圣树灵晶虽然肉疼，但为了渡过府祭难关、保住洛岚府，这些代价都是值得的。

心里这般想着，李洛起身结束了此次修炼。

当他来到金屋门口打算离开时，却见到一名侍从等候在此。

“少府主，小姐命我在此等候，请你修炼完毕后去客厅一趟。”侍从见到李洛出来，连忙恭声说道。

李洛神色一动，点了点头，快步往客厅而去。

他一进入客厅，就见到姜青娥坐在首位，她的左右两侧分别坐着大管家蔡薇与袁青大供奉。

袁青一见到李洛，连忙起身行礼。

姜青娥的眸光在李洛身上停了停，旋即掠过一抹讶异，她敏锐地察觉到，李洛身上流动的相力比前一日更强盛，甚至充满了灵性。

“看来蔡薇姐半个月几百万的灵水奇光没有白喂。”姜青娥玩笑道。

蔡薇没有姜青娥敏锐的感知，她好奇地打量着李洛，道：“少府主的双相进阶了？”

“小小提升了一点。”李洛没有隐瞒，笑着点点头。

“相性品阶提升比相力更艰难，少府主身怀双相，还能有如此进度，当真是天纵奇才。”袁青感叹道。

李洛笑了笑，没有多说，而是问道：“袁叔今日前来，是有什么事情吗？”

袁青闻言面色顿时变得肃然，说道：“我们接到情报，洛岚府有五位阁主已经提前来到大夏城。”

李洛双目微眯。洛岚府有九阁，分别执掌洛岚府除大夏城外的所有产业，可以说，九阁阁主就是洛岚府的高层骨干，只不过因为此前的变故，九阁人心变动，三位阁主倒向了裴昊，四位阁主支持姜青娥，还有两位阁主保持中立。

“哪五位？”李洛问道。

袁青迅速报出五个名字。

李洛听了听，正好有三位是裴昊的人，另外两位一直都是中立的立场，而支持他与姜青娥的四位阁主，除了雷彰阁主坐镇总部外，其余三位都还没有到。

“五位阁主提前抵达大夏城……三个投向裴昊的不管，卢箐与闾关两位阁主又如何？”李洛问道。

“卢箐与闾关两位阁主抵达时与总部打过招呼，但他们没有入住总部，而是在外居住。”袁青回道。

“还真是恪守规矩的中立派呢。”蔡薇一笑，言语中带着一丝嘲讽。作为李洛与姜青娥的铁杆支持者，她不仅厌恶倒向裴昊的人，对这些骑墙派同样没什么好感。

什么中立，不过是以此为借口看局下棋，想捞得更多好处罢了。

“我们接到消息，五日之后，裴昊会在春湖楼宴请卢箐、闾关，想在府祭时获得他们的支持。”袁青继续汇报。

李洛冷笑道：“这只老鼠在大夏城躲了这么久，终于敢现身了？而且还敢在春湖楼宴请？”

春湖楼就在洛岚府总部外，裴昊此举的挑衅意味不要太浓！

“另外……我们也收到了请帖，裴昊说邀请少府主与小姐也前去一叙。”袁青沉声道。

“狗胆不小。”蔡薇冷笑道。

李洛看向姜青娥，问道：“青娥姐觉得如何？白眼狼性格谨慎，这次敢如此张狂行事，怕是有什么倚仗，光是墨辰供奉可保不住他。”

姜青娥绝美的玉颜没有波澜，声音更是清冷平静：“大夏城是洛岚府总部所在，连这里的宴请都不敢接的话，只怕明日就会成为全城的笑柄。”

她眼神凛冽，杀机流淌。

“五日之后，我们去春湖楼一趟。

“到时如果有机会，袁青供奉拦住墨辰，我直接斩了裴昊，若是能成，反而省了府祭上的麻烦。”

袁青神色一肃，抱拳道：“是！”

李洛眼皮一跳，姜青娥杀伐果断，如果真能在府祭前把裴昊这家伙弄死，的确能省不少麻烦……

五日之后吗？

李洛估算了一下，这几天他刚好可以尝试冲击地煞将阶了。

第六百一十二章

地煞将阶

为了冲击地煞将阶，李洛又额外准备了两天时间。

这两天里，他把自身调整到最佳状态，体内相力充盈流淌，活跃旺盛。

之后，他不再犹豫，开启了至今为止对他而言最重要的一次境界突破。

修炼金屋里，李洛盘坐在中央。

屋里的角落处，还有四个围观者，分别是姜青娥、牛彪彪、蔡薇以及颜灵卿，他们清楚李洛这次突破的重要性，都放下了手里的事赶来观看。

“这家伙，竟然打算在一星院还没结束时就冲刺地煞将阶……野心真大。如果成功，就要打破圣玄星学府的纪录了。”颜灵卿注视着那个闭目养神等待时机的少年，感叹道。

“嗯，这个修炼速度远胜我在一星院的时候。”姜青娥微微颔首道。

颜灵卿白了她一眼，道：“你藏藏掖掖地修炼，谁能摸得透？听说你这个月月底会去挑战七星柱？难道打算冲击天罡将阶？”

“七星柱又不难。”姜青娥说道。

颜灵卿捂着眼，道：“姜青娥，你能不能不要这么狠？七星柱已经是学府学员所能获得的最高荣誉了，还不难？”

“到时候你想挑战谁？现在来看，最弱的应该是司天命，我觉得他是最好的选择。”

七星柱代表着学府学员最强水准，不仅是身份与荣誉的象征，还有实打实的好处。获得这个称号的学员，毕业之后可以留在学府一年，而且学府还会提供庞大的修炼资源，甚至能参与高层议事，地位俨然比金辉导师更高。

所以很多优秀的四星院学员都对七星柱的位置非常眼馋。

当然，学府优待七星柱是因为看好他们的潜力，想把他们发展成导师，彻底变为学府的力量。

在学府的历史里，超过一半的紫辉导师都曾是七星柱。

“七星柱的老生你要避开。”颜灵卿提醒道。

如今七星柱里属宫神钧与长公主最强，但两人不是老生，而是四星院学员，由此可以看出他们的实力之强，以低一届的资历超越了学长。

而除了他俩，就只有司天命与夜承影是四星院学员，其他三位都是老生了。

颜灵卿希望姜青娥避开宫神钧、长公主以及三位老生，从司天命与夜承影中选一个挑战。

姜青娥眸光微闪，对颜灵卿的建议不置可否。

“到时候看吧。”她如此说道。

“青娥，少府主能成功突破吗？”一旁的蔡薇担忧地问道。

“严格来说，他现在就冲击地煞将阶的确有些贸然，虽说他身怀双相，如果再积累几个月，等明年进入二星院后再突破会更顺利。”姜青娥微微沉吟，说道。

“啊？”蔡薇一听，顿时把心提了起来。

“没办法啊，还有一个多月就是府祭了，李洛肯定是想在此之前成功突破，这样才能在府祭时帮上忙。”颜灵卿叹道。

“不用悲观，李洛运气不错，得到了一枚圣树灵晶，借此成功率会提升许多，而且他的双相也再次进化了，相力雄厚程度已经达到了相师境的顶峰。”姜青娥安抚道。

“而且我也有一枚圣树灵晶，还有吕清儿送来的蕴灵丹，此丹对我用处不大，我收下也是打算万一李洛相力不继，可以留给他用。”

听到此话，蔡薇这才放松一点。

在她们交流时，盘坐于金屋中央的李洛睁开了双目，眼神平静，犹如幽潭。

“差不多可以开始了。”他感受着体内奔涌的相力，看了一眼姜青娥等人，自语一声。

而后他不再犹豫，双手合拢，指尖结印。

“轰！”

这一瞬，两座相宫内原本温顺的相力犹如服用了狂躁散一般，变得沸腾、暴躁起来，一道道相力升腾，犹如巨鞭，朝着各自相宫抽去。

“轰轰！”

相力重捶相宫，相宫顿时震颤起来，犹如脏器受损，竟出现了暗红色。

李洛的面庞隐现扭曲，痛楚浮现，相宫乃自身根本，此时相力作乱，自然带来了巨大的痛苦。

但李洛知道，这是冲刺地煞将阶必不可少的过程。

地煞将阶第一境乃煞宫境，即改造自身相宫。

简单来说就是把相宫淬炼得更坚韧、庞大，能容纳更磅礴的相力，当然最重要的是……锤炼到足以容纳地煞能量的涌入。

所谓地煞能量，就是地煞将阶的标志。

那是一种游离于天地间的特殊能量，异常凶悍，但有淬炼、强化相宫之力，要想成功踏入煞宫境，唯有实力达到某种程度后，感知天地间的地煞能量，然后剥离采集，融入体内，强化相宫。

“还不够！”

李洛心神凝聚，他还没有感知到地煞能量，这说明相宫壁膜的破损还不够，因为第一次感知时，只能主动撕裂相宫壁膜，将物质融入自身相力，在破后而立的心境里完成重生。

李洛微微沉吟，然后舌头一动，将早就被压在舌下的圣树灵晶卷了出来，他一口咬碎。

圣树灵晶破碎的瞬间，一股庞大精纯的能量如洪流般顺着咽喉涌入李洛体内。

这股能量极为温和，根本不需要炼化，李洛只是心念一动，就将它们引入相宫内，而后以相力驱使它们朝着相宫壁膜撞击而去。相宫震颤愈发剧烈，渗透出来的暗红气息也越来越浓郁。

一波波剧痛在体内不断蔓延，李洛后背满是冷汗。

但他没有任何放弃的打算，继续凝聚心神，屏蔽了外界所有干扰，心里仿佛只有相力奔涌的声音，以及相力冲撞在壁膜上发出的如巨钟般的轰鸣声。

撞击不断持续。

金屋内，姜青娥等人眼睛眨也不眨地盯着身体不断微微抽搐的李洛，他们看见了他额头上不断滴落的汗水，姜青娥玉容平静，双手却紧握了起来。

她是过来人，自然明白李洛现在是何等痛苦，但这是必经之路，修行本就要打破曾经的舒适，攀登高峰，唯有将脆弱之处一遍遍撕碎，才会生长出真正坚固的鳞甲。

时间在这种熬人的情境下缓慢流逝。

某一刻，就在李洛感觉脑袋有些眩晕的时候，他的心头突然一颤，感知蔓延，在弥漫周身的天地能量里，他仿佛“看见”了一缕缓缓流动的能量。

那道能量呈淡红色，与其他能量不同，它散发着一种狂暴的气息，犹如一条暴躁的巨蛇。

当李洛察觉到这一道特殊能量时，心间顿时翻起了难以遏制的惊喜。

因为这道能量正是他梦寐以求的地煞能量！

它终于出现了。

第六百一十三章

地煞能量

当那缕淡红能量出现在感知里时，李洛的心境泛起了阵阵涟漪，而后他强忍着激动、按捺着情绪，因为现在绝不能出半点差错。

已经成功感知到地煞能量，接下来就是把它收入体内，强化相宫。

心念一动，李洛分出一缕相力，牵引着那一道地煞能量，让它径直对着他的身体涌来，在接触的瞬间，能量直接进入他的身体。

地煞能量一入体，李洛的身躯便猛地一震，与平常吸收的天地能量不同，这道能量只能用狂躁不羁来形容，它犹如一头充满野性的凶兽，一进入体内就四处乱撞，大搞破坏。

李洛的经脉都被它冲撞得生出了刺痛感，所幸他修炼了雷鸣体，增强了肉身，否则此时恐怕经脉都已经损伤了。

李洛心神注视着闯入体内的地煞能量，微微沉吟。这股能量极为狂暴，还不能直接纳入相宫，因为无法承受它的破坏力，它也不会主动去强化相宫。

现在要做的事是化解掉地煞能量之中蕴含的狂暴因子。

简单来说，就是要驯服它。

李洛心念一动，一道水光相力升起，朝着地煞能量包裹而去，但两者刚刚接触，地煞能量就躁动起来，不断冲击水光相力，片刻后，竟将那道水光相力震散了。

“还真是野性十足呢。”

李洛见状自语一声，这下本就只是试探，从结果来看，想要驯服一道地煞能量，如果只凭水光相力，消耗量不小。

既然如此……

李洛心念转动，另外一座相宫内也升起一道相力，与水相之力迅速融合在一起，形成一道雄厚强横的双相之力。

双相之力席卷而出，犹如一头巨鲸，一口就把那道地煞能量吞了进去，而后如肠胃般不断蠕动，将吞进去的地煞能量来回淬炼着。

面对霸道的双相之力，地煞能量初始还挣扎一下，慢慢地似乎察觉到对方不好惹，于是老实下来，其内部渐渐升起一些深红的光点，最后被双相之力磨灭。

数分钟后，这一道地煞能量的颜色淡化不少，其暴躁气息也消散而去。

李洛明白，他驯服成功了。

不过，李洛在感受了一下双相之力的消耗后，心头泛起一抹忧虑，炼化地煞能量的消耗比他想象的大得多。

他的相力真的能支撑到炼化出足够的地煞能量，完成一座相宫的强化吗？

若是此次不能一鼓作气完成，之后就需要水磨功夫了，可是那会花费更多时间……最起码一个月是跑不掉的，显然与李洛的期盼不符。

“这个时间段冲击地煞将阶果然还是有点冲动，即便有圣树灵晶，也充满风险。”李洛心思转动，但没有过多犹豫，此时已没有退路可言，修行路上哪有什么绝对把握，终归是需要冒险的。

此时李洛才明白，为何敖白在二星院末时仅仅只是虚将境，只因难度比他想象的更高。

心中想着这些，李洛将注意力投到体内的两座相宫，现在他又要面临一个问题：所谓煞宫境，乃强化相宫，而他有两座相宫！也就是说，他需要强化两座相宫！

但现在的李洛显然没有足够的时间与精力同时强化两座相宫，只能退一步，择一强化。

李洛想了想，不出意外地选择了水光相宫，毕竟它是上七品。

于是他心念一动，直接将炼化的地煞能量投入水光相宫之中。

地煞能量一进入水光相宫，相宫便不断地震颤，散发出强烈的渴望情绪，那种感觉犹如饥饿之人看见了摆在眼前的绝世美味。

在相宫渴望的呼唤下，被驯服的地煞能量没有反抗，直接飘荡而上，与相宫相融。

融合的一瞬，只见一圈圈红色的涟漪自相宫表面弥漫开来，此前被自身相力冲撞得残破不堪的壁膜贪婪地吞噬着那些涟漪，这一刻，仿佛有轰隆声响于相宫内回荡。

他清晰地感觉到，水光相宫变得更广阔、坚固了。

“变化还真大。”

李洛心头感叹，只是一缕地煞能量而已，却引起了这么大的变化，由此可见煞宫境与相师境之间究竟有多大的差距。

感叹时，李洛动作不停，继续牵引着外界的地煞能量入体，持续强化相宫。

金屋角落处。

姜青娥等人一直盯着李洛的动静。

“地煞能量入体了。”姜青娥开口说道。她感应到了李洛周身那一缕特殊能量，身为极煞境，她对此非常熟悉。

“岂不是要成功了？”蔡薇欣喜道。

姜青娥迟疑了一下，道：“未必……煞宫境是对相宫的强化与改造，而炼化地煞能量的相力消耗极大，李洛虽然是双相，还有圣树灵晶的力量支持，可想要一口气完成强化也没那么容易。”

“如果他不能一鼓作气地完成，就不算真正突破，充其量跟圣杯战那个敖白一样，只是迈入虚将境。”

颜灵卿揉了揉光洁的眉心，道：“果然还是有点勉强呢。”

姜青娥轻轻点头，道：“按照正常情况来说，李洛应该是在二星院中期时完成突破，现在强行把时间提前了半年，自然有些冒险。”

“接下来，就看他能不能坚持到最后了。”

在几人担忧的注视下，李洛还在持续炼化地煞能量。

随着时间流逝，一道道被炼化的地煞能量灌注进水光相宫，相宫逐渐强化，变得愈发璀璨而坚固。

强化已经进行到近一半了，李洛的心却沉了下去，因为体内的相力已经消耗了近八成。

炼化地煞能量太消耗相力了。

李洛沉默了数息，心头陡然发紧，不到最后时刻怎能轻言放弃，如果不趁此突破到煞宫境，接下来的府祭他根本没有插手的资格，难道完全借助三尾天狼的力量去对付裴昊吗？

自身不强，依靠外力终归不稳。

于是，李洛合拢双掌，相宫震动起来。

相宫内，水光相所化的水潭里水流尽数涌出，犹如万千水线，而木土相宫内那株扎根褐土的大树，摇曳时碧绿的树叶飘起，仿佛化为星辰般扶摇而上。

李洛打算倾尽所有，进行最后的冲刺。

场外，姜青娥感应到了李洛的状况，俏脸微凝，纤细玉手一抬，圣树灵晶以及蕴灵丹出现。

她打算出手了。

但就在此时，一直没有说话的牛彪彪突然伸手制止了她。

“彪叔？”姜青娥疑惑地看来。

牛彪彪的神色罕见的严肃，他摇摇头，道：“他已经使用了一枚圣树灵晶，不可再借助外力，否则即便突破，相力也会虚浮。修炼之途终归需要一步步搭建根基，未来才有攀登高峰的希望。少府主的情况很特殊，每一步都需要他自己夯实根基。”

姜青娥紧抿红唇，她当然知道牛彪彪说的特殊情况，李洛寿命有限，只有四年时间冲击封侯境，如果此时为了突破到地煞将阶致使根基不稳，未来可能会付出惨重的代价。

姜青娥眸光闪烁，如果要从洛岚府与李洛的生命之间做选择，她毫不犹豫会选择后者。

牛彪彪望着担忧的姜青娥，微微一笑，似有深意地道：“不要小瞧了少府主的潜力。”

姜青娥闻言轻轻点头，玉手落下，圣树灵晶与蕴灵丹消失不见了。

她凝视着那道周身相力波动减弱的人影。

“李洛……我相信你。”

第六百一十四章

神秘之力

“轰轰！”

李洛体内犹如一座熔炉，他调动了所有相力，拼尽全力炼化着一道道地煞能量。

随着时间推移，水光相宫的强化已经达到了八成。

但李洛却忧虑地发现，他的相力即将消耗殆尽。

水光相力水潭已接近枯竭，而木土相力所化的相力树也是树叶凋零，只剩光秃秃的枝干。

果然，相力还是不足。

李洛心神注视着正在炼化地煞能量的双相之力，这是最后的相力了，可相宫还没有强化完毕，这就抵达极限了吗？

李洛不甘心，虽然此次突破不是没有成果，现在的他已经算是虚将境了，可这与他的期待相差甚远，虚将境只是比化相段第四变强一筹而已，远比不上真正的煞宫境。

如果仅是虚将境，他此次冒险突破就没有多大的意义。

不行！必须突破！

他可是答应了姜青娥，要亲手斩杀裴昊！

他望着渐渐变得稀薄的双相之力，澎湃的心潮突然变得平静下来，他的心渐渐沉寂，因为此时，他仿佛听见了一种奇妙的声音在身体内流动。

是……他的血液。

不，是血液里存在的东西，一种隐藏得极深的莫名力量。

是……血脉？

李洛心里泛起涟漪，凝神感应。

“少府主的相力难以为继了。”

金屋角落，这一次连蔡薇都看出来了，李洛周身的相力波动变得极微弱，这是相力即将枯竭的征兆。

“可他的相宫还没有完全强化。”颜灵卿可惜地叹了一声，然后又强行振作道，“能到虚将境也很了不起了，要知道北海圣学府的敖白也不过这个境界。李洛现在可是领先他一年！足以震撼整个学府了。”

姜青娥抿了抿红唇，这个成就的确很了不起，但她明白，李洛虽然平常看上去不着调，实则内心非常骄傲，他这次的目标不是虚将境，而是真正的煞宫境。

如果不能实现，想必他会非常沮丧吧。

在她们担忧的时候，李洛体内最后一道相力终于消耗殆尽，麻烦的是，当这道相力消失时，原本被它包裹的地煞能量因为未被完全炼化，竟蛮横地挣脱出来，就要肆意闯动。

李洛心神静静凝视着要大肆破坏的地煞能量，感觉到体内血液流动的声音似乎变得更急促响亮了。

于是，他彻底放开心神，仿佛打开了什么桎梏。

下一瞬，李洛体内的血液沸腾起来，滚滚血红气息弥漫，里面似有神秘的紫光流转，而后血红气息扑了出去，一口就把那道试图破坏的地煞能量吞了进去。

原本暴躁的地煞能量被血红气息一吞下，立刻变得安静下来，甚至还在隐隐地颤抖着，仿佛是……惧怕？

短短不过数息，桀骜不驯的地煞能量就变得异常乖巧。

李洛一时间有点蒙，但还是迅速把这道地煞能量引入水光相宫内，看着相宫强化持续，他这才有时间关注神秘的血红气息。这股力量极为玄妙，他想要控制，却发现根本没用，它只在体内流动，不受他的驱使。

但冥冥之中，他对这股气息有一种天然的亲近感。

虽然眼下的变故令人措手不及，但李洛明白对他而言这是天大的好事，正好可以利用这股神秘的血红气息帮忙炼化地煞能量。

现在，就继续从外界吸取地煞能量吧，李洛这般想着。

“轰轰！”

就在李洛打算继续吸取能量时，他突然感觉体内有了动静，急忙看去，就见到血红气息仿佛凝聚成了气旋，迅速旋转起来。

李洛先是一愣，下一刻，直接被骇得魂飞魄散。

因为他突然感知到，他的身体之外出现了数十道地煞能量！它们犹如受到某种牵引一般，正疯狂朝着他涌来。

这一幕让李洛头皮发麻，要知道地煞能量十分狂暴，他只敢一道一道地引入体内炼化，可现在突然同时引入几十道，怎么可能压制得了？那会爆体的啊！

李洛心里发出哀号，这种变故必然是他体内的血红气息导致，这玩意儿刚刚给他带来惊喜，转眼就让他品尝疯狂与绝望吗？

难道他今天会被它活活玩死？这可怎么办啊？！

就在李洛绝望的时候，场边的姜青娥突然色变，她感应到了李洛周身出现的诸多地煞能量，当即爆发光明相力，一步踏出，就要出手打断李洛的进阶。

“青娥，冷静！”牛彪彪急忙一把拉住了她的肩膀。

“彪叔，情况不对！”姜青娥急声道，素来从容冷静的她此时有些失态。

那么多地煞能量根本不是李洛现在能够压制的，会爆体的！

“相信李洛！”牛彪彪沉声道。

姜青娥闻言玉手紧握，娇嫩白皙的肌肤上甚至浮现出青色经络，但最终深吸一口气，平复下惊慌的心境，她相信牛彪彪不会害李洛。

一旁的颜灵卿与蔡薇明白事情的严重性，俏脸变得紧绷凝重。

气氛瞬间压抑下来。

在这种氛围下，姜青娥眼睁睁看着几十道如狂暴大蟒般的地煞能量同时涌入了李洛体内。

一瞬间，李洛的身体膨胀了一圈，血管都凸显出来，无数鲜血从毛孔里渗出，转眼间他就变成了一个血人。

第六百一十五章

跨入煞宫

当数十道地煞能量涌入体内时，李洛几乎绝望，如此之多的地煞能量根本不是现在的他所能压制与炼化的。

一旦这些能量在体内失控肆虐，造成的破坏将是毁灭性的。

他心神注视着由血红气息形成的旋涡，一时间极为悲愤，这玩意儿未免太坑人了吧。

可此时想这些毫无意义，李洛只能眼睁睁看着地煞能量涌来，入体的那一瞬间，剧烈的疼痛散发，地煞能量涌过之处，血肉都被撕裂。

但好在地煞能量没有肆虐扩散，只是对着血红旋涡直窜而去。

李洛没有感到放松，因为数十道地煞能量极为狂暴，一旦血红旋涡无法束缚它们，它们终将爆发，到时候他就要吃大苦头了。

他只能死死盯着体内旋转的血红旋涡，为最坏的情况做打算。

在李洛的注视下，数十道地煞能量投入血红旋涡，旋涡之中似有神秘的紫光流转，李洛的心原本忐忑不安，可随着时间推移，那份忐忑又转化为震惊。

因为他发现，那些地煞能量竟然没有变得暴躁，仿佛从狂暴的大蟒变成了乖巧的小兔，顺着血红旋涡旋转，体内的狂暴之气以惊人的速度被磨灭。

李洛蒙了，这么简单就被炼化了?!

要知道他刚才想炼化一道地煞能量都要消耗不少相力，可这血红旋涡流转了几次，就把数十道地煞能量冲刷得干干净净。这是什么恐怖的效率啊!

“究竟是什么情况……”

突如其来的巨大馅饼让李洛茫然，他犹豫了数息后还是一咬牙，血红旋涡虽然来得诡异，可那种亲近感是遮掩不了的，李洛觉得应该不会有什么隐患。

于是他心念一动，被飞快炼化的地煞能量顿时如飞鸟般涌出，直接投入水光相宫内。

“轰轰！”

如此多的地煞能量涌入，整座水光相宫顿时爆发出剧烈的震动，它贪婪地吞食着地煞能量，一圈圈淡红涟漪不断扩散，把它强化得更为广阔、坚实。

李洛清晰地感应到相宫在以惊人的速度增强。

这般变化持续了许久后，李洛发现它不再吞食地煞能量，他激动地意识到，这是相宫抵达了极限，强化已经完成了。

李洛将心神投入水光相宫，只见里面发生了翻天覆地的变化，空间更加辽阔，而且壁膜处有无数玄光流转，形成了众多玄奥的光纹，仿佛具备生命力一般流动着。

如果说以前的相宫是一间土屋，那么这座被强化的相宫就变得金碧辉煌，有几分宫殿的味道了。

“嗡！”

水光相宫里突然有光芒绽放，而后又化为无数光雨倾洒，向着下方水光相性衍变的水潭落去。

当光雨落下来，原本枯竭的水潭竟以惊人的速度涌现出了新生的相力，流水潺潺，水位不断上涨，这代表着李洛消耗殆尽的相力正在迅速恢复。

不，不仅仅是恢复，更是增强。

当水光相力恢复到以前的极限时，它没有停止，水潭不断扩张，相力凝结的水流也节节攀升，短短不过十数息，水潭就化为了一片小型的湖泊。

湖泊之内，一轮大日绽放着光明，显得湖水愈发清澈精纯。

李洛的水光相力在这一刻增强了数倍不止！这是来自煞宫境的馈赠！

也就是说，从现在开始，李洛真正跨入了煞宫境。

感受着水光相宫内澎湃涌动的水光相力，李洛心头难掩激动，此次冒险突破总算成功了。

“竟然还剩下一些地煞能量……”

李洛的心神又注意到水光相宫在完成强化后竟然还剩下十数道地煞能量，于是他又转向木土相宫。如今两座相宫的差距太大，水光相宫不论是规模还是相力雄厚程度都远远超越了木土相宫。

“就用剩下的地煞能量强化木土相宫吧。”

剩下的地煞能量是意外之喜，本来李洛此次的目标只是强化水光相宫，没想到炼化的地煞能量远超想象，既然如此就可以考虑第二相宫的强化了。

如果能一鼓作气把第二相宫也完成强化，那他就会迎来第二次馈赠，让他的实力呈现飞跃式的暴涨。

到那时候，双相宫的优势就体现出来了。

别人只有一场馈赠，他却能多一次，论相力雄厚程度绝对是同等级里的翘楚。

李洛控制着剩下的地煞能量，让它们全部涌入木土相宫内，开始强化第二座相宫。

不过，随着最后一道地煞能量被吸收后，让李洛遗憾的是，木土相宫没有完成强化，只达到了七成左右。

“算了，七成就七成吧。”

李洛虽然遗憾，但依然感到满足，因为此次成功突破后，他炼化地煞能量的难度会随之降低，完成第二相宫的强化只是时间问题罢了。

现在的他依旧是货真价实的煞宫境，远胜敖白的虚将境。

李洛的心神自相宫退出，然后发现之前的血红旋涡已经消失，任他如何感应都未能察觉，他稍微思索后，选择了放弃，他猜测那股神秘的血红力量恐怕源自血脉。

或许，就是庞院长说的李天王血脉？

嘿，看来这血脉还有点高级，想必在内神州应该都不普通吧？

李洛心头一笑，有一种穷苦孩子突然发现自己原来是隐藏富二代的惊喜。

“老爹啊老爹，你有这般血脉和背景，怎么会跟娘跑到东域神州这个偏隅之地呢？难道是传说中的私奔吗？”李洛浮想联翩。

旋即他心神退出体内，紧闭的双眼缓缓睁开。

接着，他便见到一张绝美的容颜出现在眼前，那对神秘、迷人的金色美眸犹如清澈的湖泊，倒映着他的脸庞，里面的担忧显而易见。

望着那张惊艳至极的脸蛋，李洛微微一笑，放柔了声音。

“青娥姐，我成功了。”

再然后，他就见到眼前女孩绝美的容颜上绽放出一抹惊鸿般的笑容，她屈身上前半步，伸开双臂，紧紧抱住了满身是血的李洛。

温香软玉在怀，李洛心里却没有半点杂念，只有温暖之意流淌。

第六百一十六章

三相圆满

房间里，休息了一夜变得神清气爽的李洛推开窗户，迎着晨晖伸了一个懒腰，脸上的笑容从昨天顺利突破后，直到现在都还舍不得散去。

“地煞将阶了啊……”

李洛忍不住感叹，眼里的得意掩饰不住。

要知道在近一年前，他还只是一个空相少年，短短时间内，他不仅成了双相者，还以惊人的修炼速度超越了所有同辈之人，不，不只是同辈，现在的他连圣玄星学府二星院都无人能比。

甚至再狂妄点，说不定他已经是整个东域神州二星院最顶尖的那批学员了，之所以没有说二星院最强，是因为敖白这样的二星院顶尖高手经过圣杯战后必然有所精进，有很大可能已突破到煞宫境。

短短一年时间实现如此巨大的进步，李洛感觉，就算身怀九品相，恐怕也不过如此吧。

但李洛也明白，他突破到煞宫境有几分运气，如果不是自身血脉之力出现，帮他炼化了诸多地煞能量，他绝对不可能顺利完成，顶多只能达到虚将境。

可这也没办法，时间对李洛而言太紧迫，不论是自身寿命的限制，还是接下来的府祭，都逼迫着他必须以最极端的方式尽快变强。

有时候，就是在这种极端情况之下，潜力才能被激发出来。

“我的水光相力比起一日前雄厚了数倍不止。”

李洛感受着水光相宫内涌动的澎湃相力，面露微笑，相力流淌带来的充盈的力量感前所未有，相师境与煞宫境之间差距巨大，光是相力差距就难以弥补。

而且因为他有双相宫，此时木土相宫尚未完全强化，两者一对比，差距就更明显了。

在沉浸式感受了一下疯狂暴涨的相力后，李洛关了窗户，于一旁的软榻上盘坐下来，眼里跳动着掩饰不住的浓浓的期待之色。

因为接下来他要做的事，比突破相师境更令他迫不及待——填入第三相。

李洛当年发现自己身怀三座相宫的时候，可谓经历了悲喜两重天，先天三相宫异禀是何等天赋，三相之力可是称王境强者的标志。

称王境是何等高高在上，放眼整个大夏国，唯有庞院长一人而已，这种级别的人物，就算在内神州都绝对是顶尖强者。

所以先天三相宫能把人震撼得无以复加，这是真正的天之骄子！那一刻，李洛感觉自己就是传说中的主角。

直到一分钟后，他发现三座相宫内空空如也。

先天三相宫不假，可是里面没有诞生相性。

李洛傻了。

没有相性，拥有再多相宫也没办法吸收天地能量来修炼相力啊。

那一刻，大悲大喜的李洛差点晕厥过去。

他品尝到了什么叫作造化弄人。

但好在天无绝人之路，老爹老娘留下的小无相神锻术把他救了回来，而后，李洛每时每刻都在期待着踏入地煞将阶、填满三座相宫的那一天。

而这一天，终于要来了。

李洛手掌一抬，三角状的金色之盘闪现而出，中央的凹槽内有一点犹如烛火的玄光在跳动，经过近一个月的精血蕴养，原本孱弱至极的龙雷相已经变得稳定许多。

“龙雷相。”

李洛眼神火热地望着这道玄光，这是他梦寐以求的第三相，填入进去，他的三相宫就彻底圆满了，到时候，在同等级的情况下，他的相力雄厚程度足以媲美真正的九品相，远超景太虚的虚九品。

稍微有些可惜的是，就算他坐拥三相，也很难运用出传说中的三相之力，他连双相之力都还未完全掌握，何况更高深的三相之力。

但无所谓，三相宫的相力优势足以让他称雄于同阶。

“不知道此次填入第三相会有多大的消耗……”李洛转念一想，不免又有点忐忑，后天之相虽然奇特，可每次填入都要付出不小的代价，第一次最狠，把他的寿命砍到只剩五年，第二次好一点，但也损害了根基，所幸有牛彪彪炼制的补神膏帮他恢复，否则后患无穷。

第三次按照惯例必然也要付出代价，李洛不清楚以如今地煞将阶的实力，究竟能不能扛得住。

但不论什么代价，李洛都不可能放弃，因为他已经没有退路可言。

这般想着的时候，他已伸手取出了龙雷相，然后毫不犹豫地吞入嘴里，运转起小无相神锻术。

“轰轰！”

李洛吞下龙雷相时，他的体内顿时响起若有若无的龙吟与雷鸣声，一道玄光入体，直奔第三座空空如也的相宫而去。

就在这一刻，李洛心惊胆战地发现，他体内的相力和精血正在以一种恐怖的速度飞快流失。

“希望顶得住吧！”他颤抖地在心里喃喃一声。

李洛的房门从清晨到深夜一直紧闭着。

直到某一刻，房门突然被轻轻打开。

李洛颤巍巍的身影走出，只见他面色惨白，身形瘦削，眼眶都内陷了，衣服下的血肉也缩水了许多。这一次炼化龙雷相，他不仅相力被抽干，连浑身精血都险些被抽得一丝不剩。

如果不是此前修成了雷鸣体，增强了肉身，他觉得自己整个人可能会被吸干。

但饶是如此，李洛也感到了极致的虚弱。

他颤抖着伸手敲了敲门框，召过一名平常伺候他的侍女，颤声道：“赶紧去给我安排一桌吃的，能补精血的，全给我送到房间里来，悄悄的，不要让青娥姐知道。”

侍女见到李洛这副苍白模样，吓了一跳，旋即面色古怪，偷偷看了一眼房间内。

“快去啊！”李洛见到侍女发呆，催促了一声。

侍女赶紧应下，匆匆离去。

李洛再度关上房门，脚跟颤抖地靠着门，但苍白虚弱的脸上却忍不住绽放出一抹笑容。

终于有惊无险地成功填入了第三相。

从现在开始，他的先天三相宫总算圆满了。

第六百一十七章

紫徽灌灵

翌日，当李洛睁开眼睛时，第一时间伸出手掌，看向掌心，只见那里的神树紫徽变得十分暗淡，如果不仔细看，甚至都会忽略它。

这是因为昨天夜里，李洛使用了它的灌灵能力。所谓灌灵，就是透支神树紫徽里的特殊能量，在极短的时间里，对相性进行一次催化，只不过一旦使用，神树紫徽会处于一段时间的枯竭状态，不再产出紫灵液，还会对它造成损伤，所以从长远来看，这个做法有点涸泽而渔。

但李洛没有太心疼，因为宝贝再好，终归要用在合适的地方，他现在最缺的就是时间，实在没有多余的精力去慢慢培养刚刚诞生的龙雷相，不如借助神树紫徽，只有这样才能最快提升他的实力。李洛心思转动，然后缓缓握拢手掌，接下来很长一段时间他都无法享受紫灵液带来的淬炼效果，但好在神木回春甲还能用，它不会消耗那种特殊的能量。

若非如此，还没享受多久的神树紫徽几乎就要变成废物了。

他心神一动，观测体内那座变得不一样的第三相宫。

相宫之内有银色的云层流动，闪烁着雷霆之光，雷鸣声不断响起。最吸引李洛目光的是雷云之中游动的身影，当云层被撕裂，一道龙影显露出峥嵘，它的身长约莫十数丈，通体遍布暗红龙鳞，爆发出的低沉龙吟声与雷鸣声汇聚在一起，轰隆隆震荡着。

“龙相……”

李洛注视着这个由他体内龙相衍变而出的暗红龙影，那股莫名的威压显露着它的不凡。

观摩了一会儿第三相后，李洛方才心满意足地退出心神。

“六品龙雷相。”

没错，经过神树紫徽的这一波灌灵，他的龙雷相从四品暴涨到了六品，短短一夜提升两阶，对很多人来说恐怕闻所未闻。

即便是同样拥有过神树紫徽的人恐怕都没有这个效果，因为它的特殊能量虽然温和，但一次使用太多，人不免会出现抗性。

所以很少有人真的动用灌灵能力，对很多人来说，日积月累地使用神树紫徽紫灵液，才能把价值发挥到极致。可李洛不一样，天生空相的他可以肆无忌惮地使用任何灵水奇光以及提升相性的特殊能量，空相蕴含的空性带来了极大的包容性，使用灌灵也能让他获得最大提升，不会浪费。

此次灌灵起码能为李洛节省两三个月时间，按照此前的经验，想将龙雷相从四品养到六品，即便不缺灵水奇光，也差不多需要这些时间。

“不知道什么东西能为神树紫徽补充能量？”李洛轻叹一口气。如果说对神树紫徽每日提供的紫灵液不眼馋那是不可能的，因为此物能与灵水奇光配合，提升他的进化效率，如果有机会，他还是想尽可能加快恢复神树紫徽的能量。

李洛翻身下床，他的面色虽然依旧苍白，但虚弱感已经减少许多。他缓缓紧握五指，感受着体内澎湃强悍的相力，比起昨日又强了几分，而且还是第三相宫没有经过地煞能量强化的前提下，李洛觉得，等把木土相宫、龙雷相宫全部强化后，他的相力雄厚程度恐怕足以媲美大煞宫境的强者。

煞宫境的分级很简单，以大小两段区分，因为这个境界本就是以强化、锤炼相宫为主，这样来分级倒是挺合适。

现在李洛属于小煞宫境初期，他心满意足，短短一个月实力提升可谓飞跃式，不仅成功踏入煞宫境，而且三座相宫彻底圆满，如果之后再修成封侯术，他的本钱就更足了。

李洛稍微洗漱了一下，脚步虚浮地走出房间，直往后院厅堂而去。姜青娥正在厅堂里吃着早膳，当她看见牛彪彪往桌子上端来一份份大补的餐食时，眸子里掠过一丝疑惑，但没有疑惑多久，她就见到了面色苍白、走路轻飘飘的李洛。

“你又怎么了？”姜青娥放下手里的糕点，没好气地问道。

这家伙昨天才冒险突破，怎么现在又是一副很虚的模样？一点都不让人省心。

李洛讪讪一笑，看着满桌大补的药膳，不由得朝牛彪彪道：“彪叔，麻烦您了。”

作为洛岚府的厨房总管，牛彪彪知道他昨夜要了一桌补精血的食物，恐怕也知道他昨天做了什么。

牛彪彪打量着李洛，笑眯眯道：“这次还好，只是精血亏损，少府主踏入地煞将阶后底蕴总算雄厚了，不必以寿命、根基为代价。”

姜青娥闻言，眸光审视李洛，旋即眼中掠过一抹惊讶，她通过感知发现，李洛体内散发出来的相力波动比起昨日突破时似乎又强横了几分。

这家伙昨天做了什么事？难怪一天都没现身。

“如实招来。”姜青娥下巴轻扬。

李洛咳嗽了一声，慢吞吞道：“青娥姐啊，从今以后你对我说话可要客气一点了。”

“哦？突破到煞宫境后，胆子都变大了吗？”姜青娥轻笑一声。

“以前我这个小小双相在你这个九品光明相面前还需要低调几分，但从现在开始，我觉得已经可以跟你平起平坐了。”李洛说道。

姜青娥盯着李洛，没有说话，她想看看这家伙葫芦里在卖什么药。

在姜青娥的注视下，李洛遣退了周围的侍女，然后心念一动，顿时有一道散发着莫名威压的强悍相力自体内升腾而起，于身后形成了一道蜿蜒盘踞的龙影。

望着李洛身后的龙影，即便以姜青娥的定力，都忍不住失神了。

李洛得意扬扬的声音响起：“从今天开始，双相已是过去式，以后请叫我——三相者李洛！”

第六百一十八章

炼煞之术

“三相……”听着李洛炫耀的语气，姜青娥没有在意，白皙的脸颊上浮现出浓浓的惊讶之色，李洛突如其来的三相给她带来了不小的冲击。

拜将境地煞将阶时期的三相……

姜青娥连听都没听过，从某种意义来说，三相比九品相还要稀罕。当然，重点是地煞将阶时期的三相……想要达到这种成就，必须在突破到相师境与煞宫境时体内皆出现异变，诞生出新的相宫与相性，这是何等罕见的事情？

三相是连封侯境强者都向往的东西，因为三相之力是称王境强者的标志，是所有封侯境强者的毕生所求。李洛一个小小的煞宫境即便拥有三相，也不可能修成真正的三相之力，但这可以给他带来极大的好处，最起码能提前感悟到粗浅的三相之力，为他未来冲击称王境带来不小裨益。

“不错。”姜青娥收敛了惊讶，露出一抹淡淡的笑容，李洛能够获得这种罕见的机缘，她由衷为他感到高兴。

“没想到少府主的第三相竟然是龙相，呵呵，不愧是那家的血脉，与龙相极有缘分。”牛彪彪此时笑着出声。

李洛闻言一怔，若有所思道：“彪叔说的，是所谓的李天王一脉？”

“你是从圣玄星学府那个庞院长处知晓的吧？”听见李洛说出李天王一脉，牛彪彪不觉得特别意外，他笑着点点头，道，“没错，你父亲李太玄就是出自李天王一脉。”

“这一脉在内神州名声极大，而且诞生龙相的概率很大，你的父亲李太玄就身怀虚九品龙相。”

李洛惊讶道：“难道相性的诞生还能操控？”

他一直以为相性是随机诞生的，但李天王一脉能诞生诸多龙相，显然不是随机的，必然有其特殊的原理。

“传闻你们的先祖曾与一尊天龙订下契约，天龙之气延血脉流传，所以拥有李天王血脉的人大概率能诞生龙相。”牛彪彪解释道。

李洛吞了口口水，这种匪夷所思的操作太高级，他连听都没听过。

有意思的是，他的龙相乃后天炼制而成，不是依靠血脉，但由此看出，他与龙相的确有缘，先天没有，后天还是捣鼓了出来。

“老爹竟然还有一道虚九品的龙相……”李洛感叹一声，以前他见过老爹显露的相性，但不是龙相。

“说起来也很少见到我娘显露两种相性呢。”李洛又好奇地问道。

牛彪彪闻言顿时笑了起来，道：“说起你娘的第一相性可就有意思了。”

“什么意思？”李洛疑惑问道。

此时姜青娥悠悠开口道：“师娘的第一相性乃金翅大鹏相，位列九品，金翅大鹏是世间顶级精兽，传闻以幼龙为食，所以与龙族算得上是仇恨滔天。”

李洛震惊了，难怪老爹一直被老娘打，敢情天生就被压制了？而且他也是龙相，岂不是以后老娘一发怒，他就得瑟瑟发抖？

“娘可真厉害。”李洛干笑一声，九品金翅大鹏相……是他迄今为止见到的第二个九品相，结果都出自他家，而且都落在了女性头上，看来咱家男性的家庭地位堪忧啊。

“能让师父都折服，师娘自然是人间巾帼。”姜青娥微微一笑，很是崇拜。

李洛咳了一声，语重心长道：“娘的本事我很佩服，但她也有些不好的地方，你可不要学，比如没事就打我爹这种坏毛病。”

姜青娥不置可否：“师娘教过我，拳头出真理。”

李洛脸一黑，老娘究竟在搞什么名堂啊，想要你儿子以后都生活在水深火热之中吗？哼，老爹不中用，不代表他这个儿子也不行，九品光明相又如何，我如今身怀三相，从什么角度来说都不会逊色，未来这家庭地位谁高谁低，还得打过才知道。

当然，前提是他要赶上姜青娥的相力等级，在没有赶超之前，先示敌以弱，才是韬光养晦之道。

姜青娥没在意李洛在想什么，而是眸光一转，说道："既然你已经晋入煞宫境，该开始修炼炼煞术了。"

"炼煞术……"李洛闻言神色一动。

炼煞术他是知道的，这是唯有踏入地煞将阶后才能触及的修炼之法，也是地煞将阶的核心修炼方法。简单来说，就是以一种特殊的修炼方式，将吸收入体的地煞能量炼化，然后形成一种特殊的能量，而这种能量被称为地煞玄光。

地煞玄光威能极强，与人对战时，把它融入自身相力，可以让战力得到极大提升。

可以说，地煞玄光是地煞将阶的标志力量，之后打磨、强化相宫，甚至更后面的煞体境，都需要地煞玄光来提升。所以说，踏入地煞将阶后，炼煞术无比重要，一部上乘的炼煞术会为修炼者提供非常大的帮助。

类似李洛在相师境时修炼的能量引导术，只不过炼煞术是更高阶的修炼之法。

"学府真是太坑了，我之前兑换的十二段锦竟然没有包含炼煞术。"李洛抱怨道。

"想什么呢，炼煞术是进阶的修炼之法，价值不菲，远超能量引导术，学府怎么可能以那么便宜的积分就成套兑换给学员？"姜青娥白了李洛一眼。

"而且学府虽然有十二段锦的炼煞篇，但我却不建议你修炼。"

"为什么？"李洛讶异地问道。

"因为它的等级稍稍有些低，只是三煞级。"姜青娥说道。

"知道什么叫作三煞级吗？很简单，一道相同体量的地煞能量，如果能炼化出三道地煞玄光的炼煞术，就是三煞级，然后以此类推。"

李洛无奈一笑，这个分级够朴素。

"青娥姐之前修炼的是几煞级？"他问道。

"四煞级，是在学府兑换的，花了三十万积分，已经是学府顶级的炼煞术了。"

李洛面色一苦，他虽然还有很大一笔积分，可那都是准备用来修炼封侯术的。

"少府主不必苦恼，咱们洛岚府虽然比不上圣玄星学府的底蕴，但咱们有的，学府未必有。"牛彪彪拍了拍肚子，笑眯眯说道。

李洛一听精神一振，道："难道我老爹留了什么东西？"

"少府主聪明，你爹的确留下了一部炼煞术，只不过它的要求颇为苛刻，一般人无法修炼，不然当初就给青娥了。"牛彪彪笑道。

“连青娥姐都没法修炼？”李洛色变，什么炼煞术这么变态，连九品光明相都不行？

“不是青娥天赋不够，而是它要求必须身怀龙相之力。”牛彪彪解释道。

“龙相之力……”李洛大喜，简直就是为他量身打造的啊！老爹还是靠谱啊！

望着满眼期待的李洛，牛彪彪笑着伸出手，掌心闪现出一枚巴掌大小的鳞片，它散发着淡淡的威压，赫然是一片龙鳞，上面似流转着无数文字，若隐若现。

“此术名为三转龙息炼煞术。”

李洛惊喜万分：“好酷炫的名字，这是几煞级？”

牛彪彪伸出手掌，五根手指竖起：“五煞级，这种级别的炼煞术，圣玄星学府应该没有。”

李洛顿时热泪盈眶，“富二代”的快乐就是这么的简单、朴素。

第六百一十九章

再见裴昊

五煞级的三转龙息炼煞术到手，但李洛现在没有时间修炼，今日还有更重要的事情，那就是前往春湖楼，赴裴昊的宴。

宴无好宴，但李洛与姜青娥还是打算去一趟，毕竟裴昊敢在洛岚府总部之外的春湖楼摆宴，俨然是挑衅，如果他们不去，对洛岚府的名声以及威望都是不小的打击。

再者裴昊还邀请了卢箐与闾关两位中立的阁主，显然打着拉拢的主意，李洛与姜青娥绝不能坐视这种情况发生。这些阁主都是洛岚府的老人，资历极深，他们掌控着洛岚府的部分力量，是实权高层。以前李太玄与澹台岚尚在时，这些阁主自然服服帖帖，不敢有丝毫异心，可如今两人失踪多年，李洛与姜青娥虽然竭力挽救局势，可论起威望自然不及李太玄、澹台岚，阁主们难免会生出其他的心思。

对于中立的阁主，李洛其实没有什么好感，他们虽然没有明着倒向裴昊，但这种试图割据自立的举动，让他有些怒意。

但这些不满还是得按捺下，他的实力还不够，等未来踏入封侯境，彻底掌控洛岚府后，这些旧账自然要一笔笔清算。

李洛与姜青娥用完早膳后就去往前厅，袁青大供奉和雷彰阁主早已到达。

“少府主、小姐，洛岚府总部的力量已尽数集结，春湖楼四周完成布防，到时候只要得到信号，我们就直接杀入！”雷彰禀道。

李洛点头。裴昊既然敢现身，他自然要做好准备，最好是直接在春湖楼解决掉，免得府祭再折腾出什么幺蛾子。

“少府主、小姐，裴昊谨慎狡诈，他在大夏城潜伏多日，如今敢露面挑衅，必然有所倚仗，不可不防。”袁青沉吟道。

姜青娥颔首，道："袁供奉放心，我们自会小心。"

袁青闻言也就不再多说。

之后一行人做好准备，待时候差不多，直接整装出府。

李洛与姜青娥走出洛岚府总部，一眼便见到坐落在街道尽头的奢华楼阁，那里就是春湖楼，与洛岚府总部一街之隔。

"来了很多探子呢。"

李洛目光扫过四周，感知到了若有若无投向总部的目光。裴昊邀约的事情这几天早就传遍大夏城，如今各方势力都盯着这里。

这一场宴会，可以说是洛岚府内部两股势力于府祭之前的一次试探性交锋。

姜青娥容颜清冷，没有理会探视的目光，她与李洛一起走过街道，很快抵达春湖楼外。

楼门大开，里面冷清不见人影，因为整座楼都被裴昊包了下来，而其他人也知晓今日此处非同一般，没人来凑热闹。

袁青、雷彰等一众洛岚府总部的精锐护卫，以李洛、姜青娥为首，直接走入楼内，一楼无人，他们便登楼而上。

来到顶楼，此处视野开阔，可俯瞰周围的街道，这里有诸多人影落座，他们的目光都盯着李洛与姜青娥。

李洛目光扫过此处，在居中的位置，裴昊面带微笑，耳垂悬挂的金色小剑光芒流转，略微内陷的双目透着一种锐利、冷厉的气息。

裴昊身旁便是名为墨辰的大供奉，依次下去还有三位面熟的人，正是投靠裴昊的洛岚府阁主。

再往下则坐着一男一女，此时两人神色有些不自然地望着李洛与姜青娥，他们正是素来保持中立的卢箐与闾关两位阁主。

这里的气氛随着李洛等人的到来，顿时变得紧绷起来。

"呵呵，少府主与姜小姐还真是胆魄惊人，明明知道是场鸿门宴，还敢前来。"裴昊微笑道。

"我只是想看看跟老鼠一样躲了这么久的你，究竟从背后主子那里得到了什么倚仗，竟然敢现身了？"李洛注视着裴昊，淡淡一笑。

裴昊双目微眯，盯着李洛。他还记得，近一年前在老宅见到李洛时，对方在他眼里不过是一个空相废物，然而现在不知为何，从李洛身上他感觉到了一点不太舒服的气息，或者说是一丝淡淡的威胁。

这种感知让裴昊心头掠过一抹阴翳，这一年他听到了太多关于李洛的事情，特别是最近传出李洛获得东域神州一星院最强学员称号的事，这个称号不只是虚名，它是实力与潜力的代名词。

裴昊虽然没有进过圣玄星学府,但他很明白东域神州这些圣学府的实力与底蕴。

能从整个东域神州那么多优秀的同辈里脱颖而出，足以证明李洛的实力。

解决了空相问题后，李洛展现出来的天赋令人不得不羡妒。以前他还能用李洛出身再好也只是一个空相废物来安慰自己，可如今，李洛的天赋以及惊人的修炼速度完全配得上洛岚府少府主这个身份，而且他在洛岚府的声望也愈发如日中天。

“一个人真的能占尽这么多好处吗？”裴昊心里泛起浓浓的杀意与妒火，五指忍不住缓缓紧握。凭什么李洛一生下来就能得到所有，而自己倾尽一切努力，都比不上对方的丝毫？他对李太玄、澹台岚是那般敬重，为洛岚府出生入死，为的就是能够获得他们的认同，然而他做的这一切，或许连整个洛岚府，在他们的眼里都比不过李洛一根头发。

裴昊手背上青筋跳动，他知道自己是在嫉妒李洛，无比嫉妒，而正是这份极端的嫉妒，让他走到了今天这一步。

但他不后悔，既然你们对我这般珍视的洛岚府不屑一顾，那就别怪我把它给毁了！

第六百二十章

裴昊意图

“见过少府主、小姐。”

卢箐、闾关面色尴尬地起身，冲着李洛、姜青娥行礼，同时解释道：“我们听说裴昊大管事也邀请了你们，所以才会过来。”

李洛毕竟是名正言顺的少府主，如果换作是一年前，或许他们还没这么客气，因为那时的李洛虽说身份仍是少府主，但天生空相限制了他的发展，大家也都没把他放在眼里。

但现在不一样了，这位少府主已经脱离了曾经的桎梏，逐渐变得耀眼起来。

短短一年里，李洛给洛岚府带来了多大的变化他们这些阁主最清楚，甚至在有些人心里，李洛的分量已经赶超姜青娥了。所以他们此时面对李洛有点忐忑，以李洛与姜青娥展现出来的天赋和潜力，如果能挺过此次危机，或许洛岚府会在他们手中再度迎来辉煌。

听着两人的解释，李洛脸上浮现出温和的笑容，摆了摆手，道：“我相信二位对洛岚府的忠诚。”

虽然这并非真实想法，但作为一个合格而成熟的少府主，李洛当然不可能在此时斥责二人，那样只会把他们推向裴昊那边。

姜青娥淡淡扫了两人一眼，冷漠道：“你们就在一旁坐着吧，今日我们是来找裴昊的。”

“是，小姐。”两人赶紧应下。姜青娥在洛岚府的威严不低，洛岚府风雨飘摇的时候，是她一手稳住的，而且她展露出的天赋与潜力，也足以让各位阁主畏惧。

“两位既然来了，何不听听我的想法？”裴昊压下心中情绪，挤出笑容说道。

“你的想法不用听，肯定是臭不可闻。”李洛感叹道。

“少府主，不必这么抗拒，我们都有相同的目的，那就是维护洛岚府，府祭之日你我内斗，终究只是便宜了外人。”裴昊淡笑道。

“不好意思，在我看来你也是个外人。”李洛摇摇头，反驳道。

裴昊笑容一沉，但不待他说话，李洛已摆摆手，道：“不过来都来了，我倒想听听你能说出什么废话。”

裴昊眼皮微垂，放缓语气道：“少府主应该不想一个月后的府祭上双方撕破脸皮吧？我有一个建议，可以避免纷争，免得被外人乘虚而入。”

“很简单，洛岚府可以延续上一代的两个府主之位，形成惯例，我与少府主各执一席，联手执掌洛岚府，化干戈为玉帛，合力之下必然会令洛岚府恢复强盛。

“少府主，这个建议我已做出让步，希望你能为了洛岚府的未来认真考虑一下。”

李洛闻言面露沉吟，缓缓道：“两位府主并立，的确是一个挺好的建议。”

裴昊嘴角顿时浮现出一抹笑容，墨辰以及投靠裴昊的三位阁主同样笑了起来。

袁青、雷彰等人则错愕地看向李洛，如果让裴昊成了府主，他就有名正言顺的理由介入洛岚府诸多事宜，虽说避免了府祭的纷争，却为以后埋下了更大的祸患，少府主怎么会同意的？

就在他们惊疑的时候，李洛却再度悠悠开口道：“不过，两个府主之位应该是我和青娥姐来担任，关你这个白眼狼什么事？”

裴昊脸上的笑容顿时变得僵硬，而后嘴角微微抽搐，眼神渐渐阴森。

显然，李洛刚才是在故意耍他。

果然，李洛望着他的眼睛，轻蔑地笑道：“裴昊啊裴昊，你算什么东西，也想染指洛岚府！我告诉你，不用拿那些话威胁我，我看重洛岚府，只是因为这是我爹娘的心血而已，但也仅此而已了。在我们一家子眼里，洛岚府没了就没了吧，未来我们有的是时间与能力重建。”

“裴昊，我知道你很看重洛岚府，但是不好意思……我们没你看得重，你想玩，我们奉陪到底。”

李洛轻轻摇头，看向裴昊的眼神充满怜悯。

楼顶此时变得极为安静，空气仿佛都停止了流动，不论袁青、雷彰，还是墨辰、卢箐、阎关等人都目瞪口呆地望着李洛，没想到他竟然能够说出如此锋利刺人的话。

他们都明白，这些话每一句都如刀一般割在裴昊最痛的地方。

他们看向裴昊，果然见到对方的脸庞一点点变得扭曲，眼神布满如毒蛇般的阴冷，死死盯着李洛，似乎要噬人一般，可怖的气息从他的体内升腾而起。

没有什么比自己珍视无比的东西被人轻蔑以待更刺痛人心的事了。

面对裴昊充满压迫的目光，李洛却面带微笑，夷然不惧，淡淡道："看来我说得太刻薄了，刺痛了你一直自卑的心。"

"砰！"

裴昊一巴掌拍下，旁边的桌子顿时爆碎开来，强悍的相力喷薄而出，将桌子碎片绞成粉末。

他刚欲说话，李洛身旁的姜青娥已上前半步，金色眸子冰冷地注视着他，道："裴昊，我不喜与人口舌，只说一句，我不想在府祭看见你，希望你今天就去死。"

话音落下的瞬间，磅礴惊人的光明相力猛然自她的体内爆发，强悍的威压横扫全场。

她纤手一扬，一道燃烧着光明之炎的剑光已呼啸而出，以一种凌厉凶悍的姿态直接洞穿虚空，斩向裴昊。

姜青娥出手太果断，以至于袁青等人都还没回过神，霸道剑光已落向了裴昊。

不过裴昊面对姜青娥的突然出手却纹丝不动，面色略显阴沉。

"嗡！"

燃烧着光明之炎的剑光在距离裴昊面门还有寸许时，突然停滞下来，所有人都见到，裴昊的面前有一面冰盾成形，散发着凛冽的寒气，升腾之间，竟把剑光上燃烧的光明之炎都冰冻了。

剑光最终化为冰屑，破碎开来。

这般变故让姜青娥双眸微眯了一下，然后视线投向裴昊后方的屏风。

"呵呵，几年不见，青娥小姐的光明相力真是越来越霸道了。"

一道笑声自屏风后传出，紧接着，一道人影缓步走出。

所有目光都投去，只见来人是一名头发花白的男子，他面目瘦削，脸上有冰霜蔓延，令他浑身都散发着一种可怕的寒气，随着他走出，自有一股可怕的相力威压以他为源头缓缓散发。

在场所有人都微微色变，有人骇然失声："大天相境?！"

袁青的目光同样投向那名男子，眼瞳骤缩："徐天陵?！你晋入大天相境了?！"

李洛听到这个名字，眼神微微一动，因为徐天陵正是洛岚府三大供奉之首。

第六百二十一章

徐大供奉

当浑身弥漫着惊人寒气以及相力威压的男子现身时，在场所有人的面色都有所变化，眼前的人他们都不陌生。

徐天陵，洛岚府三大供奉之首，只不过已经消失两三年了，谁也没想到，他竟然会出现在这个场合。

袁青眼神阴沉地盯着徐天陵，对方身上散发出来的相力威压显然已经达到了大天相境，比他这个小天相境还要高一级，看来这几年此人另有际遇。

袁青有点心惊，天相境之前的相力修行相对而言要简单许多，只要天赋足够，就能勇猛精进，比如圣玄星学府的精英学员在四星院时就有可能踏入天珠境，可想要从天珠境突破到天相境就是一个极其困难的关卡了，这从宫神钧、长公主身上就能看出来，他们是四星院顶尖的天才，而且还有王庭背景，可即便如此，也很难做到在学府就突破到天相境。

这是因为天相境不仅需要天赋，还需要积累与感悟，而小天相境想要晋入大天相境，难度又要大许多。可以说，大天相境是踏入封侯境之前最难的门槛。

袁青踏入小天相境已有数年时间，如今还在这个境界徘徊，未能成功踏入大天相境，而眼前的徐天陵却先他一步抵达了。

面对袁青的质问，徐天陵微微一笑，目光转向李洛与姜青娥，拱手道：“少府主、青娥小姐，许久不见，别来无恙。”

“我说裴昊怎么有胆子现身，原来是背后有你这位突破到大天相境的供奉支持。”姜青娥淡淡道。

李洛打量着这位洛岚府的大供奉，道：“看来徐供奉支持裴昊分裂洛岚府了？”

徐天陵笑道："少府主说的话难听了，我对洛岚府也是有感情的，自然不想看见它分崩离析，但裴昊是两位府主的记名弟子，而且府主们当初有明言，若是身份合适，且能获得两位供奉支持，就有竞争府主的资格。裴昊两点都符合，他的确有资格。"

"还能跟我比资格不成？"李洛淡声道。

徐天陵注视着李洛，感慨道："若是少府主此前没有被空相困扰，洛岚府不会这么乱，但事情已经开了头，就没有回头路了，一切……只能怪造化弄人。"

李洛是最名正言顺的人，他比姜青娥更有资格继承洛岚府府主之位，如果当初他不是空相，洛岚府很多人都会拥护他，只可惜，空相让原本忠诚于洛岚府的人都有些动摇，而裴昊趁此收揽人心，从而衍生出了之后的一系列变故。

如今局势已经发展到这一步，李洛即便解决了空相问题，并且展现出了极高的天赋，跟着裴昊走的人难道还能回头吗？

即便明知道前方是死路，也只能走到底，看看有没有其他希望了。

因为他们都明白，就算回头，李洛也不会轻易放过他们。

李洛摇摇头，懒得与对方争辩无意义的事情，有叛心的人总会找到机会与借口。

"真的服了我老爹老娘。"李洛忍不住叹了一口气。

他看向眼前的裴昊、徐天陵、墨辰以及其他三位阁主，神色复杂地道："他们明明是惊才绝艳的人物，怎么眼光差到这种地步，提拔起来的洛岚府高层一半都是这种货色？究竟是怎么做到把这么多垃圾集中到洛岚府的？"

李洛的话相当狠，听得徐天陵一点点收起脸上的笑容，眼中掠过怒意。

"不能怪师父师娘。"姜青娥摇摇头，认真道，"他们两位游戏人间，洛岚府只是他们一时兴起所建，以他们的实力，你觉得会在意下面的人有什么心思吗？要是出了什么事情，随手拍死就行了。"

"他们有自信，再大的烂摊子都能轻易收拾，所以对下属的心性就没有看得太重，你没见到师父师娘以前在时，眼前这些人是何等忠诚吗？"

姜青娥认真的回答顿时令裴昊、徐天陵、墨辰等人的面色更加不自然了，特别是在提及两位府主时，他们心里升起复杂的情绪，敬畏、惧怕以及欣喜他们的失踪。

而从姜青娥的回答中，他们感觉得出两位府主对他们的态度十分随意，人家根本不在乎他们心性如何以及会不会对洛岚府有二心，难道雄狮会在意领地里一群狐狸的心思吗？

“两位府主自然令人信服，若是他们在的话，我等怎敢有丝毫异心？”徐天陵压下情绪，面色平静地道。

“不过少府主与青娥小姐也不必活在以前，以往有两位府主庇护，你们自然是高高在上，不懂我等之艰辛，但如今局势不一样了，两位得认清现实。”

“所以，还是希望少府主再考虑一下裴昊关于两位府主并立的建议。”他目光锐利，带着逼迫性盯着李洛。

迎着他的目光，李洛嘴角一撇，懒洋洋道：“你如果是聋子，我可以再重复一遍，府祭之上什么手段都别省，尽管来，洛岚府打烂了不用替我心疼。”

徐天陵眼角微微抽搐，心里涌上一股邪火，李洛身为少府主，怎么感觉比他们这些人还不在意洛岚府的未来？真是个败家子！

“看来少府主还是认不清现实。”徐天陵阴沉出声。他上前一步，大天相境的威压如洪流般倾泻开来，直接笼罩向李洛。

冰寒相力弥漫，整座春湖楼都有冰霜在凝结。

“既然如此，就让我代两位府主教导一下少府主什么叫作现实。”徐天陵五指曲拢，寒冰涌现，手掌化为冰玉般的鹰爪，散发着凛冽的极寒波动。

袁青上前一步，刚要厉喝，却被李洛阻拦下来。

李洛似笑非笑地望着徐天陵，微微侧耳，道：“大天相境，真是了不起啊！你听？”

徐天陵双目微眯，刚欲说话，却神色剧变，因为就在这一刻，春湖楼外突然有一道流光破空而来，所过之处连空间都被切割开一道道黝黑的痕迹，天地能量更是纷纷溃逃。

“封侯境强者？！”

感受着流光内蕴含的至强威压，徐天陵骇然失声，此时他终于看清，流光内是一柄明晃晃的杀猪刀。

可就是这般搞笑的杀猪刀，却让他遍体生寒，心生恐惧。

为何会有封侯境强者对他出手？！

然而没有时间多想，杀猪刀直冲而来，弥漫的煞气让徐天陵感觉到了死亡的逼近，他当即一声咆哮，只见寒冰鹰爪上闪现出一道血红色的拳套，其上有一只金眼若隐若现，赫然是一件金眼宝具。

金眼宝具在手，徐天陵才敢一掌拍出，迎上杀猪刀。

“嗤！”

两者接触的瞬间，没有任何惊天动地的响声，所有人都见到，那明晃晃的杀猪刀只是轻轻一晃，徐天陵手中的金眼拳套便如豆腐般被切割开来，同时被切割的，还有他的半只手掌。

鲜血伴随着断指瞬间倾洒，徐天陵的身躯倒飞出去，撞碎诸多桌椅，他的面色变得惨白，眼中满是恐惧与骇然。

那柄杀猪刀在削断了徐天陵半个手掌后，于楼顶盘旋了一阵，一道冷笑声徐徐传出。

“狗东西，告诉我，你要怎么教导少府主？！”

第六百二十二章

屠刀震慑

充满凶煞之气以及至强威压的声音从杀猪刀里传出时，整个顶楼一片死寂，除了李洛、姜青娥，所有人的目光都惊骇欲绝地盯着破空而来、一把斩断徐天陵这位大天相境强者半只手掌的杀猪刀。

谁都没想到，这里竟有一名封侯境强者插手，而且显然属于李洛的阵营！

洛岚府什么时候又有了一位神秘的封侯境强者镇守?！

袁青、卢箐、阊关等洛岚府的供奉和阁主皆满眼震惊，连他们都不知道，洛岚府除了两位府主外还有其他封侯境强者存在的事。

可为何这位封侯境强者在洛岚府风雨飘摇的时候从未现身震慑内外之敌？如果那时候有一位封侯境强者镇压，一切动乱都不可能发生啊。

三人满是疑惑与不解。

但袁青心里更多的还是惊喜，虽然他不了解这位封侯境强者的来历，但既然会出手保护少府主，自然就是洛岚府总部一系，这绝对是一个天大的好消息。

与他的惊喜不同，此时裴昊、墨辰以及另外三位阁主的面色变得异常难看，特别是三位阁主，眼神惊惶，已经仓皇起身，连连后退，脚跟都在颤抖。

那可是封侯境强者啊！只要念头一动，他们恐怕会当场身死。

该死，洛岚府怎么还会有封侯境强者?！此时三人颇有一种丧家之犬的感觉。

徐天陵捂着断掌处，冰寒相力涌动，试图止住鲜血，但很快他发现这是徒劳，手掌断裂处残留着一股极端恐怖的力量，侵蚀着血肉，令他的相力难以化解伤势，只能硬生生承受着剧痛。

他明白，这股力量乃封侯境强者的双相之力，虽说如今他晋入了大天相境，可与封侯境强者之间的差距依旧犹如鸿沟一般。

徐天陵抬起头，望着悬浮在李洛上方的杀猪刀，声音嘶哑道："洛岚府果然还藏着一位封侯境强者。"其他的阁主虽然完全不知晓洛岚府有一位神秘封侯境强者，他却从另外渠道得知，不过他对此一直抱有几分怀疑，毕竟他在洛岚府多年，从未见过除了两位府主外的第三位封侯境强者。

如今亲自体验了后，他验证了这个情报的真实性。

李洛看了一眼盘旋的杀猪刀，伸出手，刀徐徐落下，被他握在掌中。他笑眯眯地盯着徐天陵，道："教我做人，你也配？"

徐天陵面色阴沉，道："原来这就是少府主的倚仗，但我听说那位神秘封侯境强者不能踏出洛岚府总部，否则现在也不会只见刀不见人。"

"那你要不要再试试？"

李洛抬起杀猪刀，刀身上残留着暗红痕迹，隐隐有一股令人心悸的凶煞之气散发出来，那种感觉仿佛这柄杀猪刀是从尸山血海里拔出来的一般。

被杀猪刀指着，徐天陵的眼皮子忍不住一跳，断掌处的剧痛让他沉默下来。

"看来少府主还是选择在府祭那日掀起大战了。"徐天陵冷声道。

"贼喊捉贼。"李洛摇摇头，道，"废话就不必说了，府祭那天我会等着你们，到时候有什么手段尽管使出来，洛岚府保不保得住无所谓，但我敢肯定，洛岚府就算被打烂了，我也不会让你们占一点便宜。"

话音落下，他便不再多言，与姜青娥直接转身离去。

袁青等人见状赶紧跟上，卢箐、闾关面面相觑，不敢在这里继续逗留，今日洛岚府展现出来的实力让他们心头惊骇不已，现在哪里还敢跟裴昊眉来眼去，还是想想万一少府主挺过了府祭，他们该怎么办吧。

裴昊眼神阴沉地望着离去的两人，心中怒意涌动，今日的计划彻底失败了。他原本指望借助突破到大天相境的徐天陵出手，削弱李洛、姜青娥的声势，同时震慑卢箐、闾关两位阁主，将他们拉到自己这边，但谁都没想到洛岚府的神秘封侯境强者竟然出手了，这一下，被震慑的反而是他们了。

裴昊看了一眼神色惊恐的三位阁主，淡淡道："你们不必惊慌，那个封侯境强者因为某些缘故，根本无法走出总部范围，没你们想的那么可怕，再者，等到府祭时，自会有人阻拦他。”

“不过他的出手有些出乎意料，我以为他不能走出总部就无法支援李洛，看来是我小瞧了封侯境强者的手段。”

徐天陵阴沉道：“虽然他的攻击穿出了总部，但还是遭到了很强的削弱，不然刚才那一刀不会只是断了我半只手。”

刚才那一刀很恐怖，但徐天陵明白，如果是全力出手，他必死无疑。

裴昊默默点头，眼神阴沉地盯着楼梯的位置。这一次也不是完全没有收获，至少他们探测出了那位神秘封侯境强者的存在以及他如今的状态。

“李洛。

“虽然你口口声声说不在意洛岚府，我倒要看看，当它真的分崩离析时，你是不是还能这么狂?！”

“少府主，那位封侯境强者为何不直接斩杀裴昊与徐天陵，这样不就少了府祭的麻烦？”走出春湖楼后，袁青忍不住问道。

李洛瞥了一眼腰间的杀猪刀，有些无奈地撇撇嘴，他当然想，但彪叔受到了某种限制，走出洛岚府总部实力会锐减，此次驱使杀猪刀而来已是取巧，而且力量也被严重削弱了，所以，他不是不想直接砍了裴昊与徐天陵，而是做不到。

此次赴宴，李洛与姜青娥都能猜到裴昊应该有后手，与牛彪彪商议了一番，确定他的攻击能够覆盖春湖楼的范围后才会前来，君子不立危墙之下，没必要鲁莽犯险，他们的命可比裴昊那个白眼狼珍贵多了。

“不急，等府祭之上，一切恩怨都将了结。”

李洛摆了摆手，他与姜青娥对视一眼，然后又不约而同地注视着隔了一条街的洛岚府总部。

还有一个月，那场等待一年的大风暴就会降临洛岚府了。

一切恩怨都将在那一日有一个结果。

第六百二十三章

闪雷之术

洛岚府，金屋之中。

李洛盘坐于中央的蒲团之上，双目紧闭，双手掐诀，此时他周身有天地能量在剧烈翻涌，一道地煞能量涌入他的体内。

这道地煞能量进入后还来不及展现它的狂暴之处，便感觉到前方有一道虚影，似乎是一头盘踞的龙，此时龙张开了巨嘴，一道龙息喷薄而出，直接就将这道地煞能量笼罩了。

地煞能量在这口龙息内不断旋转、翻滚，犹如被置身于熔炉之内，里面蕴含的狂暴能量被生生磨灭。

这般炼化持续了足足两个小时。

当龙息消散时，地煞能量已消失，取而代之的竟是五道黝黑的玄光，它们静静地流动，似黑色鱼儿一般，散发着一种玄妙之感。

“这就是地煞玄光？”

李洛心神注视着被龙息炼化出来的五道黝黑玄光，心头泛起一抹欢喜。经过数日的修炼，他总算修成了三转龙息炼煞术，如今还是第一次施展出来，成功炼化出了地煞玄光。

五道地煞玄光代表着三转龙息炼煞术的等级的确是五煞级。

李洛好奇地观摩了一会儿地煞玄光后，心念一动，五道玄光便直接落入水光相宫内，钻进水光湖，如鱼儿般游动起来。

李洛睁开双目，伸出手掌，只见相力在手中凝聚，转眼间化为一道丈许左右的波光粼粼的水流刀光，相力在里面高速流转，释放着惊人的切割力。

李洛注视着这道千流水刀术，心神微动，一道地煞玄光自相宫里流转而出，直接融入这道刀光之内。

再然后，李洛就见到刀光之外覆盖了一层淡淡的黑色，手里的水流刀光似乎凭空多了几分凌厉、霸道之气。

李洛屈指一弹，水流刀光猛然暴射而出，带起刺耳的嗡鸣破风声，直接劈斩在金屋右侧的一座测验石碑上。

“砰！”

用特殊材质打造的石碑顿时裂开了一道深有三指的痕迹，边缘异常光滑。

李洛走近，伸出手指摸了摸石碑上的痕迹，眼中浮现出惊讶。他清楚地记得，之前他刚刚突破到煞宫境还没有凝炼出地煞玄光时，施展的千流水刀术仅仅只能在石碑上面留下约莫两指的深度，可如今相同的相力与相术，威力却增加了五成。

这就是地煞玄光的威力吗?

李洛啧啧称叹。

怪不得都说地煞将阶是登堂入室的阶段，相师境与之相比，的确只是初学者。

“地煞玄光可真是好东西。”李洛眼里满是渴望，如今三转龙息炼煞术只是刚刚修成而已，虽说一次能炼化出五道地煞玄光，但需要的时间颇长，效率不算高。

想要提高炼化的效率，只能逐步练习，使三转龙息炼煞术的运用更加熟练，直到修炼至大成。

在感受了地煞玄光的威力之后，李洛又开始尝试这段时间他一直在修炼的一道相术。

这是他接触的第一道龙将术——低阶龙将术，闪雷术。

这是一道雷属性的身法相术，是李洛在确定打造雷相之后就做好的规划，因为这类相术的速度优势一直都是顶尖的。

如今一达到修炼条件，他就立刻开始修行。

李洛立于原地，眼皮微垂，体内的相力流淌起来，他的脚部有雷光若隐若现，形成了一道道奇特的雷纹。雷纹于他的双脚处流转，不断刺激着那里的血肉、经络。

双脚内部，雷相之力也在沿着特殊的经脉运行着，渐渐地，那里的血肉开始刺痛起来，有一种灼烧的感觉蔓延。

李洛双目陡然瞪圆，双脚里面似有雷光闪过，他抬起脚掌，然后一步踏出。

“轰！”

一道雷鸣声于金屋响起。

李洛的身影在这一瞬间出现在数丈之外，但他没有为此感到欢喜，反而眉头微皱地低头望着双脚，只见那里的毛孔有血迹渗透，血肉也有被撕裂的迹象。

“不愧是龙将术，修炼难度比虎将术不知道高了多少。”

李洛一声感叹，闪雷术没有被成功施展出来，作为龙将术，它的最高境界是五闪，五闪之下，千丈区域之内几乎能如瞬移般顷刻而至。

而现在的李洛连一闪都很难施展开来，这是因为还没有修成闪雷术。

李洛也不急，他修行此术没多长时间，虽说自诩相术天赋卓越，但也得一点点琢磨才行，虽说还未完全修成，但他已将速度提升了不少，算是弥补了一点他的缺陷。

在思考着刚才雷相之力流动的轨迹时，李洛运转起水相、光明相之力，继而化为治疗之力，渐渐消除了双脚的刺痛。

待双脚彻底恢复后，他离开金屋，结束了今日的修行。

出了金屋，他径直去往前院，他见到了手持重剑、轻身而舞的姜青娥，女孩纤细柔软的身姿，轻踏着曼妙的步法，手中重剑随着心意而动，宛如羚羊挂角般划起玄妙轨迹。

李洛敏锐地感觉到，随着姜青娥舞剑，天地间的能量正在以一种惊人的速度对着她呼啸而来。

她那纤细玲珑的娇躯宛如无底洞一般，将涌来的能量尽数吞没，深不可测。

李洛盯着姜青娥的身躯，渐渐有一种如芒在背的感觉，眼前漂亮到让人惊艳的女孩，此时宛如一头异常可怕的凶兽，似乎任何窥探都会引来恐怖的反击。

“嗡。”

李洛面前的虚空突然荡漾起涟漪，一柄重剑悄无声息地划破空间，直接指在了李洛的咽喉。

李洛动也不敢动，赶紧举手投降。

重剑后面，原本没有波澜的金色眼眸泛起一抹笑意，而后她悠然收剑，周围流动的天地能量也归于寂静。

"青娥姐，你要突破了吗？"李洛好奇地问道。

今日的姜青娥给他一种十分危险的感觉，仿佛是冰层之下涌动的暗流将要喷薄而出，淹没一切。

姜青娥没有回答，只是不置可否地一笑，而后道："走吧，今天要回学府了。"

李洛点点头，感叹道："今天的圣玄星学府将迎来惊天动地的大事。"

因为今天，姜青娥会以三星院学员的身份正式对七星柱发起挑战，如果成功，就会再创造一个纪录。

这一天，注定会成为圣玄星学府值得铭记的历史时刻。

第六百二十四章

打破纪录

当李洛与姜青娥再次回到学府的时候，李洛清晰地感觉到沿途无数目光在盯着他们，准确地说是在盯着姜青娥，那眼神里面充斥着震惊与期待。

显然，姜青娥将挑战学府七星柱的消息已经传开，这不奇怪，因为在圣杯战结束后，姜青娥就向学府提出了申请，而这种打破纪录的事情学府自然乐见，于是在临近挑战的日子时，把这个震撼的消息公布了出来。

这件事在学府掀起了滔天骇浪，无数学员为之震撼，七星柱乃圣玄星学府学员最高的荣耀，从某种意义来说，这件事带来的冲击性，比姜青娥取得圣杯战三星院最强学员称号还要强。

圣杯战上姜青娥面对的好歹只是同院级的对手，但七星柱可是学府最顶尖的学员！不仅有四星院实力最强的学员，甚至还有往届的巅峰老学员。

虽说这一届七星柱，巅峰老学员的光芒都被宫神钧、宫鸾羽两位天赋耀眼的四星院学员压制，但他们的实力依旧不可小觑。

在很多普通学员眼里，姜青娥以三星院学员的身份去挑战七星柱这件事的分量，绝对要比她取得三星院最强学员称号更具冲击性。

如果成功，她将打破圣玄星学府创院以来的纪录，因为至今为止还从没有学员在三星院时就取得七星柱的位置。

正是因为此事太轰动，所以学府的学员在见到姜青娥时，才会投去惊为天人的目光。

“一个传奇即将冉冉升起。”迎着那些视线，李洛对着姜青娥戏谑道。

姜青娥的神色依旧平静，道：“其实我对七星柱的身份没什么兴趣，此次挑战，更多的是为了养气。”

“养气？”李洛神色一动。

“征伐强敌，养一口不败之气。”姜青娥淡淡道，声音里自有一分霸气外露。

李洛似懂非懂，道：“这口气有什么用？”

姜青娥瞥了他一眼，道：“到时候你就知道了。”

“还故弄玄虚。”李洛不满地嘀咕了一声，不过心里却有所猜测，恐怕姜青娥是在为下个月的府祭做准备，或许这份准备她已经酝酿好几年了。

“我先回宿舍小楼一趟，然后过来帮你助威。”

李洛跟姜青娥打了一个招呼，他还要去找郗婵导师，请她带他去学府的相术楼，找寻他心痒了许久的封侯之术。

姜青娥点头，然后两人在小路尽头分别。

与姜青娥分别后，李洛直奔宿舍小楼而去。当他推开小楼大门时，刚好见到白萌萌与辛符一脸疲惫地从地下室走上来，在他们身后，则是优哉游哉的郗婵导师，显然，刚才她正在督促指导两人修炼。

“队长！”白萌萌一眼就见到进屋的李洛，顿时疲惫的脸上绽放出光彩。

“还真是辛苦啊。”李洛笑道。

辛符望着悠闲的李洛，再回想这一个月他在郗婵导师的监督下受到的高压训练之苦，顿时心头冒酸，当即语重心长地道：“队长啊，我知道你获得了圣杯战一星院最强学员的称号，但不能因此就自大放松啊，这一个月你竟然都没来一次学府，成何体统？”

“你知不知道，二星院的祝煊已经在这一个月里踏入了虚将境，而我们一星院所有紫辉学员的实力都在迅猛精进，你如果继续这样放松下去，说不定就要被超越了。”

“郗婵导师，您不能放任队长这么胡来，他这种好苗子，更加需要您的督促与鞭策！”辛符又对着郗婵导师认真说道。

只要郗婵导师开始督促李洛，对他这边自然会放松一点，到时候他就能松一口气了！

队长啊队长，不要怪兄弟不厚道，我都是为了让你变得更强啊！

辛符人畜无害的面庞下流淌着复杂的心思。

面对着辛符的“好意”，李洛面带微笑，道：“虽然我这一个月没有来学府，但我的修炼却是一日千里，而辛符同学与我之间的差距变得更大了，这可不行，咱们小队萌萌是辅助，不擅长战斗，所以我们俩要担负起重任，如果你被甩得太远，咱俩岂不是打不出配合了？”

辛符闻言，不信地道：“现在的我已经是化相段了，与你处于同一个等级。”

李洛摆了摆手，淡淡道：“化相段，我早就不是了。”

辛符一愣，不是化相段？那是……他瞳孔一缩，惊骇地盯着李洛，道：“你……你是虚将境了？！”

“虚将？”李洛摇了摇头。

辛符这才松了一口气，还好没有踏入虚将境，否则这个修炼速度未免太快了，二星院的祝煊也是消耗了大量的积分换取资源后，才踏出的这一步。

此时，站在后面的郗婵导师目光突然在李洛身上停留了片刻，然后眼神一凝，快步上前，有些惊异地道：“你……你踏入地煞将阶了？！”

李洛咧嘴笑起来，露出一口白牙，道：“为了不辜负导师的教导，这一个月我勤修苦练，终于在一个月黑风高的日子，成功突破了壁障，晋入了煞宫境。”

说着话时，他体内相力流淌，有一股强悍的相力威压缓缓散发出来。

感受着那股强横的相力威压，辛符一脸呆滞，旁边的白萌萌捂着小嘴，震撼地望着李洛。

李洛竟然晋入煞宫境了？！太变态了吧？要知道祝煊也只是虚将境啊！

那岂不是说，李洛的相力等级甚至已经超越了二星院的最强者？！虽说学府都知道这一届的二星院实力相对最差，但好歹是高他们一级的学长啊，李洛在圣杯战上展现的战斗力虽然比祝煊强，可不论如何，祝煊的相力等级还是领先的，然而一个月不见，李洛却跨越了虚将境，直接一步踏入煞宫境！

这样一来，他已经完成了对祝煊相力等级的反超！

这是何等妖孽的天赋？！

“队长，姜学姐今天的纪录还没有出现，你就已经缔造出一个新纪录了。”白萌萌美眸中闪烁着亮光，崇拜地看着李洛。

郗婵导师望着李洛周身涌动的强横相力，微微有些失神。她是真没想到李洛会在短短一个月内成功突破到煞宫境，按照她的预测，即便李洛有圣树灵晶的协助，想在短时间内突破到煞宫境也是十分困难的事情，顶多达到虚将境。

可眼前的李洛，再度让她感到意外与震惊。

“一星院就踏入煞宫境。”

郗婵导师心境有些波澜，然后盯着李洛，眸子里有掩饰不住的赞赏之色：“李洛，你的确又创造了一个纪录，这个连当初的姜青娥都没有做到。”

看得出来，郗婵导师的心情极好，因为她很清楚煞宫境与相师境之间的差距，李洛能够在一星院时达到这个地步，足以说明他的天赋与潜力，这种级别的学员，莫说是圣玄星学府，纵观东域神州所有圣学府的历史，都绝对是屈指可数的。

有如此优秀的学员，她这个做导师的，自然感到颜面有光。

李洛微微一笑，风轻云淡地道：“大家冷静，纪录就是用来打破的，平常心看待就好。”

辛符心悦诚服，不愧是队长，装出来的这个范儿对味了。

郗婵导师面上薄纱微微抖动，想来也是笑了，而后她看向辛符、白萌萌，道：“你们先去换衣服，今天还有一场学府盛事，可是难得一见，我们自然不能缺席。”

辛符与白萌萌皆点头，如果今日姜青娥挑战成功，再加上李洛突破到煞宫境，恐怕整个学府都会被他们掀翻了。

今日，洛岚府的这两个人必定会成为学府最靓的仔。

第六百二十五章

发起挑战

在辛符、白萌萌各自回去休整换衣的时候，李洛被郗婵导师单独拉到了地下室，对他进行了一番测试，待李洛表现过关后，郗婵导师眼中的满意之色更浓郁了。

“不错，相力雄厚，并无虚浮之感，看来你不是使用了某些透支秘法强行突破。”郗婵导师似松了一口气，说道。

“导师您也太不相信我了。”李洛嘟囔道。敢情郗婵导师这番操作是怀疑他使用了透支型秘法榨干潜力，这种涸泽而渔的短浅之举他怎么可能会做，那种秘法会伤及根基，一旦使用，未来就别想再进步了。

怪不得刚才导师要支开辛符与白萌萌，若是真的发现李洛使用了某种秘法，她也不希望这个消息外传。

郗婵导师平静道：“虽然我相信你不会做这种事情，但特殊时刻，就怕你一时冲动。”

李洛明白她说的特殊时刻是指洛岚府的府祭。

“导师放心吧，我早就说过，洛岚府虽然是我爹娘的心血，但我相信，他们两个宁愿它被毁了，也不想看见我以性命来逞强保护，所以我虽然会尽力而为，但不会傻乎乎地跟着洛岚府共存亡。我的退路还有很多，洛岚府即便毁了，只要我与青娥姐还在，就有的是机会重建它。”李洛认真说道。

郗婵导师微微颔首，李洛这一点看得很通透，倒是令人欣慰。

“如今你突破到煞宫境，而且创下一个纪录，回头我可以帮你找素心副院长申请一些元煞丹。”郗婵导师说道。

“元煞丹！”李洛听到这个名字，眼里顿时浮现出精光。

元煞丹乃一种专门针对地煞将阶的修炼丹药，吞服炼化，可以获得一缕被药性中和的地煞能量，这道能量相对温和，而且更好炼化，所以元煞丹是地煞将阶强者最喜欢的一种丹药。

郗婵导师说的元煞丹是学府内部炼制的，质量比市面上的好，不过一般只有三星院的学员才能兑换，因为量不多，所以每次只有三星院的优秀学员才有资格换取，其他学员只能眼馋地看着。

“元煞丹连三星院都供不应求，还能轮到我吗？”李洛眼神热切地问道。

“正常来说是轮不到，但对于你们这种在三星院之前就突破到地煞将阶的优秀学员，学府会给予额外的奖赏当作鼓励。”

“我们？”

郗婵导师似笑了笑，道：“嗯，二星院的祝煊因为突破到了虚将境，也在努力申请这一批额外的元煞丹，但数量不多，你如果也去申请，应该只有一人能得偿所愿。”

“意思就是你得跟祝煊竞争。”

李洛闻言露出了同情的神色，感叹道：“又要难为祝煊学长了，我这个学弟真是于心不忍。”

郗婵导师眼里浮现出一抹笑意。祝煊的确挺倒霉的，原本以为此次突破到虚将境能够扬眉吐气，谁知道又撞见李洛这个妖孽在一星院就打破纪录，正式突破到煞宫境。

两人一比较，真是差距巨大，祝煊的美梦怕是又要落空了。

抱着对祝煊的深切同情，李洛与郗婵导师离开了地下室，与换好衣衫的白萌萌、辛符两人一同出了小楼。

一行人径直往学府中央的广场而去。

沿路可见人潮汹涌，无数学员神情激动、兴奋地朝着相同的方向走去，经过这段时间的酝酿，所有人都对今日这场大事充满了期待。

“姜学姐如果能顺利取得七星柱之位，恐怕她在学府的声望会超过长公主殿下。”白萌萌见到这般声势，忍不住感叹道。

辛符点头表示认可，姜青娥在取得圣杯战三星院最强学员称号后，已经与长公主比肩齐声了，如果此次再完成这种壮举，可就真的无人能及了。

“队长，你知道姜学姐会挑战谁吗？”白萌萌好奇地问道。

这一下，连郗婵导师都看向了李洛，显然对这个问题有兴趣。

李洛闻言，无奈地摇摇头，道：“她没说。”

“如果从成功概率来说，司天命与夜承影是最好的选择，七星柱除了宫神钧与宫鸾羽外，只有他们两人是四星院学员，而其他三位都是上一届的老生，虽说比宫神钧、宫鸾羽弱一点，底蕴却不可小觑。”郗婵导师说道。

白萌萌与辛符闻言赞同地点头。

李洛没有说话，虽然从成功率来说，司天命与夜承影的确是最好的选择，但以他对姜青娥的了解，她恐怕未必会这么选择……

“导师，七星柱的实力有过排名吗？”李洛问道。

“七星柱内，宫神钧是当之无愧的最强者，其次便是宫鸾羽，第三位应该是钟太丘，第四为王朝，第五是乔钰。”郗婵导师想了想，说道。

李洛若有所思地点点头。

在他们一路说话的时候，那个热闹沸腾的广场已出现在前方，郗婵导师袍袖一挥，直接带着三人掠空而上，落在了广场的一座高台上。

此时这里，一星院的紫辉导师齐聚，李洛还看见了秦逐鹿、吕清儿、虞浪等紫辉学员。

吕清儿见到李洛，立即对着他挥手打招呼。

李洛冲她笑了笑，然后目光投向了广场之中，只见那里有七根石柱矗立，石柱之上铭刻着周天星辰，玄光流转时显得气派非凡。

此时，七根星光石柱上皆盘坐着一道人影，正是圣玄星学府这一届的七星柱。

七人静坐，神色淡然，衣衫随风而动，自有一股威压散发。广场内，无数学员望着他们的目光都充斥着敬畏，因为七人代表着圣玄星学府学员最高的成就。而这份敬畏不是来自他们的身份，而是源于他们的实力。

高台上，素心副院长现出身影，而后纤细玉手微微抬起。

一道流光从天而降，在万众瞩目间落入场中。

窈窕纤细的绝美身姿出现，见到那副绝代风华的容颜，四周立即响起了排山倒海的欢呼声。

正是姜青娥!

“今日，三星院的姜青娥将正式挑战七星柱。”素心副院长令人如沐春风的声音响彻在每个人耳中，让惊天欢呼声愈发高涨。

“挑战规则大家已知晓，我就不必多说。”

素心副院长凝视着那道绝美身影，眼里有掩饰不住的满意与欣赏之色，道：“姜青娥，你要挑战七星柱中的哪一位？”

场内悄然变得寂静，无数道目光投向姜青娥。

这是大家最想知道的答案，但很多人心里都有所猜测，姜青娥毕竟还是三星院学员，而且似乎现在也只是极煞境，而七星柱所有人都踏入了天珠境，两者间有巨大的差距，即便姜青娥拥有九品光明相，恐怕也不太可能越级胜敌。七星柱不是泛泛之辈，他们是学府最顶尖的学员，同样拥有着极强的天赋和实力。

因此，姜青娥如果想获胜，应该从最弱的两人中选择。

在无数道视线的注视下，姜青娥的眸光自七星柱身上缓缓扫过，最终停在了一道人影身上，下一刻，清冷的声音平静响起。

“我选择挑战……钟太丘。”

当她声落的瞬间，顿时满场暴动。

第六百二十六章

一招之约

当姜青娥说出她的挑战目标时，广场内顿时掀起了滔天哗然声，无数人面露震惊，不敢相信自己的耳朵。

“我的天，我没听错吧？姜青娥竟然要挑战钟太丘？！”

“钟太丘的实力在七星柱中可是排在第三位啊，仅次于宫神钧与宫鸾羽！”

“钟太丘是六星天珠境，实力极强，底蕴极厚，姜青娥怎么会挑选这么一位硬茬子作为挑战目标？！”

“实在是有些鲁莽啊！”

……

所有学员都在惊声议论，姜青娥选择的目标太出人意料。不光是其他人，就连李洛听见时心头都忍不住一惊，他之前虽然早有猜测，姜青娥应该不会选择最弱的人挑战，那不符合她的性格，但他顶多猜测她会挑选乔钰、王朝这两个在老学员里底蕴稍弱的人，至于钟太丘，他是真没想过。

因为此人实力极强，曾经是上一届四星院最强的学员，甚至在宫神钧与宫鸾羽刚进入四星院的那段时期，钟太丘就是最强七星柱。

没有人会怀疑钟太丘的实力。

即便对姜青娥充满信心的李洛，在听见她要挑战钟太丘时，都有些错愕。

“是为了所谓的养气吗……”李洛目光闪烁，姜青娥不会做无谓的事，眼下会这么选择，应该是有她的打算。

“队长，姜学姐一来就把难度拔高到这种程度吗？”一旁的白萌萌目瞪口呆。

吕清儿迟疑了一下，同样说道：“虽然直接挑战钟太丘学长很震撼，但会不会太冒进了？以姜学姐的天赋，突破到天珠境后再去挑战，应该会更保险。”

李洛摊了摊手，道：“你们跟我说也没用啊。”

其他人闻言无奈地摇了摇头。

“你们别小看了姜青娥。”此时说话的竟是郗婵导师，她凝视着广场上那道风华绝代的倩影，淡笑道，“在我们紫辉导师眼里，如果说学府内还有哪个学员让我们捉摸不透，恐怕只有她了。”

“我此前就说过，姜青娥的修行略有几分古怪，她应该是修炼了某种秘术，让她一直在压制修炼速度，如同一座火山一直压抑着岩浆的喷发。但这种压制不是永久的，等到某一日她彻底松开压制，这座火山自然会爆发出恐怖的威能。

“纵观姜青娥的修炼进度，她在一、二星院的时候，速度和常人相比虽然很快，可对比她的天赋，却只能说显得普通，而到了三星院，她仅仅花费一年时间就跨过了地煞三境，直达极煞境，这个速度就有些惊人了。

“在我看来，她在三星院的修炼速度暴增就是因为她的压制快要抵达极限了。

“她修炼的这道秘术不简单，猜测应该是李太玄与澹台岚留下的。我很好奇，如果彻底松开压制，她究竟会跃升到哪一步？我想……或许这一天不会太远了。”

说到此处，郗婵导师看了李洛一眼，姜青娥这些年的压制与酝酿所图必然不小，算算时间，或许就是为了洛岚府的府祭，姜青娥这些年一直在为这一天做准备。

听着郗婵导师这番话，在场的虞浪、白萌萌、吕清儿、秦逐鹿等人皆有些动容，他们神色复杂又钦佩地望着那道绝美的倩影，不论从什么角度来说，姜青娥都是惊才绝艳，算得上圣玄星学府百年来最优秀的学员。

特别是如果今天挑战成功，她将缔造一个学府传奇。

场内沸腾不休，七根星光石柱上的人影脸上皆浮现出惊讶之色，这个结果同样出乎他们的预料。

“青娥。”长公主柳眉微蹙，她望着那道手持重剑、英姿飒爽的绝美倩影不禁有些担忧，如果此时姜青娥踏入了天珠境，选择钟太丘理所应当，可从她体内散发的相力波动看，她依然是极煞境。

钟太丘却是六星天珠境，这一位在她与宫神钧还未崛起前，曾是最强七星柱，并不好对付。

但这是姜青娥的选择，她虽然担忧，眼下也只能静观其变。

宫神钧目光微闪，他在想，姜青娥究竟有什么倚仗，竟然敢直接挑战钟太丘，以他对姜青娥的了解，对方不是鲁莽之人，不会做看似毫无胜算的选择。

“呼。”司天命松了一口气，旋即又苦笑一声，他的七星柱是保住了，心里却又有点不是滋味，姜青娥没有选择他，说明现在的她已经不把他放在眼里了。

“真的没一点机会了。”司天命苦涩摇头。

其他七星柱皆神色莫名，他们盯着前方那道气质非凡的绝美倩影，眼神复杂，如果这一次她挑战成功，恐怕圣玄星学府会迎来有史以来最恐怖的一位七星柱。

在满场哗然声中，被挑战的钟太丘在短暂的失神后，缓缓站起身来。他的模样只能说普通，双眼细眯，脸上时刻挂着阴柔的笑容，然而就是如此其貌不扬的他，曾经获得过最强七星柱的称号，只不过一代新人换旧人，随着更优秀的学员出现，他收敛了光芒，只在学府静静享受那份资源，等着今年年底之后，彻底离开这里。

“原本还打算带着七星柱的荣耀结束学府的修行，现在看来，似乎没那么容易呢。”钟太丘微笑着说道。

在说话的时候，他已踏出步伐，相力波动闪掠而过，身影在万众瞩目之下，出现在姜青娥前方十数丈的位置。

“姜学妹，你是学府百年内当之无愧的最优秀学员，但我也不想以败者的身份离开学府，你选择我，或许不是一个聪明的决定。”钟太丘轻声说道。

姜青娥容颜平静，金色的眸子内仿佛有波涛暗涌，她没有多说什么，只是眼皮微垂道：“钟学长，请赐教。”

钟太丘一声淡笑，下一瞬，一股惊人强悍的相力宛如百丈巨浪一般直接自他体内横扫开来，他的相力呈淡淡的绿色，又带着刺鼻的腥味，弥漫处连空气都被染成了淡绿色。

是蛇毒。

滚滚相力汹涌澎湃，只见一道巨大的妖蟒虚影在他身后渐渐显现。

下八品，妖蟒相。

随之而现的还有六颗璀璨的天珠，天地能量宛如天河倒灌，疯狂涌来，惊人的相力威压横扫全场，让观战的无数学员都有窒息的感觉。

钟太丘的双瞳变成了蟒蛇一般的竖瞳，阴柔的面庞平添了几分阴冷之意，他缓缓升空，居高临下地俯视着姜青娥，阴柔的声音响起："姜学妹，亮出你的底牌吧，如果你只是极煞境，今天可能没办法从我这里拿走七星柱的位置。"

"一招。"姜青娥凝视着钟太丘身后滔天般的相力，红唇微启。

"什么？"钟太丘双目微眯。

"钟学长接得下我一招，此次挑战我自认失败。"姜青娥的声音不急不缓。

钟太丘盯着姜青娥，笑道："是因为姜学妹只有这一招之力吧？"而后他眸光闪动，淡笑一声，"既然姜学妹都这么说了，身为学长，我自然没有退缩的道理，而且我也很想看看，圣玄星学府百年内最优秀的学员，究竟能惊艳到什么程度。"

身为曾经最强的七星柱，钟太丘也有他的傲气，如果姜青娥与他是同级，他自会避其锋芒，可现在的姜青娥只是极煞境，他却是六星天珠境！

他想看看，姜青娥有什么底气，敢说一招决胜负！

"那么，姜学妹，请吧。"

第六百二十七章

虚珠境界

当钟太丘的声音落下时，姜青娥将手中的重剑插在了面前的石板里，白皙绝美的容颜宛如幽潭般，即便面对六星天珠的强敌，依旧波澜不惊。

在无数道目光的注视下，姜青娥纤细双手合拢，十指结出了一道道玄妙晦涩的印法。

随着印法变幻，姜青娥周身的天地能量顿时剧烈沸腾起来，异常璀璨的圣光从她体内散发，耀眼程度让无数人都虚眯缝了眼睛。

一些感知敏锐的人微微色变，他们感应到从姜青娥体内散发出来的相力波动正在以一种恐怖的速度节节攀升。

四星院不乏一些实力已达到极煞境的顶尖学员，此时他们惊骇地发现，姜青娥的相力波动已经远远超越了他们。

极煞境的相力能够达到这种程度吗？!

“哦？姜学姐难道打算在此时突破吗？”一星院的高台上，秦逐鹿感受着姜青娥体内疯狂暴涨的相力，惊讶道。

郗婵导师微微沉吟，道：“我想，她隐忍这几年恐怕并非只是为了夺取一个七星柱席位，如果此时就尽数放开压制，反而有点前功尽弃。”

她凝视着姜青娥纤细修长的倩影，从对方现在的状态看得出来，姜青娥的相力已经充盈到了极致，她竭力压制的火山内部即将抵达喷发的临界点。

她应该不会选择此时冲击天珠境。

李洛同样在看着那个散发着惊人相力的倩影，面色微肃，显然，姜青娥知晓钟太丘的强横，双方的等级差距不可忽视，即便她身怀九品光明相，也不可能做到以极煞境的实力跨越这么多层小境界去击败钟太丘，所以，她在动用隐藏许久的底牌。

在李洛以及在场所有人紧张的注视下，天地间的能量仿佛受到了某种引动，开始以一种极迅猛的速度朝姜青娥身后的位置汇聚而去。

与此同时，她体内的璀璨相力流淌出来，于身后凝聚。

短短不过数息，所有人都见到，一颗尤为璀璨的光团出现在姜青娥身后，里面汇聚着可怕的相力，似乎是在进行疯狂的压缩，四周的虚空都在剧烈震荡。

那道光团看上去仿佛一颗玄奇天珠！

无数人惊骇失声，难道姜青娥打算在这里直接突破到天珠境吗？！

李洛见到这一幕，眉头微微一皱，她真的打算在这里放开压制、开始突破吗？虽说突破是值得惊喜的事情，但听郗婵导师之前的分析，青娥姐这几年的压制，图谋的不可能只是一个七星柱席位。

可此时突破，岂不是打乱她的计划？

出于对姜青娥的信任，李洛觉得一个钟太丘应该不至于让她做出超出规划的事情，一切应该都在她的掌控之中。

所有的视线都汇聚于姜青娥身上，其身后涌动着恐怖能量的天珠渐渐稳定下来，同时相力形成的冲击波宛如惊涛骇浪般席卷而开，四周坚硬的石板有着龟裂的迹象。

“突破了？！”无数人心头一震。

李洛紧紧盯着姜青娥身后的天珠光团，的确是一颗天珠的雏形，但与钟太丘的天珠相比，姜青娥的这颗要显得虚幻一点。

“并非真正的突破，她只是踏出了半步，将体内压制不住的相力松开了一点，而这些直接让她凝炼出了一颗‘虚天珠’。现在她算是踏入了虚珠境，与虚将境一样，虽然不是真正的突破，却是朝着更上等级迈出的重要一步。”郗婵导师缓缓开口。

“虚珠境？”众人面面相觑。

“说句实话，有着这么强大相力的虚珠境，我也是头一次看见。”郗婵导师感叹道。

一旁的其他紫辉导师深有同感地点头，此时从姜青娥体内爆发出来的相力波动恐怕连三星天珠境都比不了。

可偏偏，她才刚刚凝炼出一颗虚珠。

“压抑许久的火山爆发时，自然会具备可怕的毁灭力量，我很好奇，当姜青娥彻底解开压制的那一天，会爆发出何等的力量。”曹圣导师笑眯眯说道。

弥尔导师微微沉吟，道：“或许会如同一场盛大的烟花，短暂而绚丽。”

“那场烟花是她耗费数年心血与努力酝酿而成。”郗婵导师薄纱微动，言语间带着一丝期待。

听着紫辉导师的交谈，李洛面上没有波澜，心里反而有着心疼之意。

他望着那道绝代风华、璀璨夺目的倩影，不知道当初姜青娥选择这条道路时，究竟背负了多大的压力。

为了洛岚府，也为了保护当时仅仅只是空相的他，原本犹如凤凰般耀眼的她开始收敛光芒，积蓄力量。

为了洛岚府与李洛，姜青娥真的付出了很多。

好在，他最终摆脱了空相的束缚，来到大夏城，与她站在了一起。

“放心吧，青娥姐，府祭之上我不会再让你独自承担压力的。”

“未来不管有什么风浪，我都会与你一起面对。”李洛目光柔和地看着姜青娥，心中自语。

“青娥姐，加油！”李洛突然大吼道。

他的声音响彻全场，顿时引起无数声音激烈附和。

“姜学姐，加油！”

“大姐头，打败钟太丘，创造历史！”

“我们是圣玄星学府最强的三星院！”

……

姜青娥在学府的声望是最顶尖的，再加上此次她以三星院学员的身份挑战七星柱，更是让所有人有一种见证历史的热血感，眼下呼声响起来，可谓排山倒海，声势惊人。

姜青娥转过头，看向李洛的方向，白皙精致的脸颊上有一抹浅淡的笑容浮现，她伸出纤细手指，对着李洛做了一个必胜的手势。

之后李洛就感觉无数充满妒火的目光如箭矢般从四面八方射来。

但他们的视线立刻转向了场内，因为姜青娥出手了。

只见她伸出白玉般的手掌，身后那颗璀璨光珠化为无数道流光流淌下来，于掌心汇聚。

数息后，虚幻的天珠散去，而姜青娥的手心却出现了一朵栩栩如生的神圣光莲。

莲花之上，白色火焰徐徐升腾，似乎有着净化万物之力。

圣莲转动，四周的空间都扭曲起来。

无数视线盯着那朵神圣火莲，识货的人已震惊地失声：“高阶龙将术，圣光焱莲！”

高阶龙将术是封侯术之下威力最强的相术，修炼不易，而姜青娥施展的这道相术，在场的人都不陌生，因为在学府的相术楼里这道相术高居前列，不论是修炼难度还是威力，都位于高阶龙将术顶端。

如果不算学府收藏的封侯术，这道圣光焱莲绝对是相术楼里威力最强的相术之一！

姜青娥不愧是学府百年来天赋最高的学员，竟然在不声不响间已将其修成。

第六百二十八章

巅峰对决

燃烧着神圣火焰的光莲在成形的那一刻便疾射而出，所过之处光焰流动，形成了流星一般的光尾，以一种绚丽到极致的姿态在无数道震惊的目光注视下轰向了钟太丘。

神光光莲倒映在钟太丘的眼中，令他脸上的阴柔笑容一点点收敛，因为在这道光莲里，他察觉到了巨大的危险气息。

"仅仅突破到虚珠境，竟然能爆发出这种程度的相力？"

钟太丘的心里翻江倒海，他从未小觑过姜青娥，即便对方与他之间的相力等级有着明显的差距，但他还是没料到，对方爆发出来的相力竟然强到这种程度。

这是他迄今为止见过的最强的虚珠境了。

钟太丘深吸一口气，眼神变得凌厉起来，不管姜青娥有多妖孽，但想从他这里夺走七星柱的位置，恐怕没那么容易！

身为曾经最强的七星柱，钟太丘自然有他的傲气，当初被宫神钧、宫鸾羽两位四星院的学弟学妹逐步超越，他认了，可现在姜青娥只是三星院学员，若是挡不住，那也太丢脸了！

"轰！"

暗绿色的相力宛如惊涛一般轰然自钟太丘体内爆发，远远看去，犹如翻腾的碧绿色大河，旋即他手掐印记。

暗绿色的相力中突然爆射出无数银色的光点，仔细看去，竟是一枚枚银色的蛇鳞。

每一枚蛇鳞上都铭刻着奇异的纹路，吞吐天地能量。

不少对钟太丘熟悉的人见状，顿时响起低声："蛇鳞万化术！这是钟太丘修行得最精湛的高阶龙将术，此术有青鳞、银鳞、金鳞三层境界，而他已修炼到了银鳞之境，威力非同凡响。”

“看来钟太丘感受到了威胁啊，一出手就是最强手段。”

“那肯定，姜学妹虽然只是突破到虚珠境，可她实在太恐怖，绝对是圣玄星学府有史以来最强的虚珠境了。”

“嘶！”

在诸多窃窃私语声中，钟太丘心念一动，一掌拍出，无数银色蛇鳞如洪流般倾泻而出，化为一只百丈左右的蛇鳞巨掌，掌心裂开一道幽深的裂缝，犹如蛇嘴一般，吞吐着蛇芯子。

“轰！”

银色蛇鳞巨掌拍出，虚空剧烈震荡，天地能量咆哮起来，传出阵阵巨声，二人下方的石板不断龟裂开来。

在无数道紧张目光的注视下，燃烧着神圣火焰的光莲破空而至，下一瞬，就与银色蛇鳞巨手悍然相撞。

“轰隆！”

震耳欲聋的巨声响彻，一道道巨大的能量冲击波朝着四面八方席卷，场地的石板不断破碎，而当余波即将抵达一层层看台时，维持秩序的导师出手，一个个能量光罩涌现，覆盖了广场。

“咚咚咚！”

能量光罩上涟漪不断，然而所有视线都没有关注于此，他们都紧紧盯着能量冲击波的源头。

神圣火莲与银鳞巨手形成了对峙局面。

只见火莲徐徐旋转间，一波波神圣火焰宛如形成了巨浪，火焰之中蕴含着光明相力，冲刷之下，银色蛇鳞竟然渐渐变得透明起来。

是光明相力的净化之力！

姜青娥乃九品光明相，净化之力霸道强横，即便钟太丘是六星天珠的实力，可由他的相力所化的银色蛇鳞依旧难以完全杜绝净化之力的侵蚀。

“九品光明相力，果真是霸道绝伦！”

钟太丘察觉到了蛇鳞巨手的变化，当即眼神一凝。

他乃下八品妖蟒相，修炼出来的相力品阶已不低，可没想到在与姜青娥的交手中，他的相力品阶完全被压制，好在他的相力雄厚，来自光明相力的净化倒是能够承受。

钟太丘的眼中倒映着徐徐旋转的光明火莲，经过刚才的交锋，他感应得出来，现在姜青娥的相力强度恐怕不逊色于四星天珠境。

这是一个相当变态的事情，他还从没见过有人在虚珠境时就能把相力提升到这种程度。

但他也明白，姜青娥这种异常的相力程度应该不会持续太久，否则太不符合常理了，九品光明相再如何变态，也不至于达到这种地步。

“这朵光明火莲虽强，但也不是吃不下。”

钟太丘目光闪烁，身为曾经的最强七星柱，他对自己的手段有着足够的自信，姜青娥这道光明火莲虽然让他感受到了极强的威胁，但双方等级摆在这里，想要弥补，没那么容易。

“也罢，化解了你这招，挑战就结束了。”

一念及此，钟太丘不再犹豫，体内相力尽数爆发，顿时天地间相力激荡，传出了刺耳的嘶啸声。

“蛇鳞万化术，妖蛇吞天！”

钟太丘冰冷喝声陡然响起，只见银色蛇鳞所化的巨掌中心有一道幽深的裂痕撕开，刹那间竟化为布满利齿的蛇嘴，里面幽深如洞，恐怖而阴冷的毒气涌动着。

巨掌覆盖，如深渊的巨口犹如遮蔽了天地，然后在无数道震动的目光里，一口就把光明火莲吞了进去。

“蛇渊镇压！”

吞下光明火莲，钟太丘双手迅速结印，蛇鳞巨手五指紧握，犹如五条巨蟒封印住了困在其中的光明火莲，同时磅礴的毒气呼啸而动，试图磨灭光明火莲。

在无边蛇毒的侵蚀下，被吞入巨手的光明火莲开始变得明灭不定。

见到这一幕，那些支持姜青娥的学员不免担忧起来，难道姜青娥拥有九品光明相，也很难与钟太丘这样的老牌七星柱抗衡吗?

李洛的眼神微微一凝。

钟太丘的这一招委实可怕，若是换一个寻常虚珠境，恐怕连人都得被吞进蛇渊，然后被毒气生生磨灭。

“姜学妹，你能以虚珠境爆发出这种程度的攻击已经很厉害了，如果现在的你踏入了天珠境，我大概率不会是你的对手，但可惜你还差一步。”钟太丘凌空而立，居高临下地俯视着姜青娥，徐徐说道。银色蛇鳞所化的巨手悬空，阴影覆盖着对方。

“姜学妹，你这一招似乎已经没有用了，所以……”

然而，钟太丘的话音还未落下，只见姜青娥伸出纤细玉手，遥遥地对准银色蛇鳞巨手，她的眼神与声音都颇为凛冽：“钟学长的蛇渊的确不凡，但我的光明火莲可能没有那么容易消化。”

她的手猛然紧握。

就在五指紧握的那一瞬间，被蛇渊镇压的光明火莲突然爆发出滔天的凌厉剑气，火莲花瓣暴射开来，每一枚花瓣都化为一柄流淌着神圣之焰的圣剑，剑气嘶啸，圣光剑气几乎将弥漫的蛇毒生生绞灭。

剑气掠过，蛇渊崩塌。

银色蛇鳞巨手剧烈震颤起来，只见一道道光痕于表面蔓延，最后在钟太丘难以置信的目光中轰然爆碎，圣光剑气从中倾泻而出，宛如剑气河流一般，盘踞于广场上空。

姜青娥一步踏出，玉指结成剑诀，直接凌空一点。

圣光剑气洪流呼啸而出，宛如一柄光明圣剑，破开了一切迷障，斩碎了一切空间阻碍，直指面色骇然的钟太丘。

钟太丘因为相术被破，正处于相力激荡紊乱的状态中，所以他只能眼睁睁看着蕴含滔天剑气的洪流扑面冲来。

他的身躯刺痛不已，剑气尚未接近，身体已被撕裂出一道道剑痕。

钟太丘不甘，局势的转变比他想象的更快。

可再如何不甘，剑气洪流都已倾泻而至。

最终，他只能咬着牙，低吼一声：“姜学妹，你赢了！”

姜青娥印法一变，如洪流般的呼啸剑气顿时变得温和起来，下一瞬化为温暖光流自钟太丘周身贯穿而过，最后化为漫天光点，于他身后爆碎。

无数光点倾洒，姜青娥周身的相力波动开始急速减弱，而后她对着钟太丘微微颔首，平静的声音响起。

“钟学长，承让了。”

第六百二十九章

传奇诞生

当战斗落幕的那一瞬，广场四周的看台陷入了一片短暂的寂静，下一刻，震耳欲聋的欢呼声如海啸般响起，传遍了整个学府。

支持姜青娥的学员神色振奋，眼中充满激动。

即便是立场中立的学员也满脸感叹，因为他们见证了历史，这是圣玄星学府创立以来第一次有学员在三星院时就取得了七星柱称号，而且还是靠前的七星柱。

从实力排名来看，钟太丘仅次于宫神钧与宫鸾羽，他的实力毋庸置疑，所以姜青娥的这个七星柱称号可谓含金量十足。

刚才这场比拼，双方异常干脆利落，没有任何试探，出手便是最强杀招，让在场的学员看得酣畅淋漓。

“姜学姐是圣玄星学府创立以来最强的三星院学员，无人能及！她将是记录在圣玄星学府历史上的传奇！”姜青娥的崇拜者毫不吝啬他们的赞美。

听着这些夸张的赞美，没人表示异议，因为眼前这场比拼给他们带来的冲击实在太强了。

以虚珠境的实力击溃六星天珠强者，这种越级战斗的表现属实变态，可以说，简直颠覆了他们的认知。

“好厉害的姜学妹。”

场边，其他七星柱站在看台上，以防御闻名的王朝学长一声感叹，心悦诚服地道：“学府这些年的学员实力真是越来越强，呵呵，两位殿下，等姜学妹跨入天珠境，恐怕连你们都要暂避锋芒了。”说这话时，他看向了宫神钧与长公主。

长公主微微一笑，道：“青娥的天赋与潜力有目共睹，莫说天珠境，或许再等几年，她甚至有可能成为我们大夏最年轻的封侯境强者。”

宫神钧轻轻点头，道：“姜学妹的确是我们学府创立以来最耀眼的星。”

“但此次她能胜过钟太丘，有取巧之意，她应该是修行了某种秘术，可以在突破到虚珠境时使相力大幅度暴涨，但这个只是暂时的，你看现在她的相力波动已经急速减弱了，如果是正常战斗，钟太丘只要拖延战斗的时间，最后姜学妹多半会陷入劣势。

“再者，姜学妹扭转局势是因为钟太丘完全没想到她施展的圣光焱莲的莲心里竟然还藏着如此磅礴的剑气，这应该是姜学妹修炼的另外一道高阶龙将术圣灵剑诀，显然，钟太丘的情报早就被姜学妹了然于心，此次设计是有心算无心，专门破他的蛇渊。”

听着宫神钧这般分析，其他七星柱都微微点头，的确是有这方面的原因。

“能够把两种高阶龙将术如此完美地配合使用，不也说明青娥的手段非凡吗？之前哪怕是我们，都没有感应到藏起来的圣灵剑气。”长公主含笑道，“王兄的分析有些吹毛求疵了，双方的等级差距不小，想要以弱胜强，总归需要动用智慧的。”

宫神钧哂然一笑，道：“我只是如实分析罢了，鸾羽你可不要给我乱扣帽子，姜学妹能够创造这种纪录我也是很高兴看见的。”

众人笑着附和。

在他们说话的时候，一星院所在之处，李洛如释重负，他望着姜青娥的身影，朝她竖起了大拇指。

“姜学姐真的是太厉害了。”白萌萌的脸上满是崇拜之色，惊叹不已。

“嗯，姜学姐以后就是我的目标了，我会竭尽全力修炼，希望也能如她这般出色。”英姿飒爽的白豆豆收敛了平日的傲气，眸光灼热又向往地看着场内。

然后她又看向李洛，道：“李洛，你的运气真令人羡慕，竟然能捞到这么一个出彩的未婚妻。”

李洛不满地道：“我也很出色的好不好？”

“你的确很出色，不过跟姜学姐比还是有些差距。”白豆豆认真道。

李洛翻了个白眼。

“姐姐，你这话说得可不对哦。”就在此时，白萌萌突然插嘴，笑吟吟地道，“你知道队长现在是什么等级吗？”

白豆豆一怔，引得一旁的秦逐鹿、王鹤鸠、都泽北轩等人都把目光投来了。

“什么意思？”

白豆豆惊异地看了李洛一眼，听白萌萌此话，难道李洛的实力在这一个月又有所提升了吗?

“难道你晋入虚将境了？”她微微震惊道。

“格局小了。”李洛淡淡道。

白豆豆瞳孔在这一瞬间似乎放大了一圈，她呆了两秒，然后骇然失声道：“你……你突破到煞宫境了？！”

连一直面无表情的秦逐鹿都一脸惊骇，王鹤鸠与都泽北轩更是如遭雷击，当场呆滞。

一个月不见，李洛竟然从化相段第四变一举突破到煞宫境了？！这是什么非人的速度？！

他们之前有过预估，即便李洛从圣杯战获得了大量好处，但想冲击煞宫境起码还得等半年才行，怎么这个时间点提前了？！

他究竟做了什么？这家伙的天赋怎么也变态到了这种程度?

望着一众惊骇欲绝的脸庞，李洛淡笑道：“你们放心，青娥姐虽然缔造了三星院的传奇，但一星院的传奇我会为你们努力争取过来的。”

虞浪眼里充满羡慕嫉妒：我什么时候才能像李洛这样自然地装相?

这一次连白豆豆都没话说了，因为李洛的话虽然狂，但他的确是一星院的传奇，从圣玄星学府创立至今，同样没出现过一星院时就踏入煞宫境的学员。

“你们洛岚府真是要上天了。”最终，白豆豆只能如此感叹。

坐拥两大妖孽，只要再等几年，恐怕洛岚府会再度出现两位封侯境强者。

“低调点，我本不想说出来，都怪萌萌。”李洛摆了摆手，同时“责备”地看了白萌萌一眼。

白萌萌吐了吐粉嫩小舌头，可怜兮兮地道：“队长，对不起啊。”

白豆豆拉过妹妹，瞪了李洛一眼，冷哼道：“少欺负萌萌，就算她不说，想必你也会以其他方式告诉我们的。”

“我怎会如此肤浅！”李洛痛心疾首地驳斥。

其他人对此神态漠然。

李洛见状还欲解释，高台上，素心副院长已面带和煦笑容地走出来，声音响彻在每一个人耳边：“各位学员，今天我们见证了一个足以铭刻在圣玄星学府历史上的传奇诞生。”

“三星院学员姜青娥挑战七星柱钟太丘，取胜！

“我以学府副院长的身份代表学府所有高层在此宣布，从今天开始，姜青娥位列七星柱之席！”

当素心副院长的声音落下，沸腾的欢呼声再度响起，整个广场都在声浪之下颤抖起来。

在万众瞩目中，姜青娥收敛起周身相力，此前暴涨的相力逐渐恢复正常。然而，听着素心副院长的声音，她如金湖般璀璨迷人的眼眸里却没有多少波澜。

因为她对这个结果并不意外，一切都在她的掌控之中。

数年时间压制酝酿，这场七星柱之争只是一场小插曲罢了。

姜青娥转过头，精致绝美的脸颊宛如神女，金色眸子穿透广场四周的人群，注视着一星院看台上的少年身影，此时对方正冲着她露出微笑，竖起大拇指。

姜青娥红唇微翘，心中响起自语。

“李洛，我一定会保护好你的。

“即便……付出任何代价。”

第六百三十章

丹药申请

大战落幕，广场的气氛依旧沸腾，而且随着学员散开，这件事扩散到学府的每一个角落。

对圣玄星学府而言，这是一件值得津津乐道并且铭记的历史大事件。

即便未来他们离开了圣玄星学府，依旧会记得今日这场精彩夺目的大战。

七星柱之争落幕，李洛跟随郗婵导师前往素心副院长所在之处，他有些期待，因为郗婵导师是去帮他申请那批在三星院供不应求的元煞丹。

有这种丹药辅助修炼，李洛接下来打磨剩下两座相宫的效率会极大提升。

来到高台时，李洛见到了祝煊的身影，当即心头一动，明白对方的目的应该与他一样。

祝煊见到了李洛，神色平淡，之前因为圣杯战对李洛心存的一丝忌惮此时已荡然无存。

“听说祝煊学长突破到虚将境了？”李洛瞧得他这副模样，忍不住露出温和的笑容。

祝煊淡淡一笑，道：“如果我再不突破，恐怕李洛学弟都要追上了吧，没办法，为了二星院的颜面，我只能努力拼一把了。”

他虽然竭力压制，但眼里的得意之色还是浮现出来了，因为在二星院年末踏入虚将境的确是值得骄傲的事，虽说他花费了极珍贵的修炼资源，但终归踏出了这一步。

之前的圣杯战，祝煊感到十分压抑，因为圣玄星学府四个星院就属他们二星院表现最差，而他身为二星院实力最强的学员，更是处处被压制，根本没有取得什么亮眼的表现。

如果四个院级都表现一般倒好说，偏偏其他三个星院异常出彩，特别是一星院……

以前他们二星院看见一星院的学员时，还能摆个学长的架子，但这一次圣杯战后，他们看见一星院的学员都绕路走，没办法，差距太大了。

在这种反差之下，祝煊听见了二星院很多学员在私底下埋怨他不给力……可他除了憋闷也没办法，李洛在圣杯战的表现他怎么都追不上啊。

正是这种极度憋屈的感觉让祝煊痛下决心，他从父亲那里求来一批珍贵的修炼资源，才侥幸完成了一次突破，踏入了虚将境。

虚将境虽然还不是真正的地煞将阶，但也算踏入了门槛，与相师境是截然不同的境界，圣杯战取得二星院最强学员称号的敖白也不过这个境界。

所以突破后，祝煊终于在李洛面前拾起了自信！

面对祝煊平静而自信的笑容，李洛的笑容愈发温和，他点点头，道："祝煊学长还是有天赋的，不愧是极炎府的少府主。"

祝煊见到李洛这么捧场，不由得狐疑地看了他一眼，旋即又释然，看来李洛很明白相师境与虚将境之间的差距，在他面前不敢如以前那般放肆了。

他们在各怀鬼胎的时候，郗婵导师已来到素心副院长面前，对方看了她一眼，又瞧瞧后面的李洛，笑道："李洛，你打算兑换封侯术了吗？可是确定了？要知道你即便得到了封侯术，也不是能轻易修炼成功的。"

祝煊闻言心头一惊，李洛竟然打算修炼封侯术？还真是狂妄啊，要知道这种级别的相术，就连七星柱都没人修成。

李洛露出憨厚的笑容："试试总是不亏，如果成功了呢？"

对于他的勇气，素心副院长颇为欣赏，道："有这份魄力挺好，那就祝你成功吧。"

郗婵导师面上的薄纱微动，道："副院长，此次过来并非因为封侯术，我想申请那批剩下来的元煞丹。"

素心副院长闻言顿时一怔："你要申请元煞丹？"

一旁一名精瘦的紫辉导师皱眉道："郗婵导师，你现在执导一星院，元煞丹跟你们有什么关系？祝煊突破到了虚将境，那批元煞丹我正打算为他申请。"

这名紫辉导师正是祝煊的导师。

“你是为谁申请？”素心副院长眸光一转，突然投向了李洛，若有所思道，“为李洛？”

祝煊脸皮子一抽，阴恻恻地看向李洛，道：“李洛学弟，元煞丹距你还有些远吧？何必如此好高骛远，什么东西都想染指？”

他心头恼火，元煞丹是他看上的东西，而且此物只对地煞将阶有用，李洛怎么又冒出来截和？这小子是在针对他吧？

“李洛少府主，洛岚府最近落魄成这样了吗？什么东西都想抢两口？”祝煊冷声道。

“我已是虚将境，元煞丹对我有用，你一个相师境抢来有什么意义？真以为你在圣杯战为学府立了功，就可以肆无忌惮提出任何过分的要求吗？你以为……”

就在祝煊还在义正词严地驳斥李洛时，他的声音戛然而止，只见李洛默默运转相力，一股强横的相力威压自他体内缓缓散发。

在那股相力威压下，祝煊的身体顿时一沉，然后他的面色变得极其难看与震惊。

“煞宫境？！”祝煊的紫辉导师惊愕地望着李洛，那股相力威压释放得强烈，这种程度的波动不是虚将境能做到的，只能说明现在李洛已经突破到了煞宫境！

李洛没有特意掩藏释放出的相力威压，此时周围尚未散去的诸多学员都投来惊异的目光。

可当他们发现这股相力威压的源头竟然是李洛时，惊异立马变成了难以置信。

“那是李洛？！”

“这种相力威压，是煞宫境？！”

“我的天，李洛突破到煞宫境了？！”

“今天这是怎么了？洛岚府的两人打算掀翻学府吗？！”

……

无数震惊的议论声响起，所有人对此都异常震撼，一星院的煞宫境同样是圣玄星学府此前从未出现过的。

一处高台上，宫神钧、长公主等众多学府的风云人物会聚，他们原本打算散去，此时也被那边的动静吸引了目光，当他们发现李洛身上散发出来的相力波动时都微微一怔。

"嘶，李洛居然是煞宫境了！"王朝吸了口冷气惊道。

长公主典雅娇艳的脸上同样现出了浓浓的错愕，好半晌后方才缓缓道："此次圣杯战学府奖励了一枚圣树灵晶，我想李洛应该借助了此物。"

宫神钧沉默了一会儿，然后道："圣树灵晶虽然神妙，且具备一丝破境之力，但李洛才入学一年，底蕴应该还不够。"

长公主微微颔首，这也是她心中所想，她也得到了一枚圣树灵晶，按理说，李洛即便拥有此物，顶多只能突破到虚将境，想达到煞宫境，恐怕还需要半年时间的积累才行。

"多半是他爹娘给他留了什么特殊的天材地宝吧。"都泽红莲神色复杂地开口道。

众人点头，这个理由说得过去。

但即便如此，李洛这个修炼速度依然让他们这些学府天骄震撼不已。

一星院就晋入煞宫境，那李洛在二星院时，岂不是就能复制姜青娥现在的成就？那是何等可怕的事情！

"洛岚府这对雏凤潜龙，当真有上一辈的风采，如果他们有足够的时间，洛岚府将重现一门双侯的辉煌。"王朝感叹道。

其他人没有说话，他们背后都是大夏的顶尖势力，自然知晓现在洛岚府缺少的正是时间。

一个月后，洛岚府究竟是迎来复兴还是就此衰败，应该会有答案了。

第六百三十一章

两个传奇

“煞宫境？”

看着李洛身上升腾而起的强悍相力波动，即便是素心副院长都微微怔神了一会儿，而后眼眸绽放出奇特的光彩，她看向李洛，温婉柔和的脸上有着掩饰不住的笑容。

“李洛，你和姜青娥两人今天真是给我们学府带来了许多惊喜呢。”

对于李洛的突破，素心副院长显然感到极为欢喜与满意，这是一个罕见的纪录，圣玄星学府创立至今，还未出现过在一星院时就达到煞宫境的学员。

一般而言，能够有这种成就的天骄学员，往往只会出现在内神州的古学府，而这些古学府是组成学府联盟的核心成员，地位自然远非他们外神州圣学府可比，双方不论是生源还是修炼条件以及获得的修炼资源都不可相提并论。

其他紫辉导师也明白这一点，纷纷对李洛行注目礼，他们惊异于李洛的修炼速度，似乎不是普通双相所能拥有的。

素心副院长做事雷厉风行，在确定李洛真的突破到煞宫境后，没有迟疑，直接从手腕上佩戴的空间球里取出了一个玉瓶，递给郗婵导师，道：“李洛同学修行努力，为学府创造了纪录，理应给予奖励。此次三星院额外的十枚元煞丹，就当作奖品吧。”

郗婵导师接过，转身递给了李洛。

“多谢副院长！”李洛心头欢喜，赶紧道谢。

这是白得的好处，十枚元煞丹若是放在金龙宝行，不提僧多粥少难以抢到，而且就算抢到，也得多花费上百万枚天量金，现在素心副院长大手一挥就给了她，简直让人忍不住想竖起大拇指称赞一声“大气”。

在李洛收起元煞丹的时候，察觉到身旁有一道阴冷愤怒的目光投来，他转过头，就见到面庞扭曲、死死盯着他的祝煊。

"祝煊学长,真是不好意思,但你们极炎府家大业大,应该不在乎这点元煞丹吧。"李洛露出温和的笑容道。

祝煊嘴角微微抽搐，眼神阴冷，十枚元煞丹虽然价格不菲，损失了也不会多么惋惜，只是这样被李洛横插一脚夺走，损失的是他的颜面。

"祝煊学长不会打算硬抢吧？或者想以决斗的方式来争取这批元煞丹？"李洛看着祝煊愤怒的眼神说道。

祝煊死盯着李洛，对方说出这话时眼里可没有畏惧，反而带着期待，这让他心头愈发憋屈。决斗个鬼啊，以前他还能靠着相力等级稍微压制一下李洛，可如今对方已经反超他，率先踏入煞宫境了。

李洛等级弱于他的时候他都没把握能赢，现在再打，那不是自取其辱吗?

这个李洛还真是奸猾，可恨至极!

"祝煊同学，不必因为此次元煞丹的分配有所介怀，等之后三星院还有剩余，我会为你留着的。"此时，素心副院长开口说道，安抚着祝煊。

素心副院长都说话了，祝煊只能露出强笑，点点头。

他阴沉沉地看了李洛一眼，低声道："李洛少府主，珍惜你最后一个月的时间吧，可能一个月后洛岚府就没了，那时候的你的确比我更需要这些元煞丹。"说完，他便拂袖而去。

李洛淡笑一声，对祝煊的威胁毫不在意，极炎府本就是洛岚府大敌，这个敌人几乎板上钉钉，一个月后的府祭他们必然会插手。

刚才他故意激祝煊决斗，其实也是抱着趁机先把这家伙打成重伤的想法。

虽说祝煊的实力没资格在府祭上做什么，但如果能借他为棋子，令极炎府府主暴怒失态，说不定会有意外之喜，毕竟愤怒总会让人做出失去理智的事情。

可惜，祝煊挺聪明，知道现在已经不是他的对手，根本不搭理他的挑衅。

祝煊的导师也无奈地摇摇头，对素心副院长的分配没什么意见，李洛的煞宫境摆在这里，不论实力还是贡献，李洛都比祝煊更有资格，所以只能算祝煊倒霉吧。

他朝素心副院长拱手后，转身离去。

"李洛，你接下来打算选择封侯术了吧？"素心副院长注视着李洛，再次问道。

李洛点点头，笑道：“如今突破到煞宫境，想必修行封侯术会稍微容易些了。”

“这点提升可以忽略不计吧。”素心副院长微微沉吟，道，“如果踏入煞宫境就能修成封侯术，那你也太小瞧我们的七星柱了，连他们都至今未修成。”

李洛无语，素心副院长也太打击人了吧。

瞧见李洛幽怨的模样，素心副院长莞尔一笑，道：“那是对正常人而言，经常折腾出不可思议的奇迹的你似乎不能算作此列，或许此次你能继续让人惊艳。”

“那就借副院长吉言了。”

“去吧，对于你的结果我也挺期待的。”素心副院长笑吟吟道。

李洛点头，而后不再停留，跟随郗婵导师径直离开了这座沸腾的广场，只不过来时无数人都在关注姜青娥，离去时却有近一半视线若有若无地向他投来。

显然，短时间内李洛突破到煞宫境的消息已经飞一般传开了，引发的震动从某种角度来说，不亚于姜青娥以三星院学员身份取得七星柱席位。

李洛能在一星院年末时就突破到煞宫境，等他有朝一日进入三星院，又会达到哪种程度？复制姜青娥的成就甚或略有超越，应该不难吧？

若是如此，他们恐怕会成为圣玄星学府创立以来最巅峰的两人。

对于一路投来的惊艳视线，李洛并未在意，因为随着愈发接近相术楼，他的心情也开始激动起来，这可不是此前得到元煞丹时能比的。

在这份激动的心情下，约莫十分钟后，前方带路的郗婵导师停下了脚步。

李洛抬头，一座古色古香的塔楼出现在了眼前，“相术楼”三个大字在阳光照耀下熠熠生辉。

李洛嘴角泛起笑容。

封侯术，我来了！

第六百三十二章

黑龙冥水

相术楼是学府重地，即便李洛有郗婵导师带领，也在被仔细查验身份并出示了素心副院长给的令牌后，方才准许进入。

相术楼存放着学府创立至今搜集、开创的诸多相术，底蕴之深远超大夏任何势力，李洛去过洛岚府的藏书库，那里与学府相术楼比起来无疑是小巫见大巫。

相术楼有四层，第一层存放普通相术，第二层是虎将术，第三层便是龙将术，学员想要兑换里面的相术进行修行需要付出相应的学府积分，而且还有着严格设定的归还日期，若是超时，就得继续克扣积分。

李洛此次的目标并非这三层。

在相术楼内一些学员惊疑的目光下，李洛跟随郗婵导师直接前往第四层。

见到他们登向第四层楼梯，正在借阅相术的学员皆满眼震惊，因为他们从未见过有学员能前往第四层，以往顶多只是听说紫辉导师有权进入，而学员之中，就算宫神钧都没有被允许进入。

对李洛能够获得进入第四层的权限，他们有一些猜测，多半是因为他为学府取得了龙骨圣杯，这件事让人羡慕不来，实力和机遇缺一不可。

据说第四层收藏着传说中的封侯术，李洛难道就是冲此而去的?

也未免太好高骛远了吧，莫说是李洛，换作七星柱，恐怕都很难修成封侯术。

在众多又惊又羡的目光中，李洛跟随郗婵导师进入第四层。

第四层极为简朴，没有丝毫辉煌的感觉，李洛只在有些黯淡的墙壁上隐约见到了如蚯蚓一般蠕动而过的神秘光纹，显然，第四层可没有看上去的那么简单。

李洛的目光投向第四层中央，然后就见到了五根斑驳的石柱，它们约莫一人高，顶端是一朵绽放的石莲，石莲之上有淡淡的光华升起，形成了一圈光罩。

光罩内似有什么物品。

李洛眨了眨眼睛，心头一动。

郗婵导师已率先朝着五朵石莲走去，淡淡道："我们学府收藏了五道可供贡献杰出的学员挑选的封侯术，全部都在这里，都是通灵级的封侯术。"

"你来试试，看看能否相中一道与自身契合的封侯术吧。"

李洛心头火热，快步上前，来到第一朵石莲处，目光一扫，只见石莲内竟然有一尾火红色的鲤鱼在游荡，火鲤给人一种奇特的感觉，仿佛活物，可若是仔细观察，又能发现鱼鳞上铭刻着无数晦涩无比的文字。

一股极端恐怖的温度正缓缓从火鲤体内散发，即便有光罩遮掩，李洛依然感觉到了灼热。

"这篇封侯术名为焱鲤妖火，若是修成，可召唤一种特殊的妖火，霸道绝伦，可焚天穹，若是封侯强者施展，仅仅一缕便可焚尽一座山脉。"郗婵导师的声音传来。

"据说如果修炼到至高境界，妖火会化为一尾火鲤，自生灵性，游荡之处，天地都将化为熔炉。"

李洛咋舌，这就是封侯术吗？竟然连相术都能生出特殊的灵性，这样看来的确远远超越了龙将术。

但李洛没有留恋地放弃了焱鲤妖火，因为他没有火属性的相力，虽说借助火属性的宝具为媒介可以修行，但那样一来，修行封侯术的难度会提升，现在的他层次不够，修炼本就有些勉强，何必再给自己增加难度？

于是他走向第二朵石莲。

这朵石莲内悬浮着一柄约莫巴掌大小的青色小剑，小剑静立不动，却有极端凌厉的剑气散发出来，同时还带着呼啸声，李洛仅仅只是注视着，就感觉双目刺痛不已，有泪水要流淌出来。

小剑上还流动着雷霆，雷鸣与风声汇聚在一起，更加神妙。

"此为青风雷剑诀，最适合拥有风雷属性相力的人，可修成风雷剑罡，弹指间，剑罡纵横万里，无坚不摧，无物可挡。"

李洛吞了一口口水，有点眼馋，但是他虽然拥有雷相，却没有风相，所以只能放弃。

接下来李洛又仔仔细细观摩了两道封侯术。

“九重金钟不败体，一种防御性的炼体封侯术，此术需要金属性相力，一旦修成，肉身有九座金钟守护，只要金钟不毁，肉身便不灭。”

“芥子木界，一种具备封印之力的封侯术，一旦修成，可化万木成界，凝于掌心，对敌之时，一掌之下将强敌收入掌心，以万木之界镇压、封印。”

李洛终于看见了心动的封侯术，那就是芥子木界。此术以木相之力为主，极其适合他，只不过，按照郗婵导师所说，此术修炼难度颇高，想要修成并不容易。

但李洛不是畏惧困难的人，所以心中一直在盘算，脚步难以从这朵石莲处移开。

经过片刻犹豫，李洛果断做出了选择。

就在他要开口的时候，心里突然升起了一种微妙的感应，于是他将目光投向了第五朵石莲，他仿佛听见那里传出了细微的龙吟声，引得体内的龙相之力震动了一下。

他迟疑了一下，迈出脚步，打算看看最后一道封侯术是什么。

很快，第五朵石莲映入李洛的视野，只见那里有一面斑驳古老的暗红旗帜，它插在一片黑色的海水里，猎猎作响，上面文着一头黑色的巨龙。

巨龙于旗帜表面蜿蜒盘踞，似在沉睡，同时又有一股异常可怕的威压缓缓散发出来，在黑海掀起波涛。

当李洛注视着盘踞着黑色巨龙的暗红旗帜时，郗婵导师的声音随之传来。

“这是黑龙冥水旗，单独算的话也是通灵级的封侯术，修炼此术需要以水相之力以及龙相之力或者具备龙族精血之物为媒介，一旦修成，相力可化黑龙与冥水，黑龙御水，可消融万物。”

李洛点点头，旋即敏锐地察觉到郗婵导师言语间的特殊之处：“单独算？这是什么意思？”

郗婵导师笑了笑，道：“这道相术自学府联盟传下来，在其他圣学府也有备份，但黑龙冥水旗只是某道更高级封侯术的一部分，所以我说的是单独算。”

“更高级的封侯术？衍神级？！”李洛眼中的渴望一闪而过。

郗婵导师摇摇头，悠悠说道：“那道封侯术名为三龙天旗典，被分为了三部，我们这些圣学府只有第一部，其他两部都被收藏在内神州的古学府里，此术单一一部只是通灵级，可若是完整修成，三部合一，它的等级将直达天命级。”

李洛吸了一口凉气。

通灵衍神，天命无双，这是封侯术四个等级，三龙天旗典竟然达到了天命级！

这种级别的封侯术莫说圣玄星学府，恐怕纵观整个东域神州都是绝无仅有！

这是足以让封侯强者都疯狂争夺的绝世宝贝！

学府联盟果真底蕴恐怖！

李洛使劲吞了一口口水，然后果断地指向石莲里的黑旗。

“导师，我就要它了！”

第六百三十三章

震撼导师

“你要它？”

当郗婵导师听到李洛的选择时，不禁愣了愣，然后惊疑地看向李洛，道：“你不要被这部封侯术完整状态的级别误导，不提你有没有机会获得后面两部，就算得到了，你虽然拥有水相，却缺乏龙相，虽说借助蕴含龙族精血之物也可行，但修炼难度也会提升，不适合你现在的情况。”

郗婵导师觉得，李洛这家伙是不是被“天命级”三个字蒙蔽了心神，虽说天命级珍贵无比，连她都会怦然心动，但关键是得凑齐再说啊。

黑龙冥水旗这部封侯术不是只有他们圣玄星学府有，东域神州以及其他神州的许多圣学府都有备份，因为这是学府联盟赏赐的，这么多年来有资格选择的人并非李洛一人，但她还没有听说过有谁凑齐了三部，修成了完整的三龙天旗典。

面对郗婵导师质疑的目光，李洛认真道：“导师，我不是因为天命级而选的它，我有自身的考量。”

郗婵导师秀眉微蹙，道：“李洛，以我的眼光来看，这几部最适合你的应该是芥子木界，你拥有木相与水相，而且水相能与木相相扶相持，若是修行此术，掌心的万木之界会格外茂盛，充满生机，一旦修成，威力不俗。”

看得出来，郗婵导师苦口婆心，不想让李洛做出错误的选择，耽搁修行的时间以及极难得的机会。

李洛无奈地叹了一口气，道：“导师，这是您逼我的，接下来您看见的希望能帮我保密，因为我不想我的光芒太耀眼，让学府有史以来的所有学员都黯淡无光。”

狂得简直要上天的话听得郗婵导师轻轻咬了咬银牙，她双臂环抱，眸光清冷地注视着李洛，想看看这家伙究竟在搞什么名堂。

李洛心念一动，下一刻，一道相力自他的体内缓缓升起，散发着特殊的威压，而后在他的身躯外凝聚，渐渐化为一道虚幻的龙影。

“吼！”

低沉的龙吟声响起，于是，郗婵导师清冷如秋水的眼眸便一点点瞪圆了。

这一刻，饶是见过大风大浪的她都震惊了。

“龙……龙相？！”她震惊失声。

“你怎么会有龙相？！”她疾声问道。

李洛耸了耸肩膀，风轻云淡地道：“突破到地煞将阶的时候，它就出现了啊。”

郗婵导师微微失神，道：“那你现在岂不是拥有了……”

李洛点点头，咧嘴笑道：“没错，现在的我有三个相了。”

郗婵导师陷入了长久的沉默。以前李洛开双相的时候，她虽然惊奇，但还能接受，身为封侯强者，谁不是双相呢？可现在李洛突然冒出个三相，就让她有点受到冲击了。

因为三相是他们封侯强者极为向往的层次。

虽然李洛这个三相无法与称王境强者的三相之力相比，可不管怎么样，三相终归是三相，未来会让李洛提前接触到三相之力，即便是最浅的层次，依然能给他带来极大的好处，为他冲击称王境打下基础。

这才是令郗婵导师震惊的地方。

双相她不羡慕，三相是真的羡慕了！

地煞将阶时就有三相了，这种妖孽不是应该出现在内神州的古学府或者超级势力里吗？怎么会从他们外神州的一个圣学府冒出来？

沉默许久后，郗婵导师终于回过神，眼神复杂地看着李洛，道：“没想到我竟然还能收一个这么惊艳的学生，李洛……你有称王之质。”

李洛道：“导师，一日为师终身为师，就算未来我突破到了称王境，依然是您的学生！”

“小嘴可真甜。”郗婵导师秋水般的眼眸泛起一抹笑意。

“我很好奇，你现在就已经是三相了，等未来踏入封侯境，岂不是会开启四相？如果称王，岂非五相？！”郗婵导师眸光绽放着奇特光彩，看着李洛说道。

听到此话，李洛愣了愣，他也不太确定自己封侯时能不能开辟第四个相宫，因为不知道他的先天三相宫算不算提前预支……而且到时候即便有新相诞生，应该也没有主辅之分了，而是单一的相。

但也足够了。

“导师，以前出现过超过三相的人吗？”李洛问道。

郗婵导师想了想，微微颔首，道：“肯定出现过，别说曾经，就在如今的内神州，应该都存在着这种另类的强者，虽说在封侯境前就拥有三相的人极其罕见，但不见得你就是唯一。”

李洛点点头，世间浩瀚，他先天就有三相宫，其他人未必没有更特殊的机缘，说不定还有那种一破境就自然开辟相宫的绝世妖孽呢？

“导师，现在我可以选择这部黑龙冥水旗了吧？”李洛把话题拉了回来，笑眯眯地问道。

郗婵导师轻轻点头，道：“你拥有龙相，这道封侯术的确与你契合。”

这部叫黑龙冥水旗的封侯术，正好需要水相与龙相配合。

她理解了李洛的选择，黑龙冥水旗与芥子木界虽然都适合他，但显然前者的发展性与潜力更好，未来有机会的话，指不定还能升级为完整形态，直达天命级。

于是，李洛取出副院长给的令牌，投入石莲之中。

令牌悬浮在石莲之上，释放出一道道光芒符文，符文升起，与石莲的镇守光罩接触，顿时一道道涟漪扩散，光罩便自顶部开始徐徐退散。

数息后，光罩散去，李洛毫不犹豫地伸出手，一把将那面文着黑龙的暗红色旗帜抓在了手中。

“导师，接下来我应该怎么做？”李洛问道。

此前素心副院长说过还会提供一种特殊的修炼之法，提升他修行封侯术的成功率。

为了这一套流程，李洛付出了所有的积分，这应该算得上是学府创立至今最昂贵的一笔兑换。

“跟我来吧。”

郗婵导师迈步走向这一层最中央的位置，这里的地板铭刻着一道道纹路，形成了某种阵法，她指尖变幻印法，相力形成一道道符文徐徐落下。

下一瞬，地板上面的光纹被激活，一道道光线交织，最后形成了一道光门。

郗婵导师看了李洛一眼，率先迈步走入光门，而后消失不见。

李洛来到光门前，低头看了一眼手里的黑龙旗，深吸一口气，喃喃道：“希望这笔积分花得不亏吧！”旋即迈步走入。

当两人的身影没入后，光门随之变得黯淡，化为流光落入地板之中。

第六百三十四章

醍醐金莲

当李洛走入光门的时候，眼前爆发出璀璨光芒，他习惯性地眯了一下，待得适应后，他发现眼前的景象已发生了翻天覆地的变化。

入眼的似乎是一座云雾缭绕的高峰，此时的他正处于峰顶上。

“过来。”在李洛发愣的时候，郗婵导师的声音传入耳中。

李洛连忙看去，便见到郗婵导师纤细玉指一点，峰顶弥漫的云雾搅动，然后便出现了另外一番景象。

那是一座湖泊，湖水清澈，散发着淡淡的幽香。

最吸引李洛注意的，是湖心一朵宽约丈许的金色莲花，三枚金色的莲瓣十分神异，上面还有无数金丝流动，淡淡的烟雾升起，仅仅只是看了一眼，李洛的心里就有了一种莫名的通透感。

“此为醍醐金莲，是一种修炼感悟的奇物，它的莲瓣十年生一瓣，距离上次使用到现在已经过去了三十年，你在这里修行，会大大提升感悟、推衍能力，同时金莲有护心、凝神之效，可以保护你在感悟封侯术时不受到意境侵蚀。”郗婵导师的声音传来。

“十年一瓣……”李洛暗暗咋舌，看来此物还真是一个好东西，难怪他需要付出如此巨大的代价才能享受到。

而且看样子等他用完后，醍醐金莲又会陷入一段很长时间的休眠。

“封侯术与龙将术最大的不同，就是修行封侯术需要感悟里面蕴含的意境，唯有与这种意境达成一定的契合度，才能把此术化为烙印，留存于心。”

“你在圣杯战应该看见过圣明王学府的蓝澜施展的明王经吧？此术乃圣明王学

府院长所创，想要修成，需要在那位实力达到称王境的强者座前时刻承受他散发出来的王者之威，虽说威压被刻意压制了，但哪怕是天珠境的实力都会产生恐惧。听闻圣明王学府每一年都会挑选心性坚韧的学员修炼此术，但最近百年只有蓝澜修成，可见修炼难度之高。”郗婵导师徐徐说道。

李洛点点头，王者之威……他还真没感受过，虽说见过庞院长，但那不是他的真身，可即便如此，当时李洛面对着他，都有一种仿佛面对洪荒巨兽的莫名恐惧感，那是一种生死攸关的压制。

“至于黑龙冥水旗，你等会儿就可以开始尝试，但我得提醒你，封侯术对你们这种层次的学员来说本就过于高端，切记不可急于求成，修炼的过程中要时刻保持内心清明，封侯术里蕴含的意境浩瀚庞大，以你现在的实力，一个不慎，很容易在心灵留下阴影，造成难以抹除的后遗症。”郗婵导师慎重地告诫道。

李洛认真地点点头，听起来修炼封侯术还伴随着不小的风险，修炼过程与龙将术截然不同，不过两种相术，本就有着巨大的差别。

李洛没有犹豫，他稍微调整了一下心态便纵跃而出，直接落在了湖心那朵醍醐金莲之上，然后盘坐下来。

接触的瞬间，李洛就感觉到一股温凉的气息涌入体内，一下子令他的心境变得平和起来，犹如幽潭般不起波澜，诸多杂念纷纷退散。

李洛深吸一口气，眼睛缓缓闭拢，同时手掌握紧了那面暗红色的黑龙旗。

郗婵导师望着进入感悟状态的李洛，并未离去，而是在湖边寻了片草地盘坐下来，然后从空间球里取出茶桌，泡上香茗，打算在这里盯着李洛一段时间。

以李洛这种级别修炼封侯术，风险不小，虽说有醍醐金莲保护，但不得不谨慎一些。

郗婵导师还是第一次执导这么优秀出色的学生，还是得多费点心思保护，不然真因为修炼封侯术出了岔子，可就因小失大了。

当李洛闭上眼睛，催动相力涌入黑龙旗时，他听见了一道龙吟声从遥远的时空传来，于他的心间回荡。

他的心神往莫名的地方沉了下去。

李洛“看向”四周，然后便猛地一震。

此时的他似乎在一片黑色的海水深处，而且还在不断朝下方沉去，这里的海水漆黑如墨、黏稠厚重，给人一种极端压抑阴冷的感觉。

一切真实得可怕。

黑暗的海水带来了无穷无尽的压迫感。

李洛的心神失去了所有的控制，只能眼睁睁地看着自己朝着海底不断沉下去，那里黑到了极致，谁也不知道潜藏着什么。

面对这种未知的黑暗，即便李洛早有心理准备，还是不可避免地产生了一丝恐惧。

这种沉沦不知道持续了多久，突然间，李洛感觉到下方无尽的黑暗里似乎有了什么动静，他的心神注视那里，便惊骇欲绝地见到，有一对巨大的暗红眼瞳缓缓地睁开了。

眼瞳如此巨大，暗红如宝石，晶莹透彻，漠然而无情。

李洛从眼瞳里看见了倒映的自己，神色充满了惊恐。

黑暗的海水剧烈涌动起来，下一刻，李洛终于看见了巨物的全貌，那是一头黑色的巨龙，它仿佛与黑水相融，正静静盘踞在此处，漠然地望着他。

一股恐怖的威压铺天盖地地席卷而来，直接冲向了李洛的心神。

“咔嚓。”

李洛仿佛听见了心神破碎的声音，但就在此时，一股温凉的气息涌入，借助着它带来的瞬间清明，李洛果断地切断了与这一缕心神的连接。

湖心金莲。

李洛猛地睁开双目，他满脸苍白，一头冷汗，眼里残留着惊恐之色，不住地喘气。

他低头看着手中的黑龙旗，神色惊悸。

这就是封侯术吗？竟然蕴含着如此恐怖的意境，刚才那一瞬，若是心智不坚定者，恐怕直接就被恐惧淹没了心海，既而在内心深处留下阴影。

怪不得连学府七星柱都未掌握封侯术，这种级别的相术简直太恐怖了。

“知道封侯术的可怕了吗？还想尝试吗？”湖边，郗婵导师的声音悠悠传来，那一对秋水眼眸注视着李洛。

李洛苦笑一声，没有回答，只是静静调整着心态，待心境彻底平复后，他手掌再度紧握住黑龙旗，眼睛带着一丝坚定缓缓闭拢。

他用行动作了回答。

郗婵导师见状薄纱微动，红唇似是勾动了一下，眼里流露出一丝满意。

不错，心性还算坚韧，如果李洛因为恐惧连尝试的心态都开始动摇，那么修炼封侯术就没什么必要了。

“就让我看看，你究竟能不能成功吧。”

郗婵导师喃喃自语，而后掀起薄纱，露出白皙容颜，脸颊一侧的黑鱼纹给她平添了一分异样的鬼魅之气，她握着茶杯，一饮而尽。

第六百三十五章

幕后黑手

黑暗而压抑的海水深处，李洛的心神一次次地沉沦、破碎，庞大的黑龙带来的恐惧肆虐着李洛的心灵，犹如无法匹敌的巨兽，把李洛的心理防御不断冲碎，令其遍体鳞伤。

不知不觉间，李洛甚至已经忘记了时间，他不知道自己的心神已经被那股恐惧碾碎了多少遍，可自始至终他都没有放弃，凭借着那股韧性，也借助醍醐金莲的保护，他始终维持着内心最后的清明。

湖边，郗婵导师静静地温茶而待，时间已经过去好些天了，她一直在这里守着，而李洛的情况如她一开始所料，正陷入某种僵持之中。

封侯术蕴含的意境极凶猛，本就不是李洛这种级别能够接触的，但既然他有这样的野心，自然需要承受相应的风险。

这种心境间的博弈，郗婵导师给不了他任何帮助。

唯有依靠他自己在意境带来的巨大恐惧下一次次适应，直到最后能够承受……封侯术，天赋固然重要，但更看重心性，或许这也是为何圣明王学府里，连景太虚那样的虚九品都未被视为修炼明王经的种子，偏偏相性品级远不如他的蓝澜最终修成了。

郗婵导师看了一眼李洛盘坐的醍醐金莲，金色莲瓣此时已经有一瓣彻底黯淡凋零，随着一次次守护李洛的心神，它的能量也在急速消耗。

这代表着李洛已经失去了三分之一的机会，一旦三瓣金色莲瓣尽数凋零，郗婵导师就会将李洛从感悟中唤醒过来，当然，那样也就意味着李洛此次修炼封侯术失败了。

没办法，没有醍醐金莲的保护，李洛继续修炼下去很有可能会被意境重创，而洛岚府的府祭越来越近，李洛此时受到重创，之前那么多努力都会化为乌有。

“煞宫境时就试图修炼封侯术，果然还是太勉强了啊。”

郗婵导师轻叹一声，只希望李洛能够把握最后两瓣莲瓣的机会。

摄政王府。

一座湖心亭里，身穿金色蟒袍的摄政王手拿鱼饵，投入湖面，引来诸多色泽艳丽的鱼儿抢食，他威严的面庞此时没有什么表情，待得鱼饵丢光后，双手方才插回袖里。

“算算时间，龙骨圣杯现在恐怕已经在庞千源手里了。”许久后，他慢慢说道。

“真是没想到……圣玄星学府竟然能在此次圣杯战中夺冠，洛岚府那两个小家伙还真喜欢给人添麻烦。”

摄政王面无表情，圣杯战的情报在这段时间早就传遍了大夏，所有人都知道李洛与姜青娥厥功至伟，如果没有他们两人，圣玄星学府此次必然难以如愿。

这出乎摄政王的意料，本来他已经暗自吩咐过宫神钧在圣杯战不着痕迹地放水，可谁能知晓，在这个实力第一的参赛者放水的情况下，龙骨圣杯依然落在了圣玄星学府手里，当真是人算不如天算。

他知道这怪不得宫神钧，为了不暴露，他也不能做得过于明显。

摄政王后面的石亭内，阴影处有人影晃动着，继而响起飘忽不定的声音：“龙骨圣杯落入庞千源之手的确是个麻烦事，如果借助此物镇住了鱼魍王，他就能脱离桎梏，再次出现在大夏，到时候，整个大夏都会处于他的威压之下，你这些年的苦心经营，在称王境强者面前怕是跟纸糊的一样。”

“庞千源当年与老皇帝亲近，而且他似乎对你不太感冒，甚至还提醒过老皇帝，说你野心甚大，如果到时候他出来，表现出对小皇帝的支持，呵呵，你这个摄政王就只能乖乖地把手中的权力交出去了。”

摄政王冷冷道：“那样的王庭还是大夏之主吗？依我看只不过是要看庞千源脸色的一条狗而已！”

“事实本就是如此，庞千源这种称王境强者，在你们大夏足以横扫、镇压一切。”

那道声音笑着说道。

“称王境……”

摄政王的眼里升起浓烈的渴望，那个境界是他向往的，如果他能踏入，大夏会在他的手里达到前所未有的高度，到时候，周边帝国都会臣服于大夏。

“洛岚府的东西真能助我未来称王？”他突然话锋一转，问道。

“有我们的帮助，问题不大。”阴影里有视线投射出来。

摄政王微微沉默，又道：“李太玄与澹台岚究竟是什么来路？你似乎有些忌惮他们，不然为何当年要鼓动我设那么大的局，把他们二人逼入王侯战场？”

“嘿，他们的威胁在我看来恐怕不比庞千源弱，留在大夏是极大的隐患，会对我们的计划产生非常大的影响。”人影说道。

摄政王眼神一凝，道：“他们只是封侯境，虽说的确惊才绝艳，但如何能与庞千源比？”

阴影里的人影笑了笑，却没有回答，而是说道：“他们已经陷入王侯战场了，不必多虑，距离洛岚府府祭只有半个多月了，你这些年的谋划也算要达成了。”

“只要你取得洛岚府的东西，我就能让你拥有媲美称王境的力量。”

摄政王道：“可惜，我不能直接暴露，否则会引起圣玄星学府、金龙宝行以及王庭内部的警觉，不然的话，东西必然能拿到手。”

“但也无妨了，这些年我为此准备得够多了，凭洛岚府那两个小家伙以及一众歪瓜裂枣，挡不住我。”

“洛岚府的姜青娥是一个绝代天骄，神钧也心仪于她，原本我还以为以那小子的优秀，应该能让姜青娥转投我王府，没想到人家压根没看上他。”摄政王笑着摇了摇头。

“如果灭了洛岚府，倒是可以留下此女的性命，如此天赋与潜力或许可以为王府诞下更优质的血脉。”

说这话的时候，他抬起头，仰望着大夏的天穹，伸开了双手。

“多年的等待，终于即将迎来收获的时刻。

“从此以后，宫家将是大夏真正至高无上的王。”

第六百三十六章

艰难修成

湖边。

郗婵导师优雅地静坐着，纤背修长，曲线挺拔，她玉指拨弄着茶杯，眼眸却盯着湖心的那朵金莲不动，算算时间，李洛在这里已经修炼二十天了。

三瓣金莲已凋零两瓣，唯有最后一瓣还在绽放着奇光。

盘坐在金莲上的李洛双目紧闭，面色分外苍白，身子还在细微颤抖着，脸上的恐惧若隐若现。

他还在与黑龙冥水旗的意境僵持着。

那股恐怖的意境显然没有那么容易承受。

李洛的心性郗婵导师还算了解，韧性不低，当年经历过所谓的空相，承受能力远比同龄人强许多，可即便如此，依旧被封侯术里的意境折磨得不轻。

在郗婵导师看来，李洛能够坚持二十天还没崩溃，其实已经很不容易了，说到底，他才初入煞宫境而已，封侯术对他而言还是有些触不可及。

“最后一瓣金莲还能坚持五天。”

郗婵导师算了算时间，纤细如柳叶的眉轻轻一蹙，这是最后的机会了，如果李洛在这几天无法通过意境的考验，此次的修炼就失败了，他的积分也将付诸东流。

虽说以后还有机会继续借阅黑龙冥水旗，可没有了醍醐金莲的辅助，感悟效果会大大降低。

而且最关键的是——错过了这个阵法，对李洛而言，或许会是难以弥补的遗憾。

因为距离府祭只有十来天了。

“咚咚。”

郗婵导师玉指轻轻敲击着桌面，轻声道："李洛，就看你能不能把握这最后的机会了。"

黑暗的海水深处。

巨大的兽瞳犹如暗红色的镜面一般，李洛的身影倒映在里面，兽瞳里蕴含的漠然与凶戾直接化为无边的恐惧力量，朝着李洛的心神席卷而去。

这一幕，李洛已经不知道经历了多少次。

可每一次，那种难以言明的恐惧都会升起，一次次碾碎着自己的心神。

这一次，似乎也不例外。

当恐惧如潮水般涌来时，李洛仿佛听见了心神开始破碎的声音，四周黑暗的海水剧烈翻涌起来，仿佛挟着暴戾的咆哮声，一波波冲击着他的心灵。

李洛在苦苦支撑着，犹如苦海里的一叶扁舟，竭力维持着自身，不使唯一的栖身之所被风浪吞没。

可黑色的海水仿佛带着侵蚀人心的能力，随着时间推移，他的心神在加速崩溃。

"这一次又要失败了吗？"

感受着渐渐扭曲的视野，李洛明白，这是心神崩溃的征兆，他无力地叹息了一声，这段时间无数次心神崩溃，让他体验到了封侯术的修炼难度。

可是……他已经没有多少时间了。

在一次次失败的时候，他清晰地感受到了来自醍醐金莲的护心力量在渐渐减弱，看来醍醐金莲也无法坚持多久了。

当醍醐金莲彻底凋零的时候，他的修炼就得到此为止了。

失去了这次机会，或许很难再找到醍醐金莲这样的奇宝，而他修成封侯术的愿望恐怕就得推迟到冲击天罡将阶之后了。

最重要的是，府祭时他会失去一张极强的底牌。

虽说他有三尾天狼这般杀招，可不管如何，它的力量终归是外物，修成的封侯术则是属于他自身的力量，而且有了这般厉害的杀招，再配合三尾天狼的力量，他或许可以在短暂的时间里爆发出极其恐怖的力量。

这股终极力量才是他真正的目标。

只有这种级别的力量，才能在各方觊觎的府祭里拥有一丝改变局面的机会。

如若不然，最大的压力还是会落到姜青娥身上。

以她要强的性格，这些年必然如他一般在准备着诸多底牌，也必然付出了极艰苦的努力，可李洛不愿意见到她一人独自承受所有的压力。

因为她为了洛岚府、为了他，已经承受够多了。

这一次，他想为她分担一些。

李洛的脑海里闪过了那张绝美的神女之颜，而后他似睁开了眼睛，凝视着前方盘踞于黑色海水深处的庞然大物，对方如红宝石的巨大兽瞳漠然盯着他，似乎闪过了一抹嘲讽与轻蔑，在嘲笑他的不自量力。

区区煞宫境，也想染指封侯术。

黑龙伸出巨大的龙爪，黑鳞闪耀，黑色的海水在龙爪下形成巨大漩涡，然后朝着李洛缓缓拍下。

李洛心神上的裂痕迅速蔓延。

他凝视着拍下的黑暗龙爪，这一瞬，那种恐惧感突然减弱了，反而有一股莫名的愤怒自心底深处如潮水般涌出。

区区一头小龙，怎敢蔑视于我?

李洛浑身的鲜血莫名变得滚烫起来，血液剧烈流淌，仿佛传出了哗啦啦的声音。

他凝视着黑龙的目光都变得有了一种神秘的威严。

黑暗的龙爪重重拍下，然而，就在即将拍中李洛心神的那一瞬，它后方所在的虚空突然破碎开来，下一瞬，龙目之中浮现出惊骇。

破碎的虚空内，一只巨大到无法形容的龙爪伸了出来，黑龙的体形本就已经十分庞大，可在神秘龙爪之下，却仿佛鹰爪下的小蛇，有一种难以挣脱之感。

神秘龙爪将这片黑色大海都分割开来，然后一把抓住了黑龙，凄厉的龙吟声响彻。

神秘龙爪猛然一握。

“轰！”

大海碎裂，随之裂开的还有此前威势惊人的黑龙。

湖边，闭目假寐的郗婵导师突然睁开了眼睛，震惊地望着湖心那朵金莲，她见到此时的李洛浑身血红，鲜血从毛孔渗出来，把他染成了血人。

可就是如此凄惨的他，反而散发出了一种莫名的压迫感，连她都产生了瞬间的心悸。

发生了什么?!

郗婵导师猛地起身，就在她惊疑不定的时候，金莲上的李洛陡然睁开了双目。

那一瞬，他的周身似有黑色的海水翻滚，海水之中一条黑龙盘踞，龙尾摆动时掀起了滔天巨浪。

郗婵导师瞳孔微微一缩。

那是……黑龙冥水旗?! 李洛，他修成了?!

第六百三十七章

最新情报

当李洛周身黑水翻滚、黑龙浮现时，郗婵导师十分震动，她很明白这意味着什么，说明李洛通过了意境考验，已经初步掌握了黑龙冥水旗这道通灵级的封侯术。

煞宫境时就修成一门封侯术，这是何等成就？

虽说在李洛身上郗婵导师已经见惯了奇迹，可此时还是不免心潮翻涌，这小子似乎过于妖孽了。

郗婵导师玉手一挥，收起茶桌，而后一步迈出，直接出现在湖中心的位置。她望着面色苍白但眼神极其亢奋的李洛，屈指一点，清澈的湖水卷起，洗净了李洛满身血污。

“导师，我……我成功了！”李洛激动地看着郗婵导师。

郗婵导师微微颔首，感叹地盯着李洛，道：“你又创造了一个奇迹，这个消息如果传出去，圣玄星学府会再次轰动的。”

李洛咧嘴笑起来，此时的他心潮澎湃，此次修行黑龙冥水旗过于艰难，他在意境中被折磨得死去活来，如果不是自身韧性还算强，恐怕早就坚持不住了。

而且最终能承受住黑龙意境的侵蚀，也是因为自身血脉力量的涌现。

最后一刻出现的神秘龙爪应该源自血脉……李洛觉得，可能是血脉里蕴含的天龙之气察觉到了来自黑龙意境的蔑视，才不受控制地涌现，粉碎了黑龙意境。

“导师，封侯术的事麻烦您先帮我保个密。”李洛恳请道。

郗婵导师看了李洛一眼，没有多问，只是颔首应下，她当然明白李洛的缘由，无非是想把它作为一张底牌，到时候出其不意才能取得更大的效果。

“你在这里修炼了二十多天，距离你们洛岚府府祭还有四天。”郗婵导师说道。

“四天。”

李洛眼神复杂，有一丝期待也有一丝忐忑，为了应对这场府祭，他这一年没有片刻放松，取得的成就也相当惊人，曾经南风城的空相少府主现在已身怀三相，踏入了煞宫境。

原本只能躲在南风城的他，如今具备站在府祭与各方角力的资格了。

“导师，我今天就会离开学府，非常感谢您这段时间的指导。”李洛心潮涌动，冲郗婵导师抱拳笑道。

府祭即将来临，这是足以改变洛岚府未来命运的事情，李洛接下来没有时间继续在学府修行，他要回到洛岚府，去迎接这场命运之战。

如果能在府祭取胜，他自然依旧是洛岚府少府主，未来洛岚府会在他的手里恢复鼎盛与辉煌，而若是扛不过这一劫，洛岚府则会烟消云散，他与姜青娥就会走向另外的道路。

或许是回到圣玄星学府潜修，等待封侯之日，或许是离开大夏，找寻另外的出路。

而不论是哪一条，对两人而言，命运都会被改变。

郗婵导师闻言，微微沉默，她当然明白李洛接下来要面对什么，而这是李洛身为洛岚府少府主无法逃避的责任。

“记住，如果局势脱离了你的掌控，你和姜青娥都可以回到圣玄星学府，这里是你们的一条退路，以你和姜青娥的天赋与潜力，我相信学府愿意提供庇护。”

“只要你们活着，敌人就会寝食难安，等封侯后，重建洛岚府不难。”郗婵导师缓缓说道。

李洛笑着点点头，郗婵导师这番话素心副院长已经跟他提过多次了，无非是担心他年轻气盛，他明白她们的好意，不忍心见到他这么一棵好苗子被毁掉。

郗婵导师见状，不再多说，带着李洛离开了此处，回到相术楼。

“导师，我先回宿舍小楼一趟，跟萌萌和辛符道别。”李洛说道。

“你这怎么搞得跟生离死别一样？”郗婵导师说道。

李洛有点尴尬，郗婵导师又道：“走吧，我陪你。”

两人离开相术楼，一路径直回到宿舍小楼。

到了小楼外，李洛听见里面传出喧闹的声音，似乎人不少，他不由得感到诧异，推门进去，便见到众多人影在屋内，虞浪、赵阔、秦逐鹿、白豆豆、吕清儿、白萌萌、辛符皆在此。

“你们在聚会吗？”李洛惊讶地问道。

他的突然到来让众人一怔，然后又欢喜不已。

“洛哥，你终于出关了！等你好几天了。”赵阔笑道。

李洛进屋，寻了个位子坐下，讶异道：“等我做什么？”

众人没说话，虞浪则笑嘻嘻道：“等着给你加油助威啊。”

李洛心头一动，洛岚府府祭不是什么秘密，到时候会爆发什么很多人都心知肚明，虞浪他们生活在学府，平常也会接触大夏各种势力的人，自然知道一些事情。

他们都明白四天之后李洛将面临一场决定命运的大战，所以才会等在这里，为他打气。

虽说打气对局势的变化帮不上什么忙，但他们的这份心意还是让李洛心头一暖。

“大家不必担心，一点小事而已，等洛岚府这场府祭过后，我就会成为洛岚府的府主，到时候跟大家的地位可能就有点不一样了，希望你们心里不要有太大落差。”李洛笑眯眯说道。

“吁。”

他这番大言不惭的话引得众人一阵嘘声，但李洛的轻松模样倒是让大家松了一口气，气氛也变得欢快起来。

李洛坐下来，与众人聊天，欢笑声不断。

这段时间苦修，让他的精神异常紧绷，此时正好放松一下。

聊了一会儿，李洛起身倒水，却见到白萌萌悄悄跟了上来。

“队长。”白萌萌水灵灵的大眼睛望着他。

“怎么了？”李洛笑着问道。

白萌萌从袖中掏出一张宛如晶石打造的黑卡，上面铭刻着金龙宝行的徽章，她咬了咬红唇，道：“队长，我实力不行，帮不了你什么，但我这些年存了不少钱，虽然雇不了封侯强者，但请数位天罡将阶强者应该还是可以的。”

李洛愣了愣，旋即哭笑不得，他把黑卡推了回去，义正词严道：“小富婆，我知道你有钱，但不要妄想用金钱来腐蚀我！你以为我是对你的钱感兴趣吗？！”

白萌萌嘟了嘟嘴，道：“我没跟你开玩笑！”

李洛笑得灿烂，柔声道：“我知道，谢谢你的心意，希望你也相信我，局势还没那么糟糕呢。而且如果你姐姐知道我拿了你的小金库，不把我打死才怪。”

白萌萌盯着李洛看了一会儿，见他态度坚决，只好收起黑晶卡，偷偷溜了回去。

就在白萌萌离开后，李洛见到一旁的阴影突然抖动了一下，当即没好气地道：“辛符，这个影相真是被你玩成了偷窥神器。”

阴影移动着，化为辛符的身影。

辛符面色阴郁，他盯着李洛，犹豫了好片刻方才缓缓道：“队长，我给你一个情报。”

“什么？”李洛望着辛符的面色，眼神微凝。

辛符靠近，细微的声音传入李洛耳里，令他的瞳孔猛地一缩。

“兰陵府接了对你和姜学姐的悬赏。”

第六百三十八章

兰陵刺客

“兰陵府?！”

辛符的这个情报，让李洛心头剧烈一震，面色渐渐变得凝重。兰陵府是大夏五大府之一，而且与其他四府不同，它更神秘，因为兰陵府没有其他产业，而是专职刺杀。

简单来说，兰陵府就是一个职业杀手组织。

其实五大府当中兰陵府与洛岚府是交集最少的，但李洛从来没有忽视过它，而且一直都把它视为暗中威胁，原因无它，只是因为兰陵府的宗旨就是收钱办事。

虽说以前兰陵府没有对洛岚府出过手，但按照李洛的猜测，大概率是因为价钱不到位，兰陵府没有接下任务而已，可如今随着府祭临近，觊觎洛岚府的势力开始蠢蠢欲动，这种时候如果能把兰陵府拉进来，无疑是对洛岚府的重压。

任何代价都是值得的。

虽然早有这种猜测，但当辛符带来这个情报时，李洛心里还是忍不住一沉。

洛岚府的大敌又多了一个。

以兰陵府的行事风格，真的是让人如芒在背。

李洛心绪翻涌，然后看向辛符，道：“你怎么知道这个情报的？”

辛符无奈笑道：“队长你不是能猜到吗？”

李洛点点头，辛符就是出自兰陵府……他的影相的确适合那里，只不过不知道他在兰陵府究竟是什么身份，不过他能在这个时候给他送来极为重要的情报，这些都不重要了。

“谢谢你，辛符。”李洛拍了拍辛符的肩膀。

辛符叹了一口气，声音低沉道：“兰陵府府主也会在洛岚府府祭时出手。”

李洛没有太意外，既然兰陵府接了悬赏，定会倾尽全力，而最让人忌惮的兰陵府府主自然会出手。

这可真是麻烦啊。

一位精通刺杀的封侯强者，想想都让人头皮发麻。

“还真是一场大劫难啊。”李洛笑道，不过无所谓了，债多不愁，觊觎洛岚府的势力本就不少，多一个兰陵府也在意料之中。

“队长，情况不对记得回学府。”辛符说了一声后便转身离去。

李洛望着辛符的背影，手里捧着水杯，眼露沉思。

“有什么我能帮忙的吗？”在李洛沉思时，一旁有轻柔的声音传来，他目光一抬，便见到吕清儿俏生生地站在水台前，少女冰肌玉骨，一对剪水双瞳顾盼生辉地注视着他。

李洛能够感受到她眸子深处蕴藏的担忧。

李洛想了想，在吕清儿面前没有强装淡然，而是沉吟道：“我的确有一个请求。清儿，我希望你帮我转告鱼姨，我不需要金龙宝行援助，但如果府祭那一天鱼姨能镇住金龙宝行，让金龙宝行保持中立，那么就算我欠鱼姨一个大人情。”

洛岚府的敌人又多了一个兰陵府，容不得李洛不多做考虑。

素心副院长曾提醒过他要注意金龙宝行，但看鱼红溪的态度，不像是会觊觎洛岚府的样子，她心气高傲，既然当着吕清儿的面跟他说了那样的话，李洛还是相信她的。

不过鱼红溪不会，不见得金龙宝行其他派系不会有什么想法。

金龙宝行太庞大，内部的水非常深，他们的实力也很强，如果到时候跑出什么人来横插一脚，对洛岚府而言只会是雪上加霜。

吕清儿闻言，红唇紧抿，道：“你是觉得金龙宝行内部有人也在觊觎洛岚府吗？”

李洛缓缓道：“小心点总是没错的，金龙宝行底蕴太深，随便漏点什么人出来，都会给我带来很大麻烦。”

吕清儿微微沉默，而后轻轻点头，道：“我会帮你转达的。”

“谢谢。”李洛由衷感激。

吕清儿明眸里露出狡黠，道：“我娘可不是好相与的，她与人做生意从不吃亏，你敢说欠她一个大人情，小心她以后狮子大开口。”

李洛笑道：“鱼姨刀子嘴豆腐心，她帮了我许多我都记着，将来她有什么需要我帮忙的，而我又有这个能力，就算赴汤蹈火也绝不会推辞半句。”

吕清儿轻笑一声，而后两人一起转回主厅，与众人聚会。

待天色将晚，门口传来敲门声，白萌萌开门，发现姜青娥站在门外。

姜青娥眸光扫了一眼屋内众人，然后看向李洛，道：“我来接你一起回洛岚府。”

李洛笑着点点头，冲众人挥了挥手，道：“那我就先回去了，接下来几天不会回学府，你们别急，等着我的好消息。”

屋内众人没有说话，即便是素来嬉皮笑脸的虞浪都收敛了表情。

“李洛，如果现在我们已经是四星院了该多好。”虞浪苦笑了一声，说道。

如果这些人现在是四星院，那都算是成长起来了，他们就有了帮到李洛的力量。

可惜……差太远了。

他们一个个相师境在那种级别的争斗里连炮灰都算不上。

“别说这些没用的，一个个也别哭丧着脸，这一年我什么风浪没见过？不缺这一回。”李洛没好气地说了一声，然后果断地反手拉上了门。

站在门外，他深吸一口气，冲着姜青娥笑道：“走吧，青娥姐。”

姜青娥散发着神秘光泽的金色眸子静静凝视着他，然后突然朝他伸出纤细精致的玉手，李洛见状，微微一愣，赶紧伸出手握住，两个人的十指缓缓紧扣。

“李洛，不管什么风浪，我们一起闯。”姜青娥盯着李洛，轻声道。

如羊脂玉般的娇嫩触感于掌心扩散，李洛微微一笑。

两人走出小楼，脚步顿了顿，只见郗婵导师正背靠墙壁、双臂环抱地望着他们。

“不嫌弃打扰你们二人世界的话，我就送你们一趟吧。”郗婵导师说道。

李洛心头微动，想起了辛符的情报，于是没有拒绝，笑道：“那就多谢导师了。”

郗婵导师闻言没有多说，径自转身往前而去，李洛与姜青娥则跟在她身后数步的位置。

此时夜色已笼罩了学府，淡淡月光倾洒下来，为学府披上了一层纱衣。

一路无言，当走过一条熟悉的小道时，李洛突然察觉到前方的郗婵导师停下了脚步，她的身上有水汽升腾，一股强悍的威压随之散发。

李洛与姜青娥抬起目光，越过郗婵导师的身影，见到了一个斜靠在前方长椅上的人影。

那是……沈金霄。

第六百三十九章

导师护持

李洛望着靠坐在长椅上的沈金霄，双目虚眯了一下：狗东西，这个时候冒出来是想做什么？

郗婵导师散发着幽冷的目光同样盯着沈金霄，她淡淡开口道：“沈金霄，你在这里做什么？”

沈金霄闻言微微一笑，道：“郗婵导师未免管得太宽了，学府这么大，我在这里乘凉都不行吗？”

听到此话，郗婵导师的目光愈发冰冷。

沈金霄见状，笑道：“好吧，我是想跟李洛与姜青娥说两句话。”

他的目光投向了李洛与姜青娥。

面对他的视线，姜青娥的神色异常平静，眸光注视着前方，根本未看他一眼。李洛见状，笑眯眯地开口道：“沈金霄导师，我们好像没什么话好说吧？”

沈金霄笑了笑，直接道：“如果青娥能够答应我一个条件，我愿意在府祭时给予你们帮助，如何？”

李洛俊逸脸庞上的笑容微微收敛，目光变得冰冷锋锐起来。

“沈金霄，你想诓骗谁呢？学府会允许你出手干预吗？”郗婵导师冷冷道。

“那就是我的事了，你不必管。”

沈金霄嘴角现出一抹玩味，道：“我说的话绝对真实，甚至可以立誓，只要青娥你能答应，我就是你们洛岚府的援军，如何？”

“沈金霄，你可真是把乘人之危演绎得淋漓尽致。”郗婵导师讥讽道。

沈金霄没有理会郗婵的嘲讽，只将视线盯着姜青娥。

姜青娥依然没有理会他，只是拉着李洛的手，直接往前走去，在双方将要擦肩而过的时候，李洛目光幽深地盯着沈金霄，说道："沈金霄，不要打青娥姐的主意，否则以后我一定把你剁了喂狗。"

沈金霄淡淡一笑。

姜青娥拉着李洛已逐渐远去，郗婵冷冷瞥了沈金霄一眼，跟了上去。

沈金霄望着他们消失在夜色里的身影，脸上的笑容收敛，眼神变得阴沉许多。

"最后的机会都不把握……真是可悲。"

"沈金霄必定对青娥同学有所觊觎，你们要当心。"在回洛岚府的车辇上，郗婵朝两人提醒道。

"这样居心叵测的导师，学府也留着吗？"李洛皱眉问道。

"他即便有险恶之心，但没有真正显露出来，学府有什么理由驱逐他？"郗婵反问道。

李洛默然。

"此前在学府金殿议事时，素心副院长警告过他，质问他对青娥同学究竟有何居心，他倒是干脆，说的确对青娥有倾慕之意……"郗婵迟疑了一下，然后说道。

李洛眼中寒光一闪。

姜青娥绝美容颜上寒霜浮现，沈金霄的话让她感到恶心。

"虽说倾慕学生听上去不太好，但不算违反学府规矩，所以连素心副院长都无可奈何，只能给予警告……但以我对沈金霄的了解，此人略有几分诡异，那些未必是他的真话。"郗婵导师缓缓说道，"他盯上青娥同学，或许有其他的想法。"

李洛眉头紧皱，这个沈金霄当真是个祸害，未来有机会定要弄死他。

"不管有什么想法，他终归是学府的导师，受到学府规则限制，应该不敢明目张胆做什么。"郗婵导师说道。

李洛与姜青娥对视一眼，点了点头。

现在洛岚府即将迎来最麻烦的时刻，沈金霄只能放在后面了。

"郗婵导师护送我们回洛岚府，是因为担心兰陵府吗？"李洛笑问道。

"辛符的话我也听到了。"郗婵导师没有否认。虽说府祭还没到，兰陵府现在出手刺杀的概率不大，但小心一点终归是好的，毕竟兰陵府专门走歪门邪道的路子。

“多谢导师护持了。”李洛感谢道。

郗婵导师摆了摆手，不再多言，闭目假寐去了。

车辇内恢复安静，李洛与姜青娥望着窗外掠过的万家灯火，相顾无言。

如此许久后，车辇终于在洛岚府总部外停了下来。

“郗婵导师，去洛岚府坐一坐、喝杯茶吧！”李洛热情邀请道。

郗婵导师闻言打量了一下眼前的洛岚府总部，似笑非笑道：“你们洛岚府可不欢迎封侯强者，而且我也不喜欢被压制的感觉，会让我没有安全感。”

瞧见她的眼神，李洛这才记起，洛岚府总部还有一座奇阵保护，任何封侯强者进入都会受到极大压制，只不过奇阵之力会在府祭那天开始衰弱。

“李洛，你们保重吧，希望五天后我还能在学府见到你，这么有潜力的学生如果就这样夭折了，还真是很让人遗憾的事情。”郗婵导师看着李洛，说了一声，然后径自转身而去，轻盈的身影踏着月色，几个闪烁间便消失不见。

姜青娥望着郗婵导师消失的身影，冲着李洛道：“郗婵导师对你还挺好。”

“正常，像我这样天赋绝世、长得又好看的学员，郗婵导师可能也是第一次遇见。”李洛摆了摆手，表示不值得奇怪。

“别忘了还有最厚的脸皮这一点。”姜青娥补充道。

“脸皮厚也是一种优势！青娥姐你就是太冷傲了，把架子摆太大，否则凭你的魅力以及潜力，未必不能在学府吸引到女性紫辉导师，让她们脱离学府，加入洛岚府。”李洛振振有词道。

姜青娥无奈地白了信口雌黄的李洛一眼，不再搭理他，转身朝洛岚府总部内走去。

李洛笑着跟了上去。

回到洛岚府后，两人一起吃了晚餐，李洛回到房，盘坐在床榻上，感知了一下体内的三座相宫，这段时间他大部分精力都放在修炼封侯术上，放缓了地煞能量的炼化，好在有从素心副院长那里得来的元煞丹，有它们的协助，他的第二座相宫在这二十多天时间里完成了强化。

现在他只剩下龙雷相宫还未强化，但强化了两座相宫想必也足够了。

虽然他突破到煞宫境才不到一个月，但强化了水光相宫、木土相宫让他的相力强横程度足以媲美顶尖的小煞宫境。

感受着体内雄浑相力的流动，李洛倍感满意，然后他的目光突然投向了手腕上的猩红镯子，里面封印着三尾天狼。

李洛眼中掠过思索之色。

接下来的府祭，大战在所难免，三尾天狼的力量是很重要的一环，虽说借助天祀咒，他能强行剥离它的力量，但李洛却生出了其他想法。

他想要忽悠……不是，他想跟三尾天狼聊聊兽生的理想。

第六百四十章

忽悠三尾

昏暗的空间里，一头巨狼匍匐，身后三条巨大的尾巴缓缓摆动，释放着滔天凶煞之气，此时巨狼的身躯以及四肢皆缠绕着铭刻着神秘光纹的锁链，它们将它死死束缚，令它动弹不得。

突然间，三尾天狼睁开了猩红的兽瞳，里面的杀戮与凶戾之气犹如化为实质一般直接席卷开来，引得四周空间都在微微震荡。

“吼！”

三尾天狼的巨嘴里发出低沉暴戾的嘶吼声。

猩红的兽瞳死死盯着前方黑暗处，那里有一道人影缓缓走了出来，最后停在它的前方。

又是这个狡诈的人类。当初他将它从深山里骗了出来，不仅让它莫名其妙与一头实力强大的异类断杀，最后还被直接封印了。

与这里暗无天日的空间相比，当初那座它时刻都想逃离的如囚牢的深山，反而更让它思念。

“轰！”

三尾天狼咆哮，庞大的身躯挣动起来，试图扑杀眼前这个渺小的人类，但此时周身锁链开始剧烈收缩，上面流动的恐怖力量令它发出痛苦的哀号声。

“三尾兄弟，不要激动！”

李洛见到三尾天狼这副几乎要把他吞了的模样，吓了一跳，连忙出声安抚。

然而三尾天狼却没有搭理他的意思，庞大身躯拉扯着符文锁链发出巨大声响，血红的兽瞳死死盯着李洛，令人不寒而栗。

“三尾兄弟，你想不想脱离封印，恢复自由？”李洛大喊道。

三尾天狼剧烈挣扎的身躯一僵，而后血红兽瞳凶狠地盯着李洛，它发出低吼声，一股意念散发，蕴含的意思让李洛清晰地感知到了。

意念里充斥着讥讽、暴怒与质疑。

李洛笑了笑，据说精兽唯有踏入封侯境才能口吐人言，现在三尾天狼尚未踏入那个境界，不好直接交流，但它显然灵智不低，能听懂他的话，这就好办了。

于是，李洛面露诚恳，首先道歉：“三尾兄弟，当日我将你引出深山确实不对，但我也是为了你好，你看，虽然你现在还是被封印着，却脱离了暗窟那种恶劣的环境，我想你应该清楚，如果在暗窟里待久了，必然会受到恶念之力污染，越是往后，污染就越重，直到最后被恶念冲破理智，成为一头没有自我的野兽。”

三尾天狼兽瞳里泛起冷笑：敢情我现在落到这个境地，还得感谢你？恶心卑劣的人类！

而后它不耐烦地低吼一声，吼声中充斥着让李洛滚蛋的意思。

李洛淡笑一声，道：“三尾兄弟如今正好处于冲击封侯境的关键时刻吧？你觉得冲击成功的概率大吗？”

三尾天狼冷冷扫了李洛一眼，似在说“关你屁事”。

李洛好整以暇地道：“我觉得，未来说不定我可以帮你冲击封侯境。”

三尾天狼此时不再做无谓的挣扎，而是继续趴伏，只是兽瞳里带着深深的嘲讽之意，一个区区地煞将阶的人类小子，竟然敢妄言帮它冲击封侯境，真是天大的笑话。

“三尾兄弟第一次看见我的时候，我是什么实力？”李洛问道。

三尾天狼血红的兽瞳人性化地虚眯了一下。上一次在暗窟遇见这个人类时，他似乎只是一个小小的相师境，那时候它吹一口气就能直接灭杀他。

现在……这小子竟然踏入地煞将阶了，这个修炼速度让三尾天狼稍微心惊了一下。

李洛望着安静了点的三尾天狼，再度淡笑道：“三尾兄弟，你被封印在我的镯子里，说不定还是你的一场大机缘。”

三尾天狼嗤笑，这个人类小子真的是脸皮太厚了。

李洛不在意它的嗤笑，反而问道：“你可知道，封印你的称王境强者为何会把你赠送给我吗？”

三尾天狼脑海里闪过那个给它带来巨大恐怖的身影，在那人面前，它甚至连憎恨的勇气都没有，因为它明白自己与对方之间有着何等巨大的鸿沟。

那是称王境强者！光是提起，就令它瑟瑟发抖。

而他与这个人类小子究竟有何关系？

李洛淡淡道：“那位称王境强者将你赠送于我，只不过是对我有所求而已。”

三尾天狼心里剧烈一震，眼神惊疑不定地盯着李洛。称王境强者是何等高高在上，是至强境界，那般存在怎么可能对当时只是小小相师境的李洛有所求？这小子当真是信口雌黄，没有一句话能信。

“你不信？”似是知晓三尾天狼在想什么，李洛笑了笑，然后心念一动，身躯之上升腾起相力。

先是水相之力，而后是木相之力，最后伴随着一道若有若无的龙吟声响起，龙相之力也涌现出来，三道相力泾渭分明地存在着，彰显着李洛的三道相性。

“三……三相？！”

三尾天狼兽瞳里明显闪过惊骇之色，李洛显露出来的三种相性力量，让它的内心受到了极大冲击，它很明白三相之力可是称王境强者的标志！

眼前这个不过煞宫境的人类小子，竟然在这个境界就具备了三相？！

这是何等惊世骇俗的妖孽！

李洛面带微笑，道：“你这下应该相信了吧？”

三尾天狼沉默了一会儿，意念传来，李洛模糊地感应到，它的意思是他的三相虽然罕见，但也不够格被称王境强者有所求。

三尾天狼倒是精明，三相的确代表着惊人的天赋，可与真正称王境强者的三相却是天差地别。

但也看得出来，三尾天狼的情绪不再如刚开始那样暴躁，对李洛也不再带着视如蝼蚁般的轻蔑。

李洛显露三相还是有用的。

三尾天狼低吼一声，不明白李洛来这里究竟是什么意思，想震慑它吗？如今它已被封印囚禁，最厌恶的就是眼前之人，所以在看见李洛的天赋后，反而更加烦闷。

感受到三尾天狼的不耐烦与敌意，李洛没有继续试探，微微沉吟了几秒，郑重道：“我来到这里跟你说这么多，只有一个目的，我想与你达成契誓，你奉我为主，期限为一年。”

虽说李洛可以借助天祀咒抽离三尾天狼的力量，但以强压兽，终归是下乘之道，如果三尾天狼能够真心实意地帮助他，他就能将这股力量发挥到极致。

“吼！”

三尾天狼听到李洛的话，却是怒极，猛地张开巨嘴，朝李洛发出了暴怒咆哮。

这个可恶的人类小子，竟敢让它认其为主？！你也配？！

面对暴怒咆哮的三尾天狼，李洛神色异常平静，继续说道：“如果你同意，一年之后我放你自由，同时在此期间，还会想办法助你突破到封侯境。”

随着李洛平静的声音在昏暗的空间内传开，三尾天狼暴怒的咆哮声一点点平息了下来。

第六百四十一章

劝说合作

昏暗的空间，三尾天狼的兽瞳死死盯着眼前的李洛，对方刚才说出的两个条件，听得性格暴躁的它一时间都安静了下来。

因为实在太有诱惑力了。

认主一年，这个人族小子不仅会还它自由，还会助它突破到封侯境？！

世界上竟然还有这种好事？

一年时间对于寿命悠长的精兽来说只是弹指间而已，在三尾天狼的认知里，这笔买卖划算得足以令兽流泪。

不说自由有多珍贵，光是助它突破到封侯境就让它怦然心动。

别看三尾天狼现在已处于天罡将阶顶峰，堪比人族顶尖的大天相境，而且严格来说，它已经具备了冲刺封侯境的资格，比寻常顶尖大天相境要更强数分。

但这个所谓的天罡将阶顶峰，已经困扰三尾天狼许多年了。

它止步于此，始终难以突破桎梏。

然而现在这个人族小子竟然说他能助它突破这层桎梏？

当真是大言不惭！

压抑的低吼声从三尾天狼锋利的獠牙间传出，但出奇的是，面对如此不可信的言语，三尾天狼却没有第一时间生出被羞辱的情绪，只是眼神质疑地盯着李洛。

李洛虽然实力不如三尾天狼，但刚才显露的三相还是让三尾天狼收起了一点轻蔑。

迎着三尾天狼充满怀疑的视线，李洛的神色颇为平静，道：“你觉得我办不到？”

三尾天狼獠牙间喷出一团腥气，完全不否认它对李洛的质疑。

“看来我有必要让你这头没见过世面的土狼开开眼界了。”李洛淡笑道。

听着李洛言语间带着的轻视，三尾天狼顿时愤怒了，一个小小的煞宫境人族小子，怎么敢如此小瞧它堂堂天罡将阶顶峰的大精兽？！若不是有封印，它现在一爪子下去，这小子瞬间就得变成一摊肉泥。

李洛不在意三尾天狼的愤怒，而是继续说道：“你这个精兽是完全不知晓我的背景，怪不得你，毕竟你长年被困在暗窟……我只能告诉你，我的背景就算是你见过的称王境强者都非常忌惮畏惧，他此前有求于我，也是因为此。”

他说话的时候脸不红心不跳，将脸皮之厚以及大心脏演绎得淋漓尽致。

三尾天狼心中震动，那位它连憎恨都不敢的称王境强者，竟然会忌惮这个小子的背景？

那到底是什么级别的背景？

“如今我远离故土，因为某些缘由各方面都受到了极大限制，所以才会与你商谈，说句不好听的，待我有朝一日回归故土，像你这样没有封侯的精兽，怕是连跟随我的资格都没有。”李洛眼神淡然，徐徐说道。

三尾天狼张开血盆大口，血红兽瞳盯着李洛，这小子究竟是满嘴谎言还是真有那么可怕的背景？

从理智来说，三尾天狼感觉这小子在吹牛皮，可三相的存在以及称王境强者把它封印赠送给对方的举动，却又让它莫名有些忐忑。

“你不必因此感到愤怒，因为有时候事实就是如此残酷。”李洛淡淡说了一声，然后突然伸出手掌，只见掌心有一滴精血缓缓升起，而后直接飘向了三尾天狼。

三尾天狼注视着这滴飘在眼前的精血，它敏锐地察觉到，在这滴不起眼的精血里，似乎蕴含着某种让它极端恐惧的气息，程度比面对那位称王境强者时更甚！

三尾天狼心头一颤，同时又生出对这滴精血的无边渴望，它猩红的舌头舔了舔嘴角，又看了一眼李洛，在见到对方没有制止它的举动后，舌头一卷，便把这滴精血吞了下去。

“轰！”

精血入肚，三尾天狼庞大的身躯顿时剧烈颤动起来，这一刻，它感觉到一股恐怖的威压从体内散发出来，脑海之中龙吟声响彻，一股神秘而浩瀚的威压犹如穿透时空般降临。

那股威压其实并不强烈，若是换作人族，恐怕感觉不会明显，可三尾天狼却对此敏感到了极致，于它而言，那股威压仿佛一种天生的血脉碾压，是一种上位者对下位者的绝对压制！

于是，三尾天狼当场就跪了。

它血红兽瞳带着人性化的惊骇，呆呆地望着眼前的李洛。这一刻，它相信了李洛刚才所说的话。

能够拥有如此骇人威压的血脉，这个不起眼的人族小子必定有着极可怕的背景，会让一名称王境强者忌惮不是不可能的事情。

如果这小子有这种恐怖的背景，未来依靠他，说不定真的能够突破桎梏，踏入封侯境。

三尾天狼身上散发的凶煞之气不自觉地减弱许多，它心思转动，而后向李洛传出一道意念。

“我怎么相信你？”

这个人族小子看上去异常奸诈，万一一年之后不放它自由，也不履行承诺，它岂不是要鸡飞蛋打？

李洛脸上浮现出灿烂的笑容，他知道，凶狠至极的三尾天狼在这一刻心动了。

这也正常，在重获自由以及突破封侯境的双重蜜糖下，李洛相信，没有任何人或者兽能挡得住这种诱惑。

“我可以以血脉立誓，虽然我不知道这样有没有用，但我觉得，你可能没有太多选择。”李洛举起手掌，面色和煦地说道。

三尾天狼盯着李洛看了半晌，最后沉默下来，正如李洛所说，它没有太多选择，如果不同意，它或许会在这个暗无天日的封印里永远待下去。

一名称王境强者布置的封印不是一个尚未封侯的精兽能打破的，既然已是绝境，还不如搏一把。

如果人族小子真有那般背景，暂时投靠也未尝不可。

这般想着，它继续趴伏下来，这个举动无疑是默认了李洛的条件。

李洛见到这一幕，内心的欢喜如潮水般涌动，三尾天狼的服软来得比他想象的更容易，看来三相以及所谓的背景给它带来了极大的冲击。

三尾天狼乃封侯之下最顶尖的战力，甚至还有冲击封侯的资格与潜力，虽说借助天祀咒，他能借用三尾天狼的力量，但任何手段都比不上三尾天狼自愿帮忙。

如果不是担心三尾天狼的实力比他强太多，现在还无法掌控，他甚至都想直接放它出去，这样就多了一个顶尖的战力伙伴。

“小三，以后咱们就是战友了。”

李洛热情地走上前，拍了拍三尾天狼锋利的爪子，笑眯眯道：“你要不要先叫一声老大听听？跟着我走，吃香的喝辣的还少得了你？只要你对我忠心，封侯算什么？未来说不定你就是传说中的天狼王！”

对李洛的自吹自擂，三尾天狼却懒得搭理，血瞳淡漠地扫了他一眼，然后又缓缓闭上。

想要它真心认主，等你小子比我强了再说吧。

现在嘛，只不过是为了自由以及未来的好处与你虚与委蛇罢了，愚蠢的小子。

第六百四十二章

府祭前夕

距离府祭越来越近，转眼间已至前夕。

这段时间洛岚府总部的防卫愈发森严，依旧效忠于李洛与姜青娥的几位阁主全部如期抵达大夏城，同时带来了麾下的精锐力量。

洛岚府大管家蔡薇也拨出了大量资金，于大夏各处雇佣了一些实力强横的外援，他们大多是地煞将阶，唯有屈指可数的几人达到了天罡将阶，但就止于天珠境了，毕竟天相境强者在大夏都是有头有脸的，他们知道现在的洛岚府是个多么可怕的旋涡，即便给出的条件再好，也不敢掺和进来。

不管如何，现在洛岚府总部汇聚的力量可以说是自两位府主离开后最强的了。

洛岚府议事厅。

李洛与姜青娥居于首位，厅堂内人声沸腾，平常散布于大夏各处的洛岚府高层齐聚一堂，依着秩序陆续朝两人行礼请安，同时汇报着分部这一年来的情况。

李洛笑容和煦，态度令人如沐春风，姜青娥则平静如幽潭，情绪不显。她的性格清冷，在场所有人都清楚，所以也不在意，反而愈发敬畏。

不只是对姜青娥，洛岚府的高层们如今在面对笑容满面的李洛时，都变得恭敬了几分。

与一年前他们前往南风城老宅时相比，心态已是截然不同了。

那时候他们虽然表面上对李洛这位少府主保持着恭敬，但那只是因为他的身份以及姜青娥。不管怎么说，身为空相的李洛，很难让他们生出敬畏之心，即便他是两位府主的血脉。

可短短一年时间，李洛身上却发生了翻天覆地的变化。

他不仅摆脱空相，拥有了双相，而且还进入圣玄星学府，成了其中的佼佼者。听闻此次圣杯战李洛还取得了东域神州最强一星院学员的称号，这个名号分量着实不轻，足以说明他的实力以及潜力。

特别是昨天，他们知晓这位少府主已是煞宫境的实力。

短短一年，从空相变成煞宫境，如此惊人的修炼速度让人惊骇，似乎比当年的姜青娥还要迅猛，少府主的双相当真如此可怕吗？

对于李洛的变化，洛岚府的高层们心惊之余又为之欣喜，毕竟李洛才是名正言顺的少府主，他显露出如此潜力，说明只要洛岚府扛过此次府祭，未来必定会一飞冲天，说不定还能再现当年两位府主时的辉煌。

虽说明日就是府祭了，但李洛的天赋与潜力让原本有些忐忑的洛岚府高层们稍微心安了一点，这位少府主不愧是两位府主的血脉。

高层们的心态变化，李洛感觉得到，这也是他想达到的目的。府祭就在明日，稳定人心最重要，所以他才会完全展现出实力，如果不是想着留一手，他甚至连三相都想露出来给他们看看。

虽说三相不代表他有多么可怕的实力，但终归是一种罕见的天赋，他可以借此鼓舞其他人，只要好好跟着他，未来终有翻身的时候。

李洛与姜青娥一上午都在接待前来拜会的人，待临近午饭时方才结束。

随着客厅人影渐渐散去，李洛有点疲惫地伸了一个懒腰，然后他看见姜青娥如白瓷般精致的脸颊上浮现出了一抹笑意，看上去似乎有些高兴。

“笑什么？”他问道。

“现在在他们心里，你是真正的洛岚府少府主了，这是你这一年努力取得的成果，我在为你高兴。”姜青娥说道。

李洛笑了笑，道：“还是等熬过明天再高兴吧。”

姜青娥微微颔首，起身道：“走吧，去彪叔那里一趟，明天的府祭还得与他好好商量一下。”

李洛点点头，作为如今府内唯一能与封侯强者抗衡的存在，彪叔是极重要的一环。

两人出了议事厅，往后院而去，来到了彪叔所在的后厨。

刚进院子，就见到彪叔正在磨着他那把有着暗红痕迹的杀猪刀，刀身在阳光的照耀下闪着莫名的寒光，令人心悸。

察觉到两人到来，牛彪彪停下动作，举起杀猪刀，迎着光线，感叹道：“没想到这么多年后，我这把刀总算要重见天日了。”

“终于可以看见彪叔显露实力了，还挺期待的。”李洛笑眯眯说道。

牛彪彪摇摇头，有些落寞地道：“不行了，不及当年。”

姜青娥很直接地问道：“彪叔，您能透露一下，如今您的实力究竟是什么层次吗？能够应对几品侯？”

李洛闻言，同样目光灼灼地盯着牛彪彪，府祭时必然会有大夏的封侯强者出手，为了稳住人心，他们也必须派出封侯强者，否则士气可能在那一瞬间崩溃。

牛彪彪摸了摸下巴，笑道：“封侯有九品，在大夏你们见过的封侯强者大多处于一品、二品，我虽然很少与他们交手，但根据你爹娘以前跟我说的情报，大夏的封侯强者实力都比较一般，不过正常，这里是外神州，跟内神州没法比。”

“但也不能因此完全视他们为无物，金龙宝行的鱼会长、圣玄星学府的素心副院长、极炎府那个玩火的，还有王庭那位摄政王，按照你爹娘所说，应该是大夏最强的封侯强者，他们已经跨入四品侯，特别是摄政王，是一个藏得很深很有野心的人物。

“封侯九品，一品一重天，每一品之间都有巨大的差距，封侯台下就如王朝官场一般，一级压死人。”

说了一通，牛彪彪握着手里的杀猪刀，道：“如果是在洛岚府总部，就算是我刚才说的四个人，他们在我这把刀下应该也讨不到什么好处。”

“彪叔厉害啊！”李洛大喜，连忙赞道。

此时他才知晓，原来鱼会长、素心副院长都是四品侯，极炎府玩火的那位应该就是极炎府府主祝青火，他比另外三个府主强倒是让人意外。

“我记得爹娘当初离开时也是四品侯吧？”李洛想了想，问道。

牛彪彪笑着点点头。

“感觉也就那样啊，他们创造的大夏最年轻封侯者的纪录，我想可能再等几年，就要被我和青娥姐打破了。”李洛自信满满地说道。

姜青娥无奈道：“相师修炼在天相境之前能够借助自身天赋高歌猛进，可天相境是一个巨大的坎，很多此前修炼顺风顺水的天才在这里都被阻挡了许久。”

“天相境后更是需要积累与机缘，你不要以为自己一年从相师境突破到了煞宫境，就觉得往后也能如此。”

牛彪彪笑起来，道：“常理是如此，但少府主定然不缺天赋与机缘，往后打破他们两人的纪录不是不可能的事。不过……”

话到此处，他的声音顿了顿，脸上的神色似笑非笑。

“有个问题是……你真觉得，你爹娘他们是来到大夏后才突破到封侯境的吗？”

第六百四十三章

低调爹娘

当牛彪彪说出这句话的时候，不仅李洛愣了，就连姜青娥都怔神了瞬息，两人目光直直地盯着牛彪彪，他话里蕴含的信息实在令人震撼。

“彪叔，你这话什么意思？”李洛错愕地问道。

牛彪彪笑眯眯道：“我说的还不够明白吗？谁告诉你李太玄、澹台岚两人是来到大夏后才突破到封侯境的？”

李洛呐呐道：“大夏所有人都这么说啊！”

牛彪彪道：“他们说的就一定对吗？”

李洛与姜青娥面面相觑，沉默了一会儿后，姜青娥思索着开口道：“彪叔您的意思是……师父师娘在来到大夏前就已经是封侯境了？那为何大夏还流传着他们冲击封侯的事？他们是故意隐瞒编造的吗？”

牛彪彪笑道：“也不算故意隐瞒编造，他们说的也没错，李太玄、澹台岚的确是在大夏达到了封侯境，但……那不是突破，准确地说，是恢复。”

“他们在大夏恢复到了封侯境。”

李洛与姜青娥都看见了对方脸上的震惊，在大夏恢复到封侯境与突破到封侯境虽然只有两个字的区别，但他们都很清楚其中的差距以及代表的含义。

就是说，李太玄、澹台岚创造的封侯纪录恐怕还得再提前几年。

这是何等惊人的天赋啊！

大夏所有人都低估了李洛的老爹老娘！

姜青娥与李洛原本以为他们已经惊才绝艳，但现在来看，李太玄与澹台岚比他们想象的更可怕。

"彪叔，您说师父师娘是在大夏恢复到了封侯境……那他们为何会跌落境界？"姜青娥更心细，发现了一个很重要的问题。

李洛的眼神为之一凝。

老爹老娘从内神州而来，而且老爹还是所谓的李天王一脉，必然属于某个极强的势力，可为何他们会来到东域神州这个偏隅之地呢？

当年在他们身上，究竟发生了什么？

牛彪彪闻言沉默了一下，然后道："当年他们的确是发生了一些事才会离开内神州，具体的内容等府祭后，时机到了再跟你们说吧，眼下当务之急还是挺过明天。"

李洛、姜青娥对此表示认同，明日的府祭会决定他们的未来。

"其实裴昊不足为惧，现在最重要的还是要看会有哪些封侯强者对我们洛岚府出手。"李洛缓缓说道。

姜青娥微微颔首，道："从现在的情报来看，大夏五大府里，极炎府、都泽府、兰陵府都对我们表露出了敌意，唯有金雀府尚有几分善意，但他们明日未必敢支援我们。"

"李洛从长公主那里得到了承诺，她会派出一位封侯强者，这是一个潜在的强援。

"除此之外，我们似乎没什么盟友了。"

牛彪彪继续磨刀，道："大夏觊觎我们洛岚府的未必只有这些大府，裴昊背后的黑手也未必就是他们。"

李洛眼神微凝，道："彪叔的意思是？"

"你们不是怀疑当初李太玄、澹台岚抽到生死签是被人做了手脚吗？如果真是如此，五大府恐怕没有这个能耐影响到生死签。"牛彪彪淡淡道。

李洛心头一沉，生死签由圣玄星学府、王庭、金龙宝行主持，难道三方都有参与吗？

难道说，洛岚府对大夏最顶尖的三大势力也要防备吗？

那真的很麻烦。

"我倒不是说这三方势力真的对洛岚府有敌意，但他们过于庞大，内部派系驳杂，有人生出异心也是情理之中，虽然我们不能把他们视为敌人，但也得谨慎一点。"牛彪彪说道。

李洛、姜青娥点头。

“我估摸着，明日府祭会对洛岚府出手的封侯强者怕是不少，少府主你们要做好心理准备。”牛彪彪道。

李洛心头沉重，此次府祭果真是一场大劫。

“不过，洛岚府有奇阵保护，虽说处于衰弱期，但在这段时间，觊觎的封侯强者未必就敢闯进来。

“我想，他们的计划应该是想推裴昊争夺府主之位，因为府主一旦易位，就会影响守护奇阵，裴昊如果成功，他只需心念一动，就能散去奇阵，而我们洛岚府就会彻底暴露在群狼之中。

“但如果裴昊争夺府主之位失败，奇阵依然能保持削弱封侯强者之力，那些人真敢闯进来的话，就算人数不少，我这把杀猪刀也会让他们吃足苦头。”

牛彪彪冲李洛露出笑容，道：“所以少府主不用太担心，府祭的府主之争才是重头戏，你与青娥如果能挫败他，我们就会顺利许多。”

“当然，也不要太小瞧裴昊，此人虽是白眼狼，但背后黑手必定做了大量准备。”

听着牛彪彪的安抚，李洛沉重的心情稍缓，他用力地点点头，道：“彪叔放心，我会做好我该做的事情，裴昊那只白眼狼，我有把握对付他。”

虽说明知道李洛现在只是煞宫境，而裴昊早就是极煞境的实力，比李洛高了好几个等级，但牛彪彪与姜青娥都没有质疑，或许在他们心里，李洛从来都不是裴昊那般人能比的。

姜青娥绝美的容颜上浮现出一抹浅笑，道：“裴昊交给你，我想看见你在洛岚府所有人面前，真正地击败他。”

李洛笑道：“如果到时候出了什么问题，青娥姐，你不要在乎我的颜面，相比于此，我更想看见你果断出手，直接废了那白眼狼，咱俩是有婚约的，谁成为府主都一样。”

姜青娥眸子里泛起一抹笑意，而后轻轻颔首。

“放心。”

夜色笼罩大夏城，喧嚣整日的都城终于在凉爽的夜风中渐渐归于平静。

王宫。

一座高楼处，长公主望着依旧灯火辉煌的城市，许久后，凤目转向城西，洛岚府就坐落在那里。

“明日就是府祭了呢。”她轻声自语。

这两个月，大夏城的气氛一日日紧绷，因为接下来这段时间会迎来诸多重大的事情。

洛岚府府祭就是其一。

明日必定会牵扯各方顶尖势力的神经，这座都城也会变得不平静。

“李洛、青娥，我能做的有限，能否挺过来还得看你们自己了。”

金龙宝行。

审阅完今日诸多文书的鱼红溪伸了一个懒腰，展露着挺拔傲人的曲线，而后她起身，来到窗前，万家灯火倒映进眼里，她沉默了片刻，最后唤来一名侍女。

“吩咐下去，明日金龙宝行歇业一日，召开月会，宝行所有长老都必须按时到场，不可缺席！”

圣玄星学府，一座小楼庭院中。

郗婵导师温着热茶，她看了一眼桌上，那里有个信封，上面写着一个清雅的“辞”字。

第六百四十四章

府祭到来

“咚！咚咚！”

当暖洋洋的日光倾洒在大夏城时，洛岚府的总部则传出了激昂的鼓声，只见大门外张灯结彩，舞狮擂鼓，气氛异常欢乐。

李洛与姜青娥立于大门外，注视着沸腾的一幕。

不断有宾客携礼而至，他们来自各方势力，但基本都是下属，各个首领则一个没来，不是不想，而是因为洛岚府总部有奇阵，封侯强者谁也不想体验被压制的感觉。

这些宾客里应该不乏窥探与心怀恶意的人。

但李洛与姜青娥没有去查验与阻拦，因为这些喽啰没有能力改变今日这场大博弈的走向。

“洛岚府这么多年的府祭恐怕就数这次最惊心动魄了。”李洛冲姜青娥露出无奈的笑容。府祭本是洛岚府每年最热闹与喜庆的时刻，平常分散在外的洛岚府高层都会率众赶至总部，汇报一年的进展与收获，两位府主也会给予奖赏，本是洛岚府所有人每年最期待的一天。

可今年的府祭显然与往年都不同。

姜青娥微微颔首，道：“未来洛岚府一定会恢复曾经的辉煌，现在这些磨难只会令它以后更加强大。”

“这碗鸡汤不错，我干了。”

李洛玩笑了一声，然后抬起头，环视洛岚府周边高耸的楼阁，此时那些地方恐怕有很多目光都在看向洛岚府，今日这里是整个大夏城的焦点。

“我倒想看看，今天洛岚府这个香饽饽究竟能引出多少头饿狼？”李洛眼里闪烁着寒光。

这时，袁青、雷彰等忠于总部的洛岚府高层率众而至，在大门外朝着李洛、姜青娥躬身行礼。

“拜见少府主、小姐！”

李洛与姜青娥面带笑意，挥手示意，后面的大管家蔡薇吩咐侍女端上一杯杯热酒，赐给众人，这是两位府主以往的规矩。

众人接过热酒，再次行礼。

此时李洛与姜青娥突然抬起头，视线投向前方，只见围观的人群被分开，一群身影如潮水般涌来，气势汹涌，正朝着总部大门逼近。

“少府主，赏功酒不给我等分一杯吗？”在一队人马前面，裴昊的身影最明显，他面带笑意，直视李洛与姜青娥，开口说道。

袁青见状，面色一寒，手掌一挥，携众人迎了上去，一道道相力随之升腾，原本喜庆的气氛顿时变得剑拔弩张。

裴昊身后的人立即握紧了兵器，相力涌动。

“袁青，你想坏了两位府主立下的规矩？还是想洛岚府直接在大门外就分裂？”裴昊身旁，一名头发花白的男子眉头一皱，对着袁青淡淡道。

“徐天陵，你还有脸提两位府主？”袁青讥讽道。

同为三大供奉的墨辰淡笑一声，看向李洛、姜青娥：“少府主，难道你打算在府祭的时候，把我们这些洛岚府老人全部挡在外面吗？”

李洛眼神漠然地盯着裴昊、徐天陵、墨辰等人，然后视线又扫过他们身后那些有些面熟的人，这些曾经都是洛岚府的老人，在自己年幼时，他们还给他送过礼物。

“诸位都是洛岚府的老人了，也曾为洛岚府立下过汗马功劳。”

李洛微微沉默，而后认真地看着众人，道：“看在以往功劳的分上，我在这里想问你们最后一次，此次府祭你们真的打算跟着裴昊一路走到底吗？”

裴昊身后的阁主等高层，面色有点不太自然。

裴昊见状微微一笑，道：“少府主，都这个时候了，何必还说这些天真的话？你觉得我们还有回头路可走吗？”

他身后的众人皆默然。

李洛则摇了摇头，不再多言。

“少府主，如果你真的不愿今日洛岚府起争端，当日春湖楼我说的提议依旧有效。”裴昊说道。

他的提议自然就是他与李洛共担府主之事。

“白眼狼，都这个时候了，何必还说这些天真的话？”李洛笑了笑，把裴昊的话原封送回。

裴昊嘴角微微抽了抽，但脸上依旧保持着笑容，只是面色变得阴冷起来。

“袁供奉，让他们都进来吧，虽然来者非客，但一切还需按规矩来。”李洛最终挥了挥手，如果不让裴昊进入总部参加府祭，反而会引出更多麻烦，他背后的黑手绝对不会坐视这种事情发生，到时候局面只会更糟。

李洛说完，便与姜青娥径直走回总部内。

袁青闻言，只能冲着裴昊冷哼一声，然后挥手遣退护卫。

裴昊视袁青冰冷的目光于无物，他凝视总部大门片刻，然后一挥手，带着众人拥入总部之内。

当双方尽数进入总部后，连绵不断的擂鼓声再度响起，只不过这次似是多了一丝杀伐之气。

总部内的一座广场。

各方入座，李洛与姜青娥坐于正首，他们右侧的一排席位是袁青、雷彰、蔡薇等人，左侧位置便是裴昊、徐天陵、墨辰等人。

此时场内正进行着一系列活跃气氛的活动，这些也是往年的流程。

只不过今年却没有一个人为这些活动喝彩，看似热闹的气氛下，涌动的暗流使气氛格外压抑，所有人的眼中都流淌着冷意，因为他们清楚，再热闹喜庆的气氛，都掩盖不了今日会爆发的那场分裂之战。

今日注定是洛岚府的劫难之日。

总部之外，某座临湖楼阁之上。

一名身材略显高壮的青袍中年人盘坐，面前的桌子上，小火温着热酒，他面带笑意地望着热闹的洛岚府总部，自斟了一杯，轻笑道：“李太玄，这一杯就当是为你创立的洛岚府送行了。”

他的衣袍上有着火焰纹路，是极炎府的府徽。

这个青袍人正是极炎府的府主，祝青火。

一杯热酒洒地，祝青火又看向了洛岚府总部，他的眼里似有火焰缓缓燃烧起来。

“洛岚府藏着的那位封侯强者，这一次能和你真正交手了。”

第六百四十五章

各方动手

此次府祭的庆祝活动显得特别煎熬，无疑是因为压抑沉闷的气氛，所有人泾渭分明地分隔着，他们都明白当最重要的时刻来临时，僵持难熬的气氛就会被撕裂，数年的隐忍都将直接爆发。

所以，没人再有心情欣赏这些表演了。

时间在这般煎熬之中逐渐流逝，灼热的日头渐渐西落。

此时，府祭活动已经进行到第二项了，即阁主之间的切磋比试，往年这是很热闹的场景，在比试切磋中获胜的人还会得到两位府主的赏赐。

而且这种比试都是点到即止，起到烘托气氛的作用。

但今年有些不一样。

因为上场的阁主基本处于对立，他们已经不再是曾经的战友，而是变成了立场不同的死敌。

所以，今年的阁主比试多了一分血腥气息。

“咚！咚！”

急促的鼓声不断地在洛岚府总部回荡着。

青石铺就的广场内，一道道雄浑相力不断爆发，两道人影交锋，出手间皆弥漫着杀伐凶狠之气，不加丝毫掩饰。

往年这种时候，一般会迎来响亮的喝彩声，可这一次广场四周寂静无声，所有人都只是静静看着，手掌时刻紧握着兵器。

因为随着阁主间的比试渐渐落幕，府祭就到了最重要的环节——点香仪式。

唯有府主才能主持这个仪式。

现在洛岚府的府主空缺，谁去点这个香，自然必须经过一系列流程，唯有确定了身份后，才能在洛岚府所有人的注视下去进行这个仪式。

李洛、裴昊都在等待这个环节。

压抑的气氛里，李洛神色平静，不急不躁，静静等待。

最终，夕阳斜落，整个天地都变得昏暗起来。

李洛，在众多目光的注视下，站了起来。

“少府主莫急，点香仪式还是得说道说道。”就在同一时刻，徐天陵淡淡一笑，开口了。

“虽说少府主是两位府主的血脉，有继承府主之位的资格，但当年府主留下过规定，只要身份获得府内众人认可，且取得两位供奉支持的人，都有竞争府主的资格。

“裴昊是洛岚府的老人了，他这些年为洛岚府立下的汗马功劳，我想在座的人都心里清楚，再加上他还是两位府主的记名弟子，从各方面来说，他是有资格的。”

“我与墨辰身为府内供奉，为洛岚府的前途着想，我们打算推举裴昊。所以，少府主，这个点香仪式，还请你稍微缓一缓。”徐天陵缓缓说道。

墨辰点点头，道：“还请少府主按照两位府主立下的规矩，与裴昊比斗一场，胜者方可获得府主之位。”

李洛这边的袁青、雷彰等人纷纷怒目而视，这群狗东西，终于图穷匕见了。

裴昊此时站起身，他目光投向李洛，笑道：“与少府主比斗，的确有点欺负人，如果少府主愿意把竞争资格交给姜师妹，我也可以接受。”

李洛讶异地看了裴昊一眼，这家伙竟然不惧现在的姜青娥吗？还敢主动出言挑衅？

看来裴昊是有备而来的。

“不要从你嘴里喊出姜师妹三个字，你跟我不一样，你这个记名弟子是当初跪地三日，苦苦哀求，才逼得师父师娘不得不退一步，勉强收了你，给了你一个身份。”姜青娥眼神淡然地注视着裴昊，言语犹如刀锋，切割在对方心头。

裴昊脸上的笑容一点点收敛，他眼神阴冷地道：“你们凭什么看不起我？！”

李洛摆了摆手，认真道：“没有看不起你，你太抬举自己了，我们根本就没看你。”

在场的众人眼神古怪，两个人一唱一和，打算直接气死裴昊好结束这场闹剧？

"裴昊，冷静一点，口舌之争改变不了什么。"徐天陵此时开口。

裴昊深吸一口气，眼神彻底变得森冷，他没有再多说什么，身影一动，直接出现在青石广场里，目光投向李洛。

"少府主，请吧。

"既然你想守住师父师娘留下的基业，就得拿出你的本事来，不然今日……就不要怪师兄我横刀夺爱了。

"毕竟……"

裴昊眼里浮现出冰冷的笑意。

"我也是为了洛岚府好呀。"

王宫。

长公主仰起娇艳的脸蛋，望着天上的弯月，估算了一下时间，微微沉默，最终轻轻挥了挥手。

只见她身后的虚空波荡了一下，一道穿着大红衣的人影现出身，那是一名面容慈善的老者，只是气质有些阴柔，他对着长公主微微弯身。

"殿下。"红衣老者笑道。

"秦总管，这次就要麻烦你走一趟了，记住，不要进入洛岚府，只需在洛岚府外拦住想入府的封侯强者就行了。"长公主吩咐道。

这个时候，所有试图进入洛岚府总部的封侯强者必然都是对他们心存觊觎的人，可以想象，今夜洛岚府之外的巷道里，会有多少鲜血倾洒。

被称为秦总管的红衣老人笑着点点头，而后他的身影便如同烟雾一般凭空消散。

感受着那股气息消失，长公主单手负于身后，另外一只纤细玉手轻轻拍了拍面前冰冷坚硬的石墩。

今夜的大夏城，无人能眠。

王宫外城。

宽敞的廊道中，似有烟雾般的光影掠过，缥缈无形。

就在此时，此处竟有冰霜弥漫开来，紧接着温度骤降，将一切都冰冻了起来。

空旷的廊道里，一名红衣老者的身影在弥漫的寒气中凭空浮现。

正是长公主派出的秦总管。

此时他慈眉善目的脸上，眉头微微皱起，他盯着前方，缓缓道："好霸道的寒冰相力，钟总督这些年实力又有所精进啊。"

在他的注视下，前方弥漫的寒气开始凝聚，最后化为一道略显瘦削的中年人影。

中年男子一身蓝袍，头发于脑后束成辫子，常年居于高位，面庞不怒自威。

此人名为钟颉，乃大夏内少有的三郡总督，手握实权，是大夏顶尖的人物，前些时候姜青娥在学府里挑战的钟太丘，就是他的儿子。

"长夜漫漫，不知道秦总管突然离开王宫想要去哪儿？"这位掌控三郡的总督面露笑容，客气地问道。

"奉命办点事而已，不知道钟总督在这里拦住老夫是什么意思？"秦总管笑道。

钟总督叹了一口气，道："奉命而为罢了。"

秦总管眼神微凝，慢慢道："洛岚府的事，摄政王也打算插手吗？"

钟总督在大夏已是权势滔天之人，平日里连皇上的命令都不太听从，而唯一能让他甘愿奉命的，就是一手将他提拔起来的摄政王。

钟总督笑了笑，没有回答，只是说道："我不想与秦总管交手，所以能不能请秦总管就待在这里等着今夜的事情结束？"

秦总管幽幽道："那就只能见识一下钟总督的魔鲸相与冰相究竟有多霸道了。"

声音落下的时候，一股滔天相力自秦总管体内升腾而起，他脚下的地面开始震动，身后的虚空仿佛出现了连绵的大地，无数黑色的草如巨蟒般张牙舞爪地伸了出来。

钟总督无奈地一笑。

"也罢，我也想试试秦总管的土相与万齿灵草相。"

随着声落，他身后虚空映照出了寒冰世界，冰层之下有一道庞然大物游动，发出了低沉的鲸吟。

王宫之外，两名封侯强者已率先动手。

第六百四十六章

意外交锋

金雀府。

院子里有戏子唱戏，身为府主的司擎正坐在椅子上津津有味地听着。

后面有急促的脚步声传来。

“爹，洛岚府府祭已开始，恐怕其他府就要对他们动手了，咱们不出手帮忙吗？”来人是司天命与司秋颖，此时兄妹二人的脸上都十分焦急。

“是啊，爹，一旦极炎府、都泽府打垮了洛岚府，恐怕他们下一个就要对付我们金雀府了！”司秋颖急急说道。

听戏被打断，司擎有些不悦，他听着兄妹二人的话，道：“各府之间关系复杂，可不是简简单单就能说清楚的，我们金雀府虽然与洛岚府关系尚可，但真的能到为他们出手与其他府正面相斗的程度吗？”

他看向司天命，道：“你追求姜青娥多年，毫无进展，别人显然看不上你。”

“如果你真把她追求到手，姜青娥成了我金雀府的人，难道我还会不帮她吗？”

司天命无奈道：“青娥有神女之姿，我的确配不上她。”

“幼稚。”

司擎摇了摇头，他抬起目光，望向大夏城另外的方向，深邃的眼神令人不知道他在想什么，最终他摆了摆手，道：“你们先退下吧，如何抉择我自有打算，这些事不是你们能掺和的，今天你们也不要离开金雀府。”

听到此话，司天命与司秋颖只能应下，然后忧心忡忡地离去。

望着两人离去的身影，一旁的树枝阴影落在司擎的脸上，他的眼神微微闪烁。

“李太玄……”

都泽府。

都泽阎站在一座楼阁上，目光注视着灯火通明的大夏城。

“爹，洛岚府这次总算倒大霉了，我们什么时候出手？我想看看，等洛岚府被灭后，李洛那小子在学府还能不能那么张狂！”都泽北轩有些兴奋地说道。

一旁的都泽红莲紧抿红唇，眼神有些复杂，欲言又止。

都泽阎双手负于身后，神情看不出喜怒。

都泽北轩还在继续说着：“爹，洛岚府跟我们都泽府是死对头，这次机会可千万不能放过，等我们吃下了洛岚府，实力与声望必然会再上一个台阶！”

“爹为了今天，应该等待很久了吧。”

都泽阎看向都泽红莲，道：“红莲，你怎么看？”

都泽红莲犹豫了一下，最终摇了摇头，道：“我不知道。”

都泽北轩不满地看了都泽红莲一眼，道：“姐，姜青娥压了你这么多年，现在就是打压她气焰的最好机会啊。”

“闭嘴。”都泽红莲不耐烦地呵斥道。

都泽阎挥挥手，道：“今夜你们都不要离开都泽府，全府戒严，其他的交由我来办，有些事情这么多年也该有个结果了。”

话音落下，他一步踏出，身影已消失不见。

都泽北轩见状，兴奋道：“爹果然要出手了，洛岚府一个封侯强者都没有，我看李洛这次怎么逃！”

都泽红莲没有说话，转身走了。

距离洛岚府总部不远的一条街道。

今晚洛岚府总部所在的这片区域已提前戒严，所有店铺关门，街道空空荡荡，一个人影都没有。

司擎的身影出现在了这条街上。

他慢步而行，突然脚步一顿，目光望着前方右侧一家店铺的石梯，一道人影坐在那里，提着一个酒壶。

司擎眼里闪过意外，然后走了过去，笑道：“都泽府主，真是好巧啊。”

这个人竟然是都泽府府主都泽阎。

司擎来到石梯旁坐下，目光锁定着都泽阎。

都泽阎取出一个酒碗，给司擎斟满，说道："司擎府主出现在这里，让人有些意外啊，你们金雀府与洛岚府不是关系最好吗？这个时候你难道想去洛岚府总部？"

司擎微微一笑，道："各府之间，能单纯地说关系好与不好吗？"

都泽阎端着酒碗喝了一大口，扫了司擎一眼，道："看来司擎府主也对洛岚府有兴趣，我想这一定会出乎洛岚府那两个小家伙的意外，他们或许一直觉得金雀府是洛岚府的朋友。"

"这些年金雀府走的是接近洛岚府的路子，现在司擎府主是觉得这条路没什么意思了，干脆换条路？"

司擎笑道："都泽府主莫要取笑我了，说起来，我们的目的相同。这也怪不得谁，要怪就怪李太玄留下的东西太令人心动了，试问哪个封侯境强者不会对能参悟称王境的至宝心生贪婪之意？"

"都泽府主，既然在这里遇见了，不如一起？"

都泽阎把酒一饮而尽，点了点头。

司擎笑起来，但他的笑声刚起，空气中就有雷鸣声响起，紧接着这片区域的温度骤然升高，只见一只缠绕着火与雷的铁拳直接轰碎虚空，以一种霸道无比的姿态朝着他轰了过来。

司擎体内金光席卷，在身后化为一道金雀光影，羽翼竖斩，挟着无法形容的锋锐之气与火雷铁拳轰然相撞。

"轰！"

异常恐怖的相力冲击波横扫，不知为何却没有震碎街道与房屋，只有虚空不断扭曲，显露着对碰的力量是何等恐怖。

金光之后，司擎脸上的笑容一点点收敛，道："都泽府主，为何对我出手？"

都泽阎面庞冷漠，一言不发。

"你难道想独吞洛岚府之宝不成？"司擎的声音渐渐冰冷。

都泽阎漠然道："如果我说，我的目的是不准你对洛岚府出手，你会不会信？"

司擎怔了怔，旋即讥讽地看着都泽阎："都泽府主，你莫不是疯了？你们都泽府与洛岚府可是死对头啊！你现在跟我说想保洛岚府，难道都泽府这些年跟洛岚府斗来斗去是在演戏吗？”

都泽阎面无表情，道：“不是演戏，是本来就在斗。”

“那你在发什么疯？”司擎感觉对方不可理喻，平日里自己跟洛岚府斗得不可开交，现在我要对洛岚府动手，你又来拦我？！

“没疯。”

都泽阎的面目阴鸷，他冷冷地盯着司擎，道：“只是当初答应过李太玄而已。”

司擎眼中怒意涌动，道：“你还跟李太玄有约定？当年你不是最痛恨他吗？他没事就跑去打你一顿，整个大夏有比你挨打挨得更多的封侯强者吗？！现在难道是想告诉我，你被李太玄打出感情了？”

司擎贵为一府之主，眼下爆了粗口，可见都泽阎说的话在他听来有多么不可思议。

“你废话还真多，你知道这个约定最开始是什么吗？就是我说，只要他李太玄能打败我二十次，我就答应他一个条件。”都泽阎冷声说道。

司擎无话可说了，敢情当年都泽阎被李太玄打败了那么多次，竟然是这家伙自己许下的约定？！

“都泽阎，你真以为在这里拦住了我，洛岚府就保得住吗？此次背后推动者是谁你比我更清楚。”司擎说道。

都泽阎一步踏出，身后虚空崩塌，似有火与雷的世界在成形，其中一座巨大的封侯台若隐若现。

“其他的我不管，我只是履行对李太玄的约定而已，洛岚府最终保不保得住，就跟我没关系了。”

第六百四十七章

直接开打

洛岚府总部，广场。

在众多目光的注视下，李洛的身影如灵猴般纵跃而出，落在场内，与裴昊对立。

急促的鼓声再度响了起来。

袁青、蔡薇、雷彰、颜灵卿等李洛派系的人，神色都变得凝重起来，眼含担忧，因为两人的实力差距看起来有点大。

李洛这一年实力虽然精进迅猛，但与裴昊原本的差距就大，即便现在李洛已经晋入煞宫境，要知道裴昊在数年前就已经晋入极煞境。

双方间的等级差距可谓鸿沟，这场比斗本就不公平。

可是他们明白，现在可不是什么公平决斗，而是为了府主之位要拼个你死我活，在这种局面下讲究公平，恐怕所有人都会说一声幼稚。

好在他们还有姜青娥托底。

就算李洛败给了裴昊，姜青娥还能力挽狂澜，如果只将李洛的出手当作一场表演赛，蔡薇、袁青他们心里倒轻松了一些。

如果李洛失败了，或许会损失颜面，但总比最终让裴昊得逞好。

“少府主，你有勇气站上来，让我很意外。”裴昊盯着李洛，嘴角露出一丝笑容，说道。

“你觉得吃定我了？”李洛道。

“少府主一年就踏入煞宫境，这个修炼速度让我望尘莫及，如果再给你两年时间，我想我可能真的会被你超越，但可惜不是现在。”裴昊摇了摇头，淡淡说道。

李洛笑了笑。

“怎么，不相信？”

裴昊盯着李洛，嘴角微微扬起：“李洛，难道你真以为这几年我的实力就一直没有精进吗？你们会藏，难道我就不会吗？”

当话音落下的那一瞬，裴昊单手结印，顿时一股强大如风暴的相力威压冲天而起，那股相力呈现金色，锋锐无匹，犹如漫天刀光剑影，肆意地切割着天地。

而最让场外众人震惊的是，他们见到裴昊的身后有磅礴相力汇聚而来，最终竟形成了两颗璀璨的天珠，它们如同旋涡般吞吐着天地能量，强悍的相力威压横扫开来。

“二星天珠？！”

袁青猛地站起身子，面色铁青：“裴昊早就晋入天珠境了？！”

蔡薇、颜灵卿对视一眼，娇俏的脸色变得难看。

李洛与裴昊之间本就有着巨大的等级之差，现在这种差距更是被拉到了触不可及的地步。

李洛、姜青娥这一侧的气氛瞬间沉重起来。

反观裴昊那边，徐天陵、墨辰等人脸上则浮现出笑意。

坐在首位的姜青娥看见了这一幕，清澈纯粹的金色眸子微微动了动，但脸上却没有什么波澜，裴昊会隐藏实力不算意外……

而且，裴昊究竟是极煞境还是天珠境，对李洛来说意义不大。

圣杯战时，李洛能重创大天灾级异类，说明他拥有的底牌已经超越了天珠境的层次。

李洛同样有点惊讶于裴昊显露的实力，他点点头，赞赏道：“不错，这么多年你的实力果然有所精进，不然太丢我们洛岚府的颜面了，别人会以为一个天赋、潜力这么差的人竟然也有资格竞争府主，那洛岚府也没什么前途了。”

裴昊面无表情，没有再与李洛多说废话，手掌一握，耳坠上悬挂的金色小剑掉落下来，迎风暴涨间化为一柄金色长剑，被他握在手中。

“李洛，动手吧，不要浪费我的时间。”他淡淡道。

“既然这样……”

李洛的手掌抚过手腕处的猩红镯子，心中响起低语：“小三，开启小天相模式。”

镯子深处似有一道不满的低吼声传来，显然它不太满意这个名字。

虽然不满，但在一刹那，一股狂暴至极的能量仍如洪流般倾泻而出，经过天祀咒转化后，直接涌入了李洛体内。

李洛的身躯表面有红色的光纹蔓延，他的双瞳渐渐变得猩红。

随着李洛突破到煞宫境，身体的承受能力变强了不少，他再借助三尾天狼的力量时，虽说里面蕴含的凶煞之气依旧会侵蚀心智，但比起圣杯战时已经好太多。

“那我就不客气了。”

最后一句话从李洛嘴里缓缓吐出。

他抬起脚步，一脚踏下。

“轰！”

大地震动，李洛的身影宛如一道赤光暴掠而出，沿途空气纷纷炸开，惊人的力量威压直接于他的体内爆发，冲天而起，搅动天地。

无数人纷纷色变，包括裴昊！

没想到李洛此时爆发的力量已经超越了天珠境！

“原来，这就是李洛的底牌！”裴昊心中闪过这道念头。

“轰！”

前方的虚空仿佛炸裂开来，李洛的身影已如鬼魅般掠至，他五指紧握成拳，一拳轰出，磅礴的血红能量倾泻而出，仿佛化为一头张牙舞爪的远古巨狼，呼啸而至。

裴昊没有丝毫犹豫，手中金剑一震，刀光剑影如洪流般汇聚，最后化为一道璀璨刺目的剑光，怒斩而下。

广场上的青石顿时被切割开一道深深的裂痕。

“轰！”

剑光虽然霸道，可血红能量更加狂暴，两者接触的瞬间，血红能量就侵蚀了剑光。因为此时双方的力量已经发生了逆转，借助三尾天狼的力量，现在李洛的实力堪比小天相境。

裴昊的二星天珠境在这里完全不够看。

“砰！”

仅仅两个呼吸间，金色剑光崩碎，化为万千金光倒飞出去，将地面射出了无数孔洞。

裴昊面色剧变，试图后退。

可血红能量所化的血红拳影已扑面而至，毫不留情地轰在了他的身上。

“轰！”

低沉巨声响彻广场，无数惊骇的目光见到裴昊直接被李洛一拳硬生生轰飞出去，他的身躯狼狈地在广场上撕裂出一道长长的痕迹，最后撞在一根巨大的石柱上，石柱崩裂，巨石滚落，将他掩埋了进去。

广场四周寂静无声。

蔡薇、颜灵卿、袁青等人张大着嘴巴，目瞪口呆地望着李洛。

府祭之争，就这样结束了吗？！

而当洛岚府总部大战开启时，金龙宝行议事厅中。

鱼红溪端坐首位，吕清儿站在她的身后。

鱼红溪脸色平静地望着会议厅，视线从右侧的宁阕身上扫过，然后掠过一个个坐着的身影，片刻后，她修长玉指轻轻敲了敲桌面，凛冽的声音随之响起。

“韩泷长老呢？”

第六百四十八章

四方云动

“韩泷长老呢？”

议事厅里，随着鱼红溪带着冷意的声音响起，原本的窃窃私语声顿时消失了，在座的金龙宝行高层面面相觑，皆正襟危坐。

“呵呵，会长难道忘记了吗？韩泷长老半个月前就护送一批货物前往西炎郡分部了，算算时间，现在应该还在赶回来的路上吧。”众人沉默间，一道笑声响了起来。

鱼红溪眸光看去，说话的正是宁阕副会长。

鱼红溪盯着宁阕，眼神锐利，缓缓道：“是还没赶回来，还是另有他事？”

宁阕一怔，道：“另有什么事？”

鱼红溪懒得与他拐弯抹角，淡淡道：“今日是洛岚府府祭，我不希望金龙宝行掺和其中，这有违我们中立的立场。我把话放在这里，谁敢插手洛岚府的事，回头就自己滚出金龙宝行。”

听到鱼红溪冰冷的话语，在座的金龙宝行高层皆心头一凛，不敢言语。

鱼红溪执掌大夏金龙宝行多年，威望早已深入人心。

宁阕面无波澜，笑道：“会长说的哪里话，我们怎么会无缘无故去掺和洛岚府的事情……不过，会长也知道我们金龙宝行中立，可从你的言语间，我为何感觉总是在偏袒洛岚府？”

听着宁阕有些针对的言语，在场众人心头微震，变得更加安静了。虽说鱼红溪在大夏金龙宝行威望深重，但宁阙同样资历极深，当初他也是会长的有力争夺者，据说还有总部的背景。

鱼红溪看着宁阕，道：“如果副会长觉得我行事有违宝行规矩，可以直接向总部弹劾。”

宁阕呵呵一笑，道：“会长言重了，我只是这么一问，并无他意。”

鱼红溪不置可否。

站在鱼红溪身后的吕清儿眸子里掠过一抹忧虑，那个韩泷长老离开得太巧了。

她没想到，此次出问题的会是韩泷长老，据她所知，韩泷以往在宝行里颇为低调，而且是个中立派，不怎么掺和她娘与宁阕之间的争斗。

然而韩泷在这个时间外出送货，颇为可疑。

看来此人以往的低调与中立都是装出来的，他或许早就暗中投向了宁阕。

“真是一只狡诈的老狐狸。”吕清儿眼中掠过一抹冷意。

“娘。”她轻轻叫了一声。

鱼红溪没有回头，只是拍了拍吕清儿的小手，开始主持会议。

距离大夏城颇远的一处树林。

大批人马扎营在此，篝火升起，一面金龙宝行的旗帜竖了起来。

篝火旁，在人群的簇拥中，一名绿袍老者正和善地与众人聊着天，其他人则面带恭色纷纷附和。

热闹持续了许久，众人便各自散去歇息。

绿袍老者抬头看了一眼夜色，慢慢地放下手里的烤肉，在众目睽睽下回了自己的帐篷。

营地渐渐变得冷清、安静。

一道模糊的身影悄无声息地掠出营地，然后钻出树林，就欲对着大夏城破空而去。

当他刚欲动身时，一道笑声突然从不远处响起：“呵呵，这不是韩泷长老吗？你这是打算独自离开吗？那车队怎么办？”

模糊身影猛地一僵，目光朝着笑声传来之处投去，只见一道人影不知何时站在前方，正笑吟吟地注视着自己。

“陆曹分会长？！”

名为韩泷的绿袍老者一脸惊愕地望着那个人，来人正是他们此前经过的郡城里的分会长，只不过他为何会出现在这里？

“哦，是这样的，我之前接到过鱼会长吩咐，说如果遇见韩泷长老归来的车队，要跟着你们一起前往大夏城述职。另外鱼会长还嘱咐我，一定要跟韩泷长老一起走。”名为陆曹的分会长认真解释道。

韩泷长老面色阴晴不定，这个陆曹在大夏金龙宝行是资历极深的老人了，不论实力还是身份都不弱于他。

陆曹会出现在这里，显然是鱼红溪的安排。

原来她对自己早就有所防范了，亏他还觉得自己平日里掩藏得很好。

这个女人的心机当真是深。

“呵呵，韩泷长老现在要急着回大夏城吗？如果很急，我就陪你一起去吧。”陆曹贴心地说道。

韩泷内心情绪翻涌，最后露出勉强的笑容，道：“没有没有，我只是在帐篷里待着烦闷，想出来看看夜色而已。”

“这样啊。”

陆曹笑着走过来，道：“长夜漫漫，我就陪韩泷长老说说话、解解闷吧。”

韩泷嘴角扯了扯，只能无奈地点点头。

这个鱼红溪真是心机深沉，他已经提前半个多月离开大夏城了，竟然还是被她察觉，布置了牵制手段。

圣玄星学府。

葱郁的树荫间，黑影如灵猫般矫健掠过，月光从茂密的枝叶间落下，刚好映照在那道穿着黑色紧身衣的修长身影上，显露出性感火辣的曲线。

她从林间轻盈地跃下，抬起头时，一张冷艳的脸暴露出来，赫然是七星柱之一的夜承影。

夜承影望着不远处的学府大门，却没有继续前行，冰冷的目光投向前方的阴影，道：“就你这实力，还想在我面前隐藏？”

那里的阴影移动着，继而化为一道人影。

竟然是辛符。

他望着夜承影，苍白的脸上露出一抹苦笑，道：“夜姐，今夜的事情你何必要去掺和？”

夜承影冷冷道：“你难道不知道这是府内的命令吗？！”

“你可以不用去的。”辛符说道。

“你拦得住我吗？”夜承影缓缓抬起手中的匕首，上面黑色的寒光流转，她声音刚落的瞬间，身影已消失在原地，下一瞬，黑色的刀尖悬停在辛符的咽喉处。

寒光吞吐，稍稍一动，就能将辛符的喉咙贯穿。

然而辛符纹丝不动，只是静静地看着她。

夜承影冷声道：“真以为我不敢杀你？你阻挠府内任务，把你杀了府主也不会怪罪我。”

“李洛是我的朋友。”辛符沉默了一下，说道。

“臭名昭著的兰陵府竟然还有一个正义的少府主？”夜承影语出讥讽。

“毕竟我出自正义小队啊。”辛符说着笑话，然后盯着夜承影冰冷的双目，道，“你知道我不喜欢兰陵府，也不喜欢它无情残酷的规矩，就如同当年那场残酷的淘汰赛，我冒着被我无情的父亲一刀捅死的风险，也要把因淘汰而濒死的你带回去一样。”

夜承影冰冷而蕴含杀意的眼神此时动了动，握住黑色匕首的手指缓缓用力。

凝固的气氛持续了半晌，夜承影终于将匕首从辛符的喉咙处转开。

“让你那些朋友都出来吧，一群一星院的小朋友还想拦住我吗？你什么时候变得这么天真了。”夜承影瞥了一眼辛符后方的林子。

此时，那里有一道道人影走出来，正是虞浪、白豆豆、秦逐鹿、白萌萌、赵阔等人。

虞浪笑嘻嘻道：“辛符，早说你和夜学姐是老相识啊，害得我这小心脏一直扑通扑通地跳。”

夜承影冷淡地扫了他一眼，忽然神色一动，望着从林子里走出来的最后一个人。

“乔钰？”

这是一名衣衫朴素、留着银色齐耳短发的长腿女孩，看见她出现，夜承影不免有些惊讶，因为乔钰与她一样，乃学府的七星柱，没想到她竟然出现在了这里。

“看来你还真是做了不少准备，连她都请来了。”夜承影看了辛符一眼，看来他已做好了如果劝诫不成就强行拦截的打算。

乔钰神色淡淡，没理会夜承影，而是看向白萌萌，伸出手：“任务完成了，给钱吧。”

当辛符他们拦截夜承影的时候，在学府之外，换下了平日导师袍服的郗婵导师已沿着学府石阶走了下去。

夜风吹拂，掀动着她覆面的薄纱，露出白皙精致的下巴。

她没有进大夏城，而是走向了西南，兰陵府总部就隐藏在那里的群山深处。

第六百四十九章

金殿之争

圣玄星学府，金殿。

居首位的素心副院长望着手里的辞呈，心累地揉了揉眉心。

“副院长，郗婵导师此举过于冲动了，虽说她递交了辞呈，难道就能洗掉她身上的圣玄星学府烙印吗？她一旦插手洛岚府的事，往后大夏其他势力会如何看待我们的中立立场？”金殿长桌上，一道声音响起。

在场的紫辉导师目光投去，便见到沈金霄严肃的神色。

沈金霄的话很快引起了其他导师的认同，他们附和着点点头。这不是针对郗婵，她虽然辞去了导师的身份，但身上的烙印是洗不掉的。

而且哪有前脚刚辞职，后脚就去参与洛岚府之战的，别人定然会认为是学府的指使。

素心副院长面容不起波澜，声音依旧是那般如沐春风：“沈金霄导师觉得应该如何？”

沈金霄肃然道：“立即派出数位紫辉导师拦截郗婵，将她带回学府，她就算要辞职，也应该等洛岚府府祭结束后才行。”

他声音落下，金殿内顿时传出窃窃私语声，一众紫辉导师有的赞同，有的反对，一时间有些吵闹。

“人家既然辞职了，自然就跟学府没了干系，你以为学府是什么地方？盗匪窝吗？只能进不能出了？”就在此时，一个暴躁的女子声音响起，众人看去，便见到火絮导师起身，对着沈金霄怒目而视。

沈金霄眉头一皱，道：“火絮导师，我知道姜青娥是你的学生，但现在我们议事需要保持理智与冷静，任何关系都不能干扰决议。”

“学府有学府的规矩，这是理所应当，但我只说一点，我们每个人都有辞职的权利，你不要用那些话遮掩。”火絮导师冷哼一声，然后看向素心副院长，也掏出一封辞呈，道，“副院长，我也要辞职！”

众多紫辉导师目瞪口呆，接连有紫辉导师辞职，这在学府还是很稀奇的事情。

沈金霄见状面色阴沉，道：“火絮导师，我看你是在胡搅蛮缠！”

“关你屁事！”火絮导师直接骂道。

“为何不关我的事？你们这样做就是在践踏学府的规则与声誉，身为学府一员，我为何不能说话？”沈金霄说道。

“你不就是与李洛、姜青娥不对付，想要看见他们洛岚府覆灭吗？”火絮导师讥讽道。

“那你与郗婵这样做不就是看中他们的潜力，以为他们能称王，现在想提前下注投资吗？”沈金霄针锋相对。

“我乐意！”火絮导师道。

众多紫辉导师见到两人这般吵架，无奈地摇摇头。

“行了，都闭嘴！”

此时，素心副院长终于忍不住，一巴掌拍在桌上，脸上满是寒霜。

见到素来好脾气的副院长都发怒了，火暴的火絮导师终于收了声，坐了下去。

沈金霄的神色也不好看。

“火絮导师，你的辞职我不会接受，虽然你有这个权利，我无法阻挠，但如果纵容这种行为，往后谁还相信学府的立场？”素心副院长沉声说道。

火絮导师闻言还想说什么，却被一旁一位平常相熟的紫辉导师拉了回来。

沈金霄松了一口气，又问道：“那郗婵导师呢？怎么处理？”

素心副院长看了他一眼，道：“郗婵导师已经离开学府，只能任她离去了，难不成真的派人拦截她，那颜面得多难看？辞职之事就此打住，这个歪风邪气不可助长。”

沈金霄眉头皱起，对这个结果不太满意，但这是素心副院长最后的决定，他也只能认了。

“今天大夏城极为动荡，学府内所有导师都不可外出。”素心副院长注视着在场的紫辉导师们，出声警告。

众人无所谓地点点头，他们早就知道学府的规矩，也没兴趣去掺和洛岚府的事情。

素心副院长的目光更多还是停留在沈金霄身上，后者没什么表情，只是淡淡地点点头。

提醒了众人一番后，素心副院长宣布散会。

随着一众紫辉导师退出金殿，素心副院长再次看了看手里的辞呈，有些无奈与头疼，她微微沉吟，挥了挥手，道：“今夜严密监控沈金霄导师的住所，绝对不能让他外出。”

在她身后，虚空中波动扩散，而后消散于无形。

做完这些，素心副院长方才叹了一口气，目光投向金殿外，看向了大夏城的方向。

她做的这些，已经是在规则内给予李洛、姜青娥最大的偏袒了，否则郗婵也不可能在这个时间凭一封辞呈就顺利地走出学府。

郗婵能去，不也是她的一种默许吗?

希望那两个小家伙能够保住洛岚府吧。

她尽力了。

沈金霄在离开金殿后，径直回了住所。

进入房间，他单手结印，墙壁上有一道道光纹蔓延开来，最后隔绝了房间，任何窥探都无法穿透进来。

他看了一眼窗外的黑暗处，淡淡一笑。

他感应得到黑暗处的隐隐波动，有人在盯着他，应该是素心副院长的安排，担心他跑出去掺和洛岚府的事情。

“副院长，你太小瞧我了。”

沈金霄笑着摇摇头，然后走入地下室，进入了一间密室。

密室内光线暗淡，气氛压抑。

沈金霄来到一座黑色的祭坛前，在石台上盘坐下来，他手掌一抬，祭坛裂开，一个玉盒缓缓升起。随着盖子打开，里面竟然是一颗跳动的心脏!

不，这颗心脏并不完整，因为它只有一半。

沈金霄注视着半颗跳动的心脏，而后双手结印，一道道黑色光线自指尖延伸，刺入半颗心脏之中。

那一瞬，诸多画面闪过眼前。

旋即他讶异一笑，道："这个李洛真是让人意外，原来这就是他的底牌吗，一种外在的力量，如此凶煞，应该是某种精兽，有点眼熟……"

沈金霄沉思了几秒，眉头突然一挑："哦，是暗窟那头三尾天狼！"

"这是院长的手笔吧？"

精兽的力量不是简单就能借用的，必须经过极为玄妙的转化，而能做到这一点的只有那位院长大人了。

"裴昊啊裴昊，你还真是无能，凭你自己，无论如何都是斗不过李洛与姜青娥的。

"好在，你的背后还有我的支持。"

沈金霄微微一笑，指尖升起一滴精血，蠕动着化为一道血红咒纹射向那半颗心脏，最后没入其中。

"接下来，就让我助你一臂之力吧。"

阴暗环境里，沈金霄冷漠的低语声悄悄传开。

（未完待续）

万相之王 9 天罡地煞

ABSOLUTE RESONANCE

万相之王9·天罡地煞

作者
天蚕土豆

选题策划
知音动漫图书·时代坊

封面插图
芝士牛煲煲

封面 & 内文设计
方　茜

策划编辑
余　慧

执行编辑
杨　鸿

出版
中国致公出版社

总出品
湖北知音动漫有限公司

制作出品
知音动漫图书·时代坊

平台支持

知音漫客　漫客小说绘

图书在版编目（CIP）数据

万相之王 .9, 天罡地煞 / 天蚕土豆著 . — 北京 : 中国致公出版社 , 2022

ISBN 978-7-5145-1966-2

Ⅰ . ①万… Ⅱ . ①天… Ⅲ . ①幻想小说 – 中国 – 当代 Ⅳ . ① I247.5

中国版本图书馆 CIP 数据核字 (2022) 第 072624 号

万相之王 .9，天罡地煞 / 天蚕土豆著

WANXIANG ZHI WANG.9，TIANGANG DISHA

出　　版	中国致公出版社 （北京市朝阳区八里庄西里 100 号住邦 2000 大厦 1 号楼西区 21 层）
出　　品	湖北知音动漫有限公司 （武汉市东湖路 179 号）
发　　行	中国致公出版社（010-66121708）
作品企划	知音动漫图书・时代坊
责任编辑	杨　鸿
责任校对	吕冬钰
装帧设计	方　茜
责任印制	程　磊
印　　刷	长沙鸿发印务实业有限公司
版　　次	2022 年 12 月第 1 版
印　　次	2022 年 12 月第 1 次印刷
开　　本	787 mm × 1092 mm　1 / 16
印　　张	18
字　　数	290 千字
书　　号	ISBN 978-7-5145-1966-2
定　　价	36.80 元